ちくま学芸文庫

呪われた部分
有用性の限界

ジョルジュ・バタイユ

中山 元 訳

目次

第2章　一九三九年から一九四一年の構想と断章　270

第3章 一九四一年から一九四三年の構想と断章 309

呪われた部分　有用性の限界

*

Ces fragments d'une version abandonnée de *La Part Maudite*, ébauchée à plusieurs reprises entre 1939 et 1945, ont été publiés dans le volume VII des *Œuvres Complètes* de Georges Bataille, édition faite par Georges Ambrosino. La version définitive de *La Part maudite* a été publiée par les Editions de Minuit en 1949 et sa traduction japonaise est parue chez Futami Shobo.

まえがき（ガリマール編集部）

以下に示すのは、『呪われた部分』の書籍版に採用されなかった断章『呪われた部分あるいは有用性の限界』であり、この断章は一九三九年から一九四五年にかけて、何度も書き直されている。

一九四五年にバタイユは[1]「沈思の方法」の断章において（全集第五巻四七〇ページと四七二ページ）、『呪われた部分』は、「一五年ほど前に書き始め、何度も放棄した作品であり、最後にはすでに説明したように（『内的体験』において）、「刑苦」を書くために使った」と語っている。[2]

実際に『内的体験』では、次のように書かれている（全集第五巻一一ページ）。「この世界は人間にとっては、解くべき謎のようなものだ。わたしの一生は、……この謎を解くために費やされた。そしてたどりついた問題の新しさと規模の大きさは、わたしを高揚させるようなものだった。……これほど人を陶酔させるものはない。笑いと理性、恐怖と光明がたがいに浸透できるものとなった。……笑いの分析は、人々に共通した厳密な情緒的な認識で得られたものと、推論に基づく認識によって得られたものを一致させる場を開いてくれた[3]。

笑い、ヒロイズム、恍惚、供犠、詩、エロティシズムなどのさまざまな形の浪費は、たがいにその区別を失いながら、それ自体で交流の法則を決定した。この法則が、存在者の孤立と喪失の戯れを定めるのだった。これまではこれらの二種類の認識は、たがいに異質なものと考えられてきたり、雑に混同されてきたりしたが、ある厳密な一点においてこれらを統合する可能性が生まれたのである。これがこの存在論に、思いもかけぬ堅固さを作りだしたのだった。だれもが笑いだすある一点で、ひとたび失われていた思考の運動のすべてが、再びみいだされるのである。わたしは勝利を感じた。この勝利は根拠もなく、時期尚早なものだったのかもしれないのだが。……わたしは、自分に訪れたものをすぐに、ひとつの重荷のように感じるようになった。……四分の三ほど書き終えたところで、解決された謎を描くはずのこの作品を放棄した。その代わりに『刑苦』を書いた。ここで人は、可能事の極限に達するはずである」。

一九四二年の夏に書かれたこの文書は、『呪われた部分のプロジェクト』（実際には、作品の全体）の起源と、バタイユの野心を示すもので、本書の第二部（構想、ノート、草稿）と読み比べていただきたい。第二部では、このプロジェクトのさまざまな次元が、はるかに明確に示されている。

本書の文書については、連続的に作成された四つの草稿類、草稿一(aとb)、草稿二、草稿三、草稿四を区別した。これに、『呪われた部分』の草稿を追加すると、バタイユの構想の全体像がみえてくるはずである。バタイユは書き直すたびに、以前の草稿の一部をとり入れているので、『呪われた部分』の草稿には、草稿四、草稿二、草稿一aの断章が含まれている(草稿一bと草稿三はまったく別のものである)。

草稿一は一九三九年から一九四〇年に書かれたもので、次の二つの構想に基づく(草稿箱一三F一六~一七と一八)。この二つの構想にはバタイユがページづけをしており、以下では構想A、構想Bと呼ぶ。

■構想A
(草稿一a)

第一部　星辰の輝きと「有用な人間」の惨めさ

一　栄誉ある銀河のうちの貪欲な地球
——わたしたちが所属する銀河とその運動
——大地は動かないという基本的な誤謬

七　供犠

草稿一a（草稿箱一三G一三三～二〇〇までの厚い草稿）は、一三七ページまでページ番号がうたれているが、原稿の書かれた用紙ごとに、三つの異なるページづけがされていることもある。この草稿の束にはさらに、草稿一と草稿二の下書きが含まれる。

草稿一b［草稿箱一三F二八～一八二］は四五ページから一九二ページまで番号がふられている。

草稿二と草稿三は、次の二つの構想に従っており［草稿箱一三C三〇九～三一〇ページと一〇四ページ］、バタイユがページ番号をつけている。ここではこの構想を構想Bと呼ぼう。

■構想B

（草稿二）

「呪われた部分　有用性の限界」

第一部　習俗

第一章　銀河、太陽、人間

一　宇宙の中で孤立した人間の生の条件

―四　ゲームと企画の関係
―五　投機家の二重の性格
―六　個人的な自由の世界と個人的な享受の世界
二　浪費の質の低下
―一　大聖堂から仕立屋へ
―二　煙草
―三　悲劇から喜劇への移行
―四　浪費の意味についての意識の喪失
三　失業
―一　個人的な浪費の袋小路
―二　過剰な富
―三　国家事業の無力
―四　失業の燔祭
四　個人主義
五　国家、理性と科学

草稿二は、草稿一aを作り直したもので、一九四〇年一一月に「刑苦」を書くために放棄された部分に違いない。

草稿三［草稿箱一三C三三九〜三七〇ページ］は、一九四一年から一九四二年の冬の間に書かれたものと思われる（第二部三七八ページの注を参照）。草稿四（『呪われた部分』草稿に採用された七七枚の草稿と封筒四、九、九八に収められた原稿）は、草稿二を作り直したもので、次の構想［草稿箱C三〇七］の最初の七章に該当する。ここではこれを構想Cと呼ぼう。

■構想C

序文　一般的な説明（「習俗」と書いて抹消）

序

第一章　自然における人間の位置

第二章　栄誉の原則

浪費の表

第三章　古代メキシコにおける栄誉ある浪費

第四章　ポトラッチ

第五章　祝祭の経済と教会

第六章　宗教改革と祝祭の経済の終焉

　固着
第七章　資本主義の発達
　戦争
第八章　呪われた部分
　　「「投機」と書いて抹消」
　　「「問題の位置」と書いて抹消」
第九章　「「資本主義の隘路」と書いて抹消」
　　「「浪費の固着」と書いて抹消」
第一〇章〈拘束〉
　　「「浪費の様式の劣化」と書いて抹消」
第一一章　競争の栄誉（浪費の様式としての戦争、スポーツ）
第一二章　イスラーム（第一一章？）
　透明性
第一三章　口実（都市、キリスト、革命）
　　「「透明性に向かう方向」と書いて抹消」
第一四章　福音主義的なキリスト教
第一五章　ロマン主義

第一六章　透明性。固定と制約を越えて、いかなる口実もなしに

　投入

　頂点

第一七章　投入

第一八章　交流と祝祭（その分解）

第一九章　悲劇と涙、供犠

第二〇章　笑い

第二一章　エロティシズム

第二二章　投入における自律性

第二三章　五二年の祝祭（時間の終焉、歴史の終焉）

　この構想Cは、一九四三年のものと思われる（第二部の三七八ページの注参照）。このため草稿四は一九四三年に書かれたものではないだろうか。一九四五年九月の書簡でバタイユが「ほぼ書き終わっている」といっているのは、この部分のことではないか。最後に本書で採用した構想は次のようになる。

　まず第一章と第二章については、草稿二に従う（必要に応じて、草稿四と『呪われた部分』の草稿の加筆部分も参照している）。バタイユの草稿類では、次のように配置される。

（構想B参照）

原稿一～七（草稿箱一三C三一一～三一三とG六四～六五、一二五～一二六）

九～二一（草稿箱C三一六～三二八）

（二五）～三三（『呪われた部分』草稿一四一～一五五）

三四～五〇（草稿箱一三C三二九～三三五と『呪われた部分』草稿一七四～一八二）

五二～五三（草稿箱一三C三三六～三三七）

六二～六七（草稿箱一三C三三八と『呪われた部分』草稿一八四～一八八）

原稿六八、七一、七三、七五、七七～八〇、八二～一一六は、草稿四に集められている（封筒九八の三二～三三と封筒四の三二～七三）

次の第三章は、草稿三に従う。

第四章から第七章までは、草稿一bに従う。

［1］――一九四五年九月二九日にバタイユは、ガリマール編集部宛ての書簡で、「今月中には、……、『呪われた部分』の原稿をお渡しできると思います。これは一五年前から書きためてきたものです。この作品については、お目にかかった折にお話ししたことがありますが、誰もが関心をもつテーマをとりあげています。最後まで読みやすく、楽しくさえ読める書物になると思います。ほぼ書き終えていて、三月頃には完成すると思います」と語っている。

［2］――「刑苦」は、一九四一年一一月一日から一九四二年三月七日までの間に書き上げられた。

［3］——すでに一九二〇年の時点で、ベルクソンに会うためにロンドンを訪れていた頃に、バタイユは笑いのうちに「要《かなめ》となる問い、ひとたび解決されれば、それがすべてを解決してしまうような謎」をみいだしていたことを思い出そう（全集第五巻『内的体験』の八〇ページと、全集第八巻の二一四ページ以降の「講演　非知、笑い、涙」）。*1

＊訳注1——『内的体験』（出口裕弘訳、現代思潮社、一九七八年）の一五二ページと、『〈非知〉』（西谷修訳、哲学書房、一九八六年）の六七ページ以降を参照されたい。

第一部　呪われた部分　有用性の限界

第1章　銀河、太陽、人間

地球がたえず回転していることを意識している人間の狂気――キルケゴール

第1節　宇宙から隔離された人間の条件

科学的な知識は、抽象的で意味がないという言葉をよく耳にするものだ。しかしこのような耳になじんだ真理は、空虚なものである。ここで、自分の内面性を大切にするが、科学的な根拠のないものは、なにも認めようとしない人を思い描いてみよう（こんな人は、それにふさわしく、科学的にごく冷静に考察するものだ）。こんな人にはきっと、科学はひとつの〈罠〉のように思えるだろう。この人は、科学者たちの語ることが空虚だったらと思うと怖いと、科学者たちに平然と言うだろう。しかしこの人が書物から世界について学ぶことも、空虚に思えることはないだろう。そしてこんな人が本書を読んだら、ただ笑うだけだろう。[▼1]

▼ガリマール編集部注1――以下、「失墜の人間的な感情」までは、雑誌『ヴェルヴ』の一九三八年春号（第一巻二号）の「天体」という文章とほぼ同じ内容である（全集第一巻五一四〜五二〇ページ）。

1 銀河とその運動

わたしたちにはとうてい理解できない宇宙空間のある場所で、つねに移動しつづけているこの地球という天体の表面で、わたしたち人間は植物や動物とともに、絶えず移動しながら暮らしている。書物によるとこの**地球**という球体は、目が眩むほどの速さで運動している。**地球**が銀河の軸を中心に回転している速さと比較すると、砲弾の速度など、その千分の一にすぎない。

わたしたちが暮らしているこの天体は、その移動しつつある速度と分離できない。この地球という天体の現実そのものが、この天体を動かしている運動と、天体が形成された質量によって生まれたものである。**地球**は多数の惑星とともに**太陽**系に所属するが、太陽系そのものが、非常に広大な距離を回って運動しているので、一回転するのに二億五〇〇〇万年もかかるほどだ。太陽はわずか一瞬に、三〇万キロメートルもの距離を動いているのである。

地球を伴ったこの**太陽**系の運動は巨大で、高速だが、それだけではない。太陽や星々は、ある点を中心として安定して回転しているが、わたしたちの所属するこの**宇宙**の全体は、惑星の渦のようなものであり、太陽系とは、大きさの次元が違うだけなのである。ところが意外にもこの星々の渦は、これから開こうとする花のようにみえるのである。空の境の彼方に、わたしたちの世界と同じように秩序のある巨大な世界の一つを発見したとしよう。この世界の構造は、外輪に囲まれた**土星**のような閉じた構造ではない。旋回する爆発のようにみえるはずだ。

地球は**銀河**[1]のうちで回転しているが、自然科学はこの銀河が無数の星々で形成されていると語っている。毎秒三〇万キロメートルの速度で移動する光でも、この銀河を横断するには一〇万年もかかる。わたしたちがたとえ、銀河と同じような世界を別に発見したとしても、この別の世界の星々の輪舞の形は、知ることもできないだろう。

もっとも遠い星々のさらに彼方に位置を占めるこうした渦は、低速写真で撮影してみれば、中央が膨れた円盤のようにみえるはずだ。この渦は、横からみると円盤のようにみえるし、外輪に囲まれた**土星**を思い出させる(ただし中央の天体はもっと平らで、かなり小さくなっている状態を想像してほしい)。しかしこの渦を正面からみると、メドゥーサの頭髪のように、*1 中心の核から螺旋状に多数の輝く腕を伸ばしているのがわかる。

だからこの渦は、「螺旋状の渦」とか「渦状星雲」という名前で呼ばれているのである。中心の核と螺旋は、無数の星の塊で作られた凝塊状の物質で構成されているが、これらの星々は、銀河の星々と同じように、たがいに遠く離れているのである。この星雲は、わたしたちの夜の祝祭のうちに旋回している複数の太陽を思い起こさせる。さらにこの星雲は、高速の回転運動によって生まれた爆発のようにみえる。爆発のように見えるのは外見だけなのかもしれないが、エディントンの意見では、[2] この星雲には安定性がないという。そしてこの「爆発」の時間の長さで、その広がりの巨大さが決定されるのだという。世界は爆発しつつある物質の渦なのかもしれないのだ。

[1]——銀河とはとくに、太陽系が所属する星辰の渦を指す名前である。わたしたちが空に眺める天の川とは、銀河が空間のなかで展開している状態なのである。

*訳注1——メドゥーサはギリシア神話の三人姉妹の怪物の一人で、頭髪は蛇である。メドゥーサの顔をみた者は、石になると考えられていた。英雄ペルセウスが鏡を使って、メドゥーサの顔をみずに退治したことで有名である。

[2]——Arthur Stanley Eddington, *The Rotation of the Galaxy*, Clarendon Press, 1930.

2 動かない大地という誤謬

このイメージは学問的な領域で生まれたものであるために、表面的な性格をそなえているのは疑問の余地がない。さらに、ここで述べられているデータは確定的なものではなく、科学の知見はつねに変化し続けているために、いつ修正されるかもしれないことを確認しておく必要がある。しかし大地が現実的な事物の土台であるというふつうの考え方と対比させてみると、このイメージにはそれなりの意味がある。このイメージには、わたしたちの見掛けだけの条件を笑い飛ばしたくなるような美しさがあるのだ。

壮麗な運動のうちにあるこの宇宙の中でみると、わたしたちの動かない世界は、力のないものにみえてくる。人間は自分のことを独立していると思っているが、それは領地を与えてくれた宗主の権力から、家臣が自分は独立していると思っているようなものだ。この天のもとで、ごく小さな領土に自律が認められているだけなのである。

わたしたちの大地は動かないという幻想も、大地の現実の重みも、すべてのものがみずからを失う宇宙の運動からは、切り離されている。わたしが、自分を支えている世界の真理を知っていると書いた瞬間にも、わたしに働きかける重力の存在は、この宇宙の運動の法則から逃れることはできない。しかしこの真理はまだ、外部から眺めたものにすぎないのではないか。わたしは実際にどうすれば、この天の酩酊に立ち会うことができるのだろうか。

わたしは眺める。しかし眺めるためには、世界のこの場所で、わたしが石化している必要がある。わたしが人間であるという条件のために、わたしが知っているどの感覚的な真理も、固定した大地という誤謬や、動かない土台という幻想と結びついているのである。

3　太陽の贈与、地表の周辺は貪欲な粒子に分割されること

自然科学の視点からさらに考察すると、無数の星をひきつれた複数の銀河が見えてくる。これは「全体の運動」で一つに結ばれた星々の体系だ。太陽系は、核となる星の回転に、複数の惑星の渦をつけ加えたものである。これらの惑星もみずから回転し、その多くは、周囲に環や衛星を伴っている。太陽系のそれぞれの天体は、こうした運動で太陽系と結ばれるだけでなく、「内的な運動」、すなわちその天体を形成する塊に固有な活動によって動いている。

太陽系の核となる星、**太陽**は輝いている。輝く太陽の放射は、太陽がその物質の一部を、

熱や光の形で、空間にたえず投射するものである。このようにして浪費されるエネルギーは、太陽を構成する物質が、太陽の内部で破壊されて生み出されたのである。どの恒星も太陽と同じように、法外な自己喪失に耽《ふけ》っているのである。これとは対照的に、惑星の放射はとるに足らぬものである……。天体は原子で構成されているが、少なくとも高温になっている恒星の中では、放射する物体の原子は、星の質量と「内的な運動」にじかに支配されている。原子はそれが所属する天体のうちで、孤立した構成になっているわけではない。これとは反対に地球の大地の原子は、中心の力からは解放されている。原子はある程度まで自律したごく小さい力の一部にすぎない。地表は分子で構成されている。すべての分子は、特定の数の原子を結合したものである。

分子がたがいに結合して、コロイド状または結晶状の集団を構成することも多い。コロイドが集まると、生物の自律した個体が形成される。植物も動物も人間も、このような方法で、世界の一般的な運動にまきこまれずに存在している。どれもそれだけで、小さな別の世界を構成しているのである。さらに動物は他の仲間と集まって暮らすことができる。人間は小さな集団にまとまり、小さな集団がさらに大きな集団を作り、そして国家を構成する。この構成の頂点では、「自然」から最大限に離れた場所に位置することになる。

このテーマについては、地球の「内的な運動」は、恒星の運動とは〈逆方向〉を向いていることを指摘できるだろう。星は放射し、わたしたちの大地は冷たい。星は自分の力を浪費し、わたしたちの大地は力に飢えた粒子に分割される。この粒子の貪欲さには限りがない。[1]

地球の「内的な運動」は、太陽とは逆の方向を向いている。太陽は光を発散し、わたしたちの地球は冷えている。太陽は、炎を統一しているようであり、太陽はその力を狂おしいまでに浪費する。わたしたちの大地は、力の貪欲な粒子に分割される。粒子の貪欲さは法外なものである。

これらの粒子は太陽のエネルギーと、遊離した状態にある大地のエネルギーを吸収する。もっとも強い者が、もっとも弱い者の集めたエネルギーを奪い取る。人間たちは利用できる力を収穫する。人間は、太陽、鉱物、動物、植物のすべての領域の資源を吸収し、利用し、蓄積する。そして結局は、もっとも強い者が、もっとも弱い者の仕事を奪い取るのである。

▼ガリマール編集部注1――ここでバタイユの文章は中断し、原稿が数枚欠けている。草稿二の原稿八がないのである。ここでは、草稿四の「自然における人間の位置」（封筒九、原稿一〜六ページ）の最初の章の数行を以下に補う。なお草稿四（封筒四、八二〜八四の七〜九ページ）と、『呪われた部分』一四一の一〇ページには次のような文章がある。

人間の活動は、生産を目的とする。人間の置かれている条件のため、人間は栄養として動物を利用するか、自然を文明的な組織に作り変えるかのどちらかの方法で、力を利用するようになっている。欲望に値する価値は、ふつうは獲得した力の量として表現される。原則として一つの製品は、その生産のために必要なエネルギーの総量にひとしいとみなすことができる。生産者はエネルギーを利用して製品を生産するが、この製品を売却した時点で、利用したエネルギーの総量にひとしいか、それを上回るエネルギーを獲得できる。貨幣はエネルギー量の評価を統一し、交換を促進する。

力を獲得するのは、それを利用するためにすぎないこと、すなわちその力を後の段階で支出するためにすぎないことは自明なことだ。摂取された栄養物は、労働者、従業員、管理者が提供する労働のために必要である。この労働は製品の生産のために、原則として有用な製品の生産のために費やされる。製品は、生産力のために必要なのだ。製品は労働のため、すなわち労働者の生存にあてられるか、産業的な道具のために費やされる。人間の活動はこの方法で、獲得したエネルギーの循環を決定しようとする。これは利用できるエネルギーの全体の量を増加させることができるのは明らかだが、新たに増加したエネルギーの量は、この循環のうちに入る必要がある。

理論的には、このようにして確定された回路は、閉じたものとなる必要があるだろう。しかし回路が閉じるためには、生産された部分と、生産に必要な部分が同じでなければならない。この二つが同じであれば、わたしたちは生産されたすべてのエネルギーを利用して、すべてを生産的な目的に費やすことができる。

しかし生産されたエネルギーの量は、生産に必要なエネルギーの総量よりも、つねに大きいと考えられる。このために、エネルギーの過剰な部分は、まったく役に立たない用途に放出され、純粋な損失として浪費され、失われる必要がある。

新しいエネルギーを獲得するという条件のもとで行われたエネルギーの消費は、生産的な消費と呼べる。恒星や太陽のエネルギーの放出のように、自由な放出は非生産的な消費、あるいは栄誉ある消費である。未開の民族では、この栄誉は太陽のもつ特性として意識されている。晦暝なままにとどまっているこの観念を定義するために、太陽と栄誉の連想をそのまま使うことができるだろう。

栄誉とは、有用性への配慮とは独立してエネルギーをそのものとして浪費すること、あるいはある側面では過剰に浪費することによって発生する効果である。その意味では太陽の光はまさしく栄誉ある消費とみなすべきだ。そして民衆の意識においては、太陽の光が潤沢さ、比類のない勇気、供犠、詩的な天才など、いくつかの人間の生活の形式と似たものと考えられているのも、まさにそのためである……。

一般に栄誉は、栄誉ある放出が行われた後の状態とみなされることが多い。栄誉とは、こうした栄誉ある放出がもたらす好ましい結果とされるが、栄誉を否定する有用性の視点からみると、栄誉は獲得する価値のあるものに還元されてしまう。これは犯罪人、実業家、弁護士、英雄などに共通する名声や悪名と、ほとんど区別がつかないものである。しかし栄誉の観念によってこうした名声に、ある種の品位の低さ、無益な金ぴか物のイメージが加えられ、これが最初の意味を際立たせるのである。

わたしはこの観念を、非生産的な浪費から生まれる帰結と関連させて解明してみよう。そのために、さまざまな経済的なシステムにおいて、非生産的な消費はどのような形態をとるのかを検討してみよう。たとえば古代メキシコのアステカ族における栄誉ある浪費について。

アステカ族における栄誉ある浪費

まずアステカ族のことを考えてみよう。アステカ族は道徳的にみると、わたしたちの対極に位置する。アステカ族の文明は、西洋文明よりもはるかに低い位置にあると考えられるのが通例だ。しかしアステカ族には天文学の知識があったし、建築の知識もあった。それに文字を使っていたのである。

栄誉について考察するとき、アステカ族が決定的に重要な意味をもってくる。アステカ族は地球の栄誉と天の栄誉を混同していた。アステカ族からみると、太陽は供犠の表現だった。人間の姿をした神が、燃えさかる炎の中に身を投じて、太陽になったのである。スペインのフランシスコ修道会の宣教師ベルナルディノ・デ・サアグンは（本文四八ページ以下を参照）。

第2節　素朴な人間が再びみいだした宇宙

1　素朴な意識

自然科学なしでは、わたしはこれまで述べてきたことを語りえなかっただろう。自然科学のおかげで、この問題にこだわることができるのである。本書では、これまで述べてきた手掛かりを利用しながら、考察を続けたい。まず、人間の生活のうちに、分割された地表に固有の経済的な貪欲さを描きだそう。次に人間は、ほんとうは天のものでしかない栄誉に、郷愁を抱いていることを明らかにしよう。

実はどちらの道をたどっても、同じ議論にたどりつくのである。しかし自然科学の道は、独断的な議論を回避しながら、わたしが選んだ迂回路をとおって、精神的なドラマに導く。このドラマは人間に、いくつかの帰結をもたらさずにはおかないのである。

原則として、議論のための条件を定めるのは、宗教と、宗教につねにそなわる権威である。権威は素朴な感情について考えさせる。どんな博識な人間にも、こうした素朴な感情が染みついているのである。これについては、厳密な分離が必要なのは当然だ。同じ一人の人間のうちでも、博学な部分は自分の素朴な部分を無視する。一方で科学的な知が欠如していると、人は自分を異邦人のように感じざるをえない。

ところでわたしがここで示したかったのは、それとは反対に、素朴な感情と精密なデータが一致するということだ。科学はその発展のある段階で、ふたたび素朴さをみいだし、それに異議を唱えなくなる。人間が自己に背を向けないためには、この代価が必要なのだ。

未開の民族に共通する意識では、**太陽**は栄誉のイメージを示すものである。**太陽**は光を発散する。栄誉は太陽のように光輝くもの、光を発散するものと考えられている。素朴な人間にとって光は、神的な存在のシンボルである。光は壮麗さをそなえている。この輝きは有用なものではないが、解放感を与えてくれるものである。現在でも、生について判断しようとするときに、与えられた恩恵を想起しながら、その有用性を測定しようとすると、わたしたちは奥深いところでこの輝けるものに影響されるのである。ありきたりのプチブルでも、太陽と同じような存在になることを夢見ているのである（もっとも、実際にそのことを口にしたりはしないが）。

最近まで知られていなかったが、星雲は気前よくも、遠くから太陽のもとに光を運んでいるのである。星雲を陰画にしてみると、巨大な光の蜘蛛のようにみえる。しかしこの蜘蛛は、餌を捉えるために暗闇の中に潜みながら、みずからを開き、みずからを失っているのである。宇宙の奥深さと、埃に塗《まみ》れたわたしたちの期待を比較すると、とてつもないアイロニーを感じる。

星々の輝く夜の甘さ、星雲の切り裂かれた巨大さは、供犠の清めの美しさに満ちている。わたしは天の川をみると、その巨大な奇形と眠りに、いつも不思議な思いにとらわれる。天の川は、あたかも天の深みに吊るされて眠っているかのようだ——わたしは天の川をまるで、髪の全体を捉えることも、その意味を捉えることもできない虱《しらみ》のような視点から眺めるのである。

天の川が、銀河系という大きな車輪の外周部分を、輪のように形成していると想像してみよう。もしも地球から旅立って、この銀河系の車輪の軸の方向に、遠くまで赴くことができたら、銀河系のすべての栄光を、目《ま》の当たりにできるだろう——長い渦のように伸びた怪物の光輝く腕を。わたしたちは銀河系の星雲を、天の川としてみているにすぎない。もっともいまでは、わたしたちも天の川は、考えられないほどの遠い距離まで、比類のない腕を伸ばしている星雲のようなものであることを知っているのだが。

2　失墜という感情

一瞬のあいだ、わたしは天の壮麗さに目が眩《くら》む。しかしわたしの思考はすぐにその道を歩みつづける。わたしが書きしるす文章そのものと、つね日頃の仕事のために、わたしはすぐに日常的な仕事の地平にひきもどされる。わたしの生のうちの天から落ちてきた部分[▼1]を、俗っぽい配慮の連鎖のうちで、わたしの内部にとりこまなければならないのだ。夜になるとわたしは、自分を失いたいと強く願うのだが、白日のもとでは、わたしは〈もぐら〉のような営みしかできない。この失墜の感情が、しばしばわたしをうちのめす。

人間は「天から墜ちてきたことを記憶している神だ」というのは、よくみかける表現だ。しかしこれは人間をもっとも内側から定義する言葉だ。わたしの生は、巨大な宇宙の直中《ただなか》にある。そしてそこから巨大な苦悩の感情を味わう。しかしわたしが自分の偉大さを感じた瞬間に、わたしになにかコミカルな感情が湧いてきて、自分の卑小さに気づかされるのである。
人間は仕事をしなければ、飢えと寒さに委ねられるのだが、仕事をしなければならないこの昼間の世界ほど、夜の神聖さにそぐわないものはない。天の無数の星々は仕事などしない。利用に従属するようなことなど、なにもしないのだ。しかし地球はすべての人間に労苦を求める。人間は終わることのない仕事のうちに疲れ果てる定めなのである。

失墜の感情はいつの時代にも存在していた。そしてほとんどすべての幻滅した神話で、この感情が語られている。「創世記」はそのことを痛烈に物語る。原罪のあとでは大地は呪われていることを、わたしたちに認識させるのである。神は自分が創造した人間に腹を立てた。神は人間に「あなたは顔に汗してパンを食べ、ついに土に帰る、あなたは土から取られたのだから」と宣告するのである。[*1]

人間の悲惨は残酷というより、屈辱的なものである。ある時は辛辣で、ある時は皮肉で、しばしば愚鈍な言葉を語りながら、いと小さきものにこだわり続け、しかもそのことに疲れ果てた貪欲さほど、屈辱的なものがあるだろうか。〈陰険な〉としか言いようのないわたしたちの存在を考えると、弱い宗主から次第に離反し始めた封建領主たちを思いだす。しかしわたしたちが属する**地球**や星々の輝く天を忘却することは、宗主を忘れるよりも、もっと深い意味がある。臣下は自分たちのすることが管理されるのを拒む。人間は原則として、自分にかかわる宇宙について、なにも知らないものだ（子供の頭髪にたかっている虱が、子供の歩む気紛れな道筋を知らないように）。

▼2わたしは個人的には、他者の配慮の欠如に憤慨してきたものだし、いまもうんざりしつづけているが、それは事態の根本的なありかたを変えるものではない。そして有用性の原則が他者の配慮の欠如をおしつける場合には、この欠如がさらに深刻なものになる。「非人称の多数者」の貪欲さは、かつての人間の貪欲さほど気紛れではない。偉大な宗主や王は、縮小されてはいても、まだ貪欲さを保持していたのだが、大衆の貪欲さは「非人称の少数者」の貪欲さを知らないのである。大衆は自分のためには、有用性の道徳を採用している。ごく一般的に認められているさまざまな価値についても、大衆は「何の役に立つのか」という〈究極の問い〉を用意しているものだ。この問いにたいして大衆は、あいまいな答えでも満足するものだが、喧嘩しないですますためには、混同をもちこむ必要があるのだ。私心のない文化と技術を混同させ、必要なくつろぎと快楽を混同させるのだ。

何の役にも立たないものは、価値のない卑しいものとみなされる。しかしわたしたちに役立つものとは、手段にすぎないものだ。有用性は獲得にかかわる——製品の増大か、製品を製造する手段の増大にかかわるのである。有用性は、非生産的な浪費に対立する。人間が功利主義の道徳を認める限りにおいて、天は天のうちだけで閉じていると言わざるをえない。こうした人間は詩を知らないし、栄誉を知らない。こうした人間からみると太陽

は、カロリー源にすぎないのだ。▼3

▼ガリマール編集部注1――ここから「言葉だ」までの五行は抹消されている。

＊訳注1――「創世記」三巻一九。一九五五年改訳の日本聖書協会版による。

▼ガリマール編集部注2――ここから文の最後まで抹消されている。

▼ガリマール編集部注3――なお、草稿箱一三G一四三、二〇ページには、次のような断章が残されている。

「なんの役にも立たない」。これは下賤で価値のないものだ。しかしなにかに役立つものとは、つねにひとつの手段にすぎない……。有用性とは、製品や、製品を製造する手段を獲得するか、増大させることにかかわる。有用性は、非生産的な浪費と対立する。この種の道徳が猖獗《しょうけつ》をふるうようになると、人間は失墜のうちにすっぽりと包まれるのである。地表には、貪欲で冷たい世界が閉じている。この世界ではすべてのものは、卑小さに応じて計られるのである。ここでは太陽が作り出す財が増大する限りで、太陽が重視される。太陽のほんらいの栄誉には、もはや意味がみいだされることはない（余白に　帽子、▼4女神、最後の章）。

▼ガリマール編集部注4――この帽子と女神については、次の「3　自己の贈与において再びみいだされた栄誉」を参照されたい。草稿一に含まれるこの文章の欄外には、さらに次の文が記載されている。

現代の人間は群れると、宮殿の中に入りこんだ俗人のようにふるまう。俗人は、女神の像の頭部に自分の帽子をかぶせてみたりするのである。

3　自己の贈与において再びみいだされた栄誉

近代の人間の失墜は、聖書に描かれた失墜とは違うものだ。苦悩をもたらすのではなく、理性の表現でさえある。これとは反対に、素朴な人間の失墜は、天から墜落したかのように、外部から訪れた。これはひとつの状態というよりも、これに甘んじることへの拒否であった。素朴な人間は宇宙に生きる異邦人ではなかったのである。いくらか苦悩を味わいながらも、素朴な人間は自分の失墜を、まるで招かれた見世物のように眺めた。素朴な人間はそこで栄誉を感じ、今度はみずから栄誉をまとうことで、これに応じる義務があると考えた。古代メキシコの部族は、極めて残酷な形でこれを浮き彫りにしていた[1]……。

黒い帽子。神の像の前で、苦悩の時間のかけらにおいて、このプチブルは、神の像の頭部に自分の帽子をかぶせる。近代の叡智は、古代の人々を笑いものにするが、古代の素朴な人々はわたしたちとは違って、宇宙における異邦人のようにふるまうことはなかった。

古代の人々は、もはや捉えがたくなった本性に従って、苦悩を感じながらも、招かれた祝祭を眺めるように、目の前に展開される光景を見つめたのだった。古代の人々にとっては失墜とは、失墜した状態であるよりも、失墜のうちに屈してしまうことの拒否であった。古代の人々は宇宙のもとに栄誉をみいだすことができただけでなく、みずからも栄誉あるふるまいをしなければ、栄誉をみいだせないと考えていたからである。

わたしたちの世代は、自分で考えている以上に、栄誉を高く評価しているが、この自己の贈与の意味は明確でない。というよりも、その意味が知られていないのである。古代メキシコの人々は、人間と宇宙の栄誉を結びつけた。太陽は供犠の狂気の果実であり、人間の姿をした神は、灼熱の火のうちに身を投じることで、真昼の壮麗さを生んだのだ。このようにアステカの人々は、供犠と光が一体となるのを見た。そして陶酔のうちでの自己の贈与は、同じように陶酔のうちでの栄誉に匹敵すると考えたのである。たしかに「文明化」された人々も、このように考えることができるかもしれないが、めったにあることではない。

フランシスコ修道会の宣教師ベルナルディノ・デ・サアグンは、一六世紀の中葉に、アステカ族の古老たちから次のような物語を聞き取っている。「太陽が生まれる前に、神々がテオティワカンと呼ばれる場所に集まり……、たがいにこう言いあったという――「だれが世界を照らす役目を果たすか」。これにテクシステカトルという名前の神が「わたしが世界を照らす役目を引きうけよう」と答えた。神々は再び言葉を継《つ》いで、「他にだれかいないか」と尋ねた。そしてたがいに見つめあいながら、だれが名乗り出るかと見つめあったが、その任につこうと申し出る神はなかった。だれもが怯《おび》え、言い訳ばかりを語るのだった。

神々の中に、腫れ物のある神がいた。だれもこの神に重きをおいていなかったが、この神は口を閉じて、他の神々の言い訳に耳を傾けていた。そこで神々は「それでは君にしよう、腫れ物の神よ」と語りかけた。この神は命じられたことに喜んで従い、こう答えた――「ご命令をありがたくおうけします。そういたしましょう」。

こうして選ばれた二柱の神は、すぐに四日間の贖罪を始めた。そして厳に穿った炉に火をともした……。テクシステカトルという名前の神は、貴重な品々ばかりを奉献した。というのは、通例となっている花束ではなくケツァルと呼ばれる豪奢な鳥の羽根を献じ、干し草の塊の代わりに黄金の玉を献じ、竜舌蘭《マグィ》の棘の代わりに、宝剣を献じ、血塗れの棘の代わりに、紅珊瑚の棘を献じたのである。そして捧げ物にしたコパル樹脂は極上の品だった。

一方、腫れ物の神は（名前はナナワツィンだった）、通例となっている枝の代わりに、三本ずつ束ねた九本の青い葦を献じた。また干し草の塊と、自分の血で塗れた竜舌蘭《マグィ》の棘を献じ、コパル樹脂の代わりに腫れ物の瘡《かさ》を献じた。

この二柱の神々のために、小さな丘の形の塔を一つずつ建立した。ここで二柱の神は四日四晩の贖罪をしたのである。そして四晩の贖罪が終わると、神々は枝、花束、二柱の神々が使ったその他のすべてのものをこの塔の周りに撒き散らした。次の夜、夜半を少しすぎて、儀式がこれから始まろうとする頃に、テクシステカトルの装身具が運び込まれた。アズタコミトルと呼ばれる羽根飾りと、華奢な上着だった。腫れ物の神のナナワツィンの頭には、アナゾントリと呼ばれる紙の帽子をかぶせ、同じく紙の襟垂帯と剣帯をまとわせた。真夜中になると、すべての神々が、四日の間、火をともし続けてきたテオテクシカリと呼ばれる炉の周りに集まった。

神々は二列になって、火をはさんで向きあってならんだ。選ばれた二柱の神が、二列に立ち並んだ神々に囲まれて、火の方を向いて炉端に歩みでた。居並ぶ神々は、テクシステカトルに向かって、「さあ、テクシステカトル、火の中に飛び込め」と励ました。テクシステカトルは飛び込もうとしたが、炉は大きく、火が燃えさかっていたので、その熱さに怯えて、後退《あとずさ》りした。さらにもう一度、勇気をふりしぼって炉の中に身を投じようとしたが、炉に近づくと立ちどまり、もはや前に進めなかった。この神は四度、いろいろと試みたが無駄だった。

だれも四回を超えて、試みてはならぬというのが掟だった。この四度の試みが行われた後、神々はナナワツィンに向かって、「さあ、ナナワツィン、今度はお前の番だ」と命じた。神々が語り終わる前に、ナナワツィンは力をふりしぼり、眼を固く閉じて跳躍し、火の中に身を投じた。すぐに丸焼きにしたときのようなパチパチという音を立て始めた。

ナナワツィンが身を投じ、燃え始めるのを目にしたテクシステカトルは、すぐに跳躍して猛火の中に身を投じた。そのとき一羽の鷲が飛び込んで、同じく焼け焦げたと伝えられる。鷲の羽根が今でも黒みがかっているのはそのためだという。鷲に続いてジャガーが飛び込んだが、燃え上がっただけで、焼けずに出てきた。いまでもジャガーに白と黒の斑があるのは、そのためだという[1]」。

しばらくして、神々は跪いて、ナナワツィンが「太陽となり」、東天に昇るのを見守った。「太陽は左右に身をゆすりながら昇ってきた。あまりに真紅なので、だれも直視できなかった。目がつぶれるからである。それほどに強い光線を放ち、あまねく照らしだしたのである」。

次に月が地平線に昇った。▼[2] テクシステカトルはためらったために、輝きは劣っていた。それから強情に抵抗する神も、抵抗しない神も、すべての神々が死ぬ番だった。風の神がすべての神を殺した。新たに生まれた二つの天体を動かすための犠牲である。この神話は、行為の魔術的な価値が信じられていたことを示すものであり、宇宙の法則と人間の生の法則を混同しているという意見もあるだろう。

しかし魔術的な行動は、太陽の栄誉を目的とするものであり、この栄誉を有用性で包み込むことはできないのである。炎の中で犠牲になって死ぬことの苦悩を、太陽の輝きのアナロジーで考えることは、宇宙が示す壮麗さにたいする人間の反応である。貪欲さのために世界の酩酊を分かち合うことのできない人間も、供犠のうちでは、この酩酊に参与するのである。

わたしが選んだこのナナワツィンの供犠の神話は、宇宙の誕生にかかわる多数の儀礼に似ている。この神話では太陽の光暈《こううん》から、人間の生が熱望する栄光を作り出すが、人間は死ぬことでしかこの栄光を手にすることはできないのである。瘡もちの神（腫れ物の神）ナナワツィンは、大地の貪欲から免れて、炎のうちに自分を捧げた。猛火の中に飛び込んだのである。太陽に劣らぬ自己の浪費である。

▼ガリマール編集部注1――ここで草稿が数枚欠けている。草稿二の原稿二一～（二五）の文章が欠けているか、あるいは『呪われた部分』草稿と混ざっている。ここでは原稿箱一三G一四四～一四六、ページ二二～二三で補い、次に草稿一（次の注参照）で補うことにする。

[1]――ベルナルディーノ・サアグン『ヌエバ・エスパーニャ誌』[*1]、一八八〇年、第二書、第七章。

＊訳注1――古代メキシコの神話と戦争について、ぼくたちに信頼できる記録を残してくれたサアグンは、サンフランシスコ修道会に所属していたスペイン人宣教師。この書物のアンソロジーが、『神々とのたたかい』というタイトルで邦訳されている。なおアステカ神話の固有名詞の表記は、原則として増田義郎監修の『図説マヤ・アステカ神話宗教事典』（東洋書林）に依拠している。

▼ガリマール編集部注2――以下の文章は、草稿一（一三G一四七～一五〇）に基づく。なお草稿一（一三G一三六～一四二）の一八九～一九二ページには、次の異稿がある。

人間の位置の惨めさ

もしも死が〈けり〉をつけることになっていなければ、人間の生というものは、世界とは逆の方向に進んだことだろう。太陽の光の発散とも、銀河で繰り返される祝祭とも、きわめて対立した営み、それが人間の生なのである。これは地球という天体の枯渇だけによって生まれた。まるで、宗主がなにも行動を起こさないようになってから、独立する封建時代の領主のようである。

しかし人間の貪婪さは、地方の領主をはるかに上回る。地方の領主は、王の代理人に地方を管理させないだけだ。ところが人間は、自分を生み出した宇宙の存在すら忘れてしまう――寄生虫が宿主のことを忘れているように。それどころか人間は、大地は安定しているという幻想を、第一の原則とすることで、自分の周囲の世界をさらに閉じようとするのである。人間はすべてをみずからの弱さに還元したがるのだ。

人間が自分の貪欲から道徳法則を作りだすと、きわめて深刻なことになる。最強者の暴力と貪欲が、多くの災厄の原因となる。しかし貪欲と道徳が一致すると、さらに破滅的な事態が発生するのであり、これと比較すると、こうした災厄もとるに足らぬものである。自足する貪欲さは、道徳的なものではない。しかし苦しみ、自足することのできない人々の貪婪は、すべてのひとが担うべき義務を作り出す。この義務は無視できない。しかしこの義務が、人間の行動を支配する原則になると、きわめて不運な事態が起こるのである。

人間はすでに、大地と堅固な事物の〈球体〉のうちに、孤立している。これは虚弱で悲しい〈球体〉であり、いとも失墜した圏域で、「天の戯れ」のもとに遺棄されている。人間が有用性の原則の前に屈するようになると、人間は結局は貧しくなる。獲得する必要性、この貪婪さが、人間の目的になる――人間の巨大な活動の終局であり、目的になってしまう。もはや悲惨のことしか考えられなくなり、なんとしてでもこの悲惨な状態を緩和しなければならないのだ。憂鬱さと、灰色の日々が目の前に広がる。人間には絶滅の力が与えられたのである。

人間の生が冷たさによって生まれたものであり、わたしという生きているこの粒子が、渇きにすぎないならば、わたしは自分を呪うべきだろう。わたしの無限の悲しみの条件が、定められたかのようである。しかし自省しない人間というものは、それほど悲しくはならないものだ。こうした人は、なにか呪われたものを信じ込んでいるのだが、この呪いはそれほど致命的なものではなく、これを迂回することで、生の喜びはこの呪いをまぬがれるものだ。有用性の原則が生まれるのは、内省に苦しめられた老人からである。

内省する理性というものは、人間の生きるこの世で、もっとも風変わりなものだろう。この理性は、世界を否定し、大地の〈嘘〉を論理的に発展させるために、あらゆる可能性を汲みつくす。この理性は、内省し、自分に不満を抱く可能性に賭けるのである。しかし内省が論理もなしに極限にまで発展すると、素朴な人間が気づいていた真理を再びみつける手段を手にすることができるかもしれない。素朴な人間は、呪ったり、滅入ったりはしないものだ。わたしが企てているのは、この方法による贖いなのだ。[3]

栄誉と供犠（ガリマール編集部注　この「栄誉と供犠」の部分は、全体が抹消されている）

わたしはこれまでにないほどの忠実さをもって、存在の条件を示してきたつもりである。この条件を宇宙の戯れのうちに位置づけたのである。人間は自分を支えている天体の運動を完成させる。この運動とは、合成され、組み合わされる粒子の解放であり、粒子の間の闘いである。ここにますます多くの力が集まり、これが拡大して権力にまで到達する。しかしこの分解が、衰退の兆候であるのはたしかだ。これは惑星の枯渇を利用するものである。それでも偉大で、栄誉あるものであることに違いはない。戯れを生きる者が、戯れを望む者であるのは、自明なことだ。ただし悲惨なのは、理性がこの運動を不条理な道から迂回させようとすることだ。この人間の理性をまぬがれることができるのは、無だけである。

人間を宇宙の栄誉に結びつける素朴さ

素朴な幻想は、世界からあるイメージを作りだすのだが、このイメージは「常識」という表象よりも、最近の思考の方法に近いものがある。単純な人間は、供犠の狂気のまなざしで、天を眺めたのである。

単純な人間は宇宙の祝祭になる。こうした人間のもとでは、思考はまだ行為と結ばれていた。思考のすべての動きは、行為の運動に従うことができたのである。

ところが存在を有用性に還元する人間は、天の「栄誉」を知らず、これを貶める。しかし人間はみずから栄誉ある行動をしない限り、これほどの巨大な「栄誉」を再び発見することはできないのである。アステカ族は、太陽の光輝は、人間にふさわしい行為によって生まれたものだと考えることで、宇宙の栄誉と人間を結びつけていた。アステカ族の神話では、人間の姿をした神が犠牲になることで、いまわたしたちの地球を照らしている太陽が生まれたことになっている。こうしてアステカ族は、わたしたちがいま見ることのできないものを、目にしていたのである。アステカ族は、太陽の輝きにふさわしい行為で、他の人々に模範となる行為を作り出した。アステカ族が目を逸らすことなく見つめていたのは、供犠と太陽の輝きの統一、自己の贈与と栄誉の統一である。

太陽の光輝とナナワツィンの生け贄

ベルナルディノ・デ・サアグン師は……。「わたしが世界を照らす役目を引きうけよう」と答えた。神々は再び……。次に月が……。

▼ガリマール編集部注3――余白に「この贖いの可能性を定義すること」として、次の文が書かれている。

現代の人間が、これまでのうちでも、宇宙でもっとも異質な生き物であるのはたしかだろう。現代の人間は、もっとも個人的で、もっとも意味の欠けた問題だけが存在するかのように、生きるようになったのだ。人間は、みずからのうちにあって、光明と光輝の世界と強く結びつくもの、すなわち栄誉を求める趣味の価値を、ますます貶める傾向がある。現代の人間は群れると、宮殿の中に入りこんだ俗人のようにふるまう。俗人は、女神の像の頭部に自分の帽子をかぶせてみたりするのである。ただしこの身振りは、ユーモアとしての意味をもつものではあるが……。

メキシコにおける人間の供犠

アステカのナナワツィンの神話は、本書の全体を照らしだす。「太陽という**天体**」が、神話の中心にある。この「供犠としての死」は、鏡のように、その輝きの強烈さを輝かせる。テクシスカトルの「苦悩」は、わたしたちの死の重い意味を明かすのである。しかしこの神話だけではない。アステカ帝国のすべてが、わたしの反応を照らしだすのである。わたしたちの生のうちで、重しのようにわたしたちを**宇宙**から隔てるものがあるとしても、生をこの重しから解き放つ軽やかな運動を、経験することができないものだろうか。わたしにはこの運動は、栄光を渇望するときに、わたしたちを衝き動かしているものだと思える。

アステカ帝国は、栄光と供犠から過剰を作り出した。他の民族はそれほど恐ろしくない道を選んだのだが、このメキシコの道は、他の民族の選んだ道よりも多くのことを教えてくれる。わたしたちのうちには栄光への意志がある。この意志は、わたしたちが太陽のように生きること、わたしたちの財と生を浪費しながら生きることを求めているのである。

腫れ物の神の死は、アステカの血なまぐさい供犠と結びついている。神々は毎年、四日間の断食を行う。そして実際にアステカ族は、太陽の栄誉のためにこの断食の掟を守っている。断食の間に、腫れ物の神のように、皮膚に疾患のある瘡もちの俘虜を生け贄にする。これほど恐怖に満ちた殺戮の儀礼はないし、メキシコの寺院で行われる儀礼ほど、詳細があきらかになっている儀礼もないのである……。

……神を体現する犠牲者は、神官の黒曜石の刀の犠牲となった▼1。激しい一刺しで、まだ脈打っている心臓をとり出し、これを太陽に献じた。生け贄の多くは戦争の俘虜だった。そこから太陽の若返りのためには戦争が必要であり、戦争をやめると、太陽は光を失うのではないかという考え方が生まれたのである。

この供犠でもっとも感動的なところは、若く、非のうちどころのない美しい若者を、「復活祭の頃に」犠牲にすることである。儀礼の一年前に、戦の俘虜のうちから選びだされる。俘虜は、選ばれてからは、王侯のように暮らしていた。「手に花をもち、供を従えて町中を練り歩いた。人に出会うたびに恭しく挨拶した。その若者がテスカポリトカ（もっとも偉大な神の一柱）の役を演じていることはだれもが知っており、どこで出会っても、みな彼の前にひれ伏し、拝んだ[1]」。

ときおりクワチクシカルコのピラミッドの上にある神殿に姿をみかけることもあった。

「昼でも夜でも、若者は気が向くとそこに赴いて横笛を吹く。そして笛を吹いた後では、世界の諸々の場所に向かって香を焚き、それから宿に戻るのだった」[2]。この若者が優雅にみえるように、そして君主のような暮らしをさせるために、あらゆる配慮がなされた。

「肥ってくると、飲み水に塩をいれて、ほっそりとした体型を保てるようにした」[3]。

生け贄の祝祭の二〇日前に、みめよい四人の娘が与えられた。若者はこの二〇日の間、娘たちと交わるのである。若者に捧げられたこの四人の娘たちも、そのために繊細な配慮をもって育てられてきたのである。娘たちは、四人の女神の名前で呼ばれる……。生け贄に捧げられる祭の五日前に、若者は神の栄誉を与えられる。王は宮廷にとどまるが、廷臣たちは若者につき従う[4]。涼しく、心地好い場所で祝宴が開かれる……。死の日が訪れると、トラコクカルコと呼ばれる祈禱所に若者を導く。しかし祈禱所に到着する前に、トラピツアナヤンという場所に来ると、四人の娘たちは若者と別れ、若者は一人きりになる。死を授かる場所にくると、自分で神殿の階《きざはし》を登る。一段ごとに、一年の間ずっと奏でてきた横笛を一本ずつ手折るのである[5]。最上段に登ると、死を与えようと待ち構えていた神官たちが若者に襲いかかり、石造りの板の上に投げ倒す。脚、腕、頭をしっかりと押さえて仰向けに寝かせ、黒曜石の刀をもつ神官が、若者の胸をぐさりと刺す。刀を抜いてから、刀で開けた傷口に手をさし込んで心臓を抉りとり、それをすぐに太陽に捧げるのである」[6]。

若者の死体は丁重に扱われた。神殿の中庭に静々と降ろされる。ふつうの犠牲者の場合には、階段から下に投げ落とされるのである。ふつうの儀礼では最大の暴力がありきたりのことになっていた。死者の皮膚を剝ぎ、神官がすぐに血塗れの皮膚を身にまとう。燃えさかる火の中にいくたりもの人間が投げ込まれ、そこから熊手ですくい上げ、生きたままで板の上に置くのだった。生け贄の供犠で聖なるものとなった生け贄の肉は、食べられることが多かった。饗の儀礼は休みなしに続けられ、聖なる供犠のために毎年、無数の生け贄が必要とされるのだった。毎年、二万人が犠牲にされたといわれる。

ところが神の化身となった犠牲者だけは、神のように人々に囲まれて神のごとくに犠牲の台に登り、人々は生け贄が死ぬまで、この若者を見守るのである。

アステカ族は、犠牲になって死ぬ者には、独特な姿勢を示している。俘虜たちを人間的に遇して、俘虜が求める食べ物と飲み物を与えるのである。戦争で俘虜を連れて戻り、これを生け贄に捧げたある戦士は、俘虜を「息子として扱い、俘虜は戦士を父親とみなしていた」[7]。生け贄となる者たちは、自分を殺させる者たちとともに踊り、歌った。俘虜たちの苦悩を慰めようとすることも多かった。

「神々の母」の化身とされた女性は、治療にあたる女たちや助産婦たちから、「うるわしき友よ、悲しまないで。今宵は王とすごすのよ。楽しんでね」と慰められたのである。だからこの犠牲者には、これから死ぬのだとは告げないのである。彼女の死は予期せぬ突然のものでなければならないからである。

ふつうは犠牲となる者たちは、自分の運命をよく知っており、そのためにも最後の夜は、どうしても歌い、踊って、寝ずに過ごすのである。犠牲者たちを酩酊させたり、もうすぐ死ぬのだという思いを払わせるために、「悦楽の娘」を与えることもあった。犠牲者たちは、死を待つこの辛い時間をさまざまな形で耐えた。一月の祭の間に死ぬ定めの奴隷たちは、「墨を満たした鉢を抱えた男に先導されて、主人を訪れて暇乞《いとまご》いをした。声をはりあげて、胸も裂けんばかりに歌い、主人の家にやってくると、墨の入った鉢に手を浸し、家の敷居と柱に手を当てて、手形を残した。両親の家でも、同じしぐさを繰り返した。勇気のある奴隷だと、食事をする力が残っていることもあった。しかし他の奴隷は、これから待ち構えている死のことを考えると、物を呑み込む勇気もなかった[8]」。

女神のイラマテクートリの化身とされた女奴隷は、全身に白装束をまとわされ、白と黒の羽根で飾り立てられ、顔は半ば黒、半ば黄色に彩られた。「この娘は殺される前に、歌い手の歌と老人たちが奏でる楽器の音に合わせて、踊らされた。娘は近づく死の思いに、苦悩にうちひしがれながら、溜め息をつき、泣きながら踊っていた[9]」。秋になると、コアトランという神殿で、女たちが生け贄にされた。「不幸な女たちは階《きざはし》を登りながら、ある者は歌い、ある者は叫び、ある者は涙を流した[10]」。

▼ガリマール編集部注1――以下では『呪われた部分』草稿に採用された草稿二、原稿（二五）〜三三

を採用する。

［1］――サアグン前掲書、第二書、第五章。
［2］――同書、付属文書、第二書。
［3］――同書、第二書、第一四章。
［4］――同書、第二書、第一四章。
［5］――同書、第二書、第五章。
［6］――同書、第二書、第一四章。
［7］――同書、第二書、第二一章。
［8］――同書、第二書、第三四章。
［9］――同書、第二書、第三六章。
［10］――同書、第二書、第三三章。

4　戦士と戦士の死

この儀礼で意外なのは、これが「自己の贈与」の喜劇であるということだ。神話ではおそらく神々がみずからを贈与しただろう。しかし神々の化身にされた生け贄たちでは事情が異なる。俘虜はみずからを贈与することはできない。贈与するには、その人は自由でなければならないのだ。しかし俘虜の供犠は、供犠を可能にした条件、すなわち戦争と死のリスクと切り離すことはできない。アステカ族は、死の危険に挑むという条件のもとでなければ、血を流さなかった。

アステカ族は、戦争と供犠のこの結びつきをよく理解していた。産婆は生まれてきた赤子の臍の緒を切りながら、次のように語りかける。

「からだの真ん中にある臍の緒を切りますよ。お前が生まれたこの家は、お前がとどまる場所ではないことをよく弁えなさい……。お前が首《こうべ》を落すところが、お前の揺籠なのです……。お前のほんとうの祖国は別のところにあります。お前は別の場所に赴く定めなのです。お前は戦闘の場のために生まれついたのです。お前は戦闘のために遣わされました。お前の業、お前の技倆、それは戦《いくさ》です。お前のつとめは、太陽が飲めるように、敵の血を捧げること、大地が呑みこめるように、敵の身体を捧げることです。お前の祖国、お前の財産、お前の幸福は、天の太陽の宮殿のもとにあります……。戦の場で死んで、華々しい死を迎えて命を終えるにふさわしい者とみられることは、お前にとって幸ある定めです。お前のからだから、おなかの真ん中からこれから切り取るものは、大地であり、太陽であるトラルテクルトリの神のものなのです。戦が沸き上がり、戦士たちが集まり始めたら、お前の父と母、太陽と大地に捧げてもらうために、勇敢なる戦士たちにこの臍をゆだねましょう。戦士たちはこの臍を、戦《いくさ》の場となる土地の真ん中に埋めるでしょう。それはお前が大地と太陽に捧げられ、約束されたものであることを証《あか》すことでしょう。それはお前が戦の仕事に専念することを約束するしるしになるでしょう。お前の名前は戦の場に刻み込まれ、お前の身柄も名前も忘れられることはないでしょう。お前の身体から切りとられるこの貴重な捧げ物は、竜舌蘭（マゲイ）の棘、煙草にする草、アクスコヤトルの枝と同じような捧げ物となるのです。これがお前の誓いと犠牲を固めるのです」。

戦争と燔祭《はんさい》は、習俗、真なる自己の贈与、儀礼のパロディと厳密な関係で結ばれている。演劇で、最後の幕の「戦の場」で山場が訪れるように、俘虜にされた戦士は、この供犠の山場で犠牲になると言えるだろう。

戦から俘虜をつれて戻った戦士は、聖なる劇において、神官と同じような役割を果たす。生け贄の傷口から流れだした血を集めた最初の一鉢は、神官たちが太陽に捧げる。二鉢目の血は、犠牲を奉納した戦士がうけとる。犠牲を奉納した戦士は神々の像の前に赴き、神々の唇をまだ暖かい血で湿すのである。

生け贄の死体は、奉納した戦士に戻される。戦士は死体を自宅に持ち帰り、首を切り取る。胴体は塩も唐辛子も使わずに料理して、祝宴で饗《あえ》される。しかし肉を食するのは招待された客だけである。生け贄を息子であり、もう一人の自分と考えている戦士は、肉を口にしない。祝宴の最後に踊りが舞われるが、戦士は生け贄の首を手にして踊るのである。

もしも戦士が勝利して戻るのでなく、戦《いくさ》で倒れたならば、戦の場での死が、俘虜を犠牲にする儀礼と同じ意味をもつことになる。戦士は自分の身体で、貪欲な神々に食べ物を奉じることになるのである。

テズカトリポカ神への祈願において、戦士たちのために次のように唱えられた。「戦士たちが戦の場で果てることを神々が望むのは、まことにもっともなことです。神々が戦士をこの世に送り出したのは、戦士の血と肉を、太陽と大地の糧《かて》とされんがためですから[2]」。血と肉に満ち足りた太陽は、太陽の宮殿のうちにある魂に栄誉を授けた。この宮殿において、戦の死者たちは犠牲に捧げられた捕虜たちと一緒になる。戦の場での死の意味は、同じ祈りの次の言葉に表現されている。「願わくは、戦士たちを大胆で勇敢にされたまえ。戦士の心からあらゆる弱さをとり除き、戦士たちが嬉々として死を迎えるだけでなく、死を望み、死のうちに魅力と甘さをみいだすようにされたまえ。矢も剣も恐れず、むしろこれを花のごとく、甘き糧のごとく心地好いものと感じさせたまえ[3]」。▼1

[1]――サアグン前掲書、第二書、第三三章。

[2]――同書、第六書、第三一章。

[3]――同書、第六書、第三章。

▼ガリマール編集部注1――草稿一（草稿箱一三G一五二～一五九）には、次の文章も収めている。

メキシコにおける戦での死

アステカ族は、奴隷や敵の群れを、荒っぽい方法で殺すが、これは神秘的な供犠とはまったく別のものだ。この供犠を遂行する者には、太陽としての性格が与えられるのである。この苦悩の殺戮は、みずからの栄誉のうちに**太陽**となるために、自己を与える小さな神の贈与とは正反対のものである。しかし殺戮者は他の者に劣らず、自分の生を浪費していることを指摘しておく必要がある。殺戮者ほど、死によって生のすべてを締めつけられながら生きる者は稀である。また殺戮者ほど、死に向かう勇気のある者は稀なのである。

　神官の恐怖は、戦士たちの血によって贖われた。神殿では他者の不幸を利用しながら行われることが、戦の場では公正に行われるのである。戦の場で斃れるアステカの戦士は、死に一つの意味を与えるのであり、これによってアステカ族の過剰な犠牲を理解することができるようになる。しかし戦士は神官のようにではなく、腫れ物の神のように死に立ち向かう。

　神官たちは、戦士に神々の恩恵があることを祈るのだが、戦士たちの命が救われることは願わない。神官たちは神にこう祈るのである……「戦士たちが戦の場で果てることを神々が望むのは、まことにもっともなことです。神々が戦士をこの世に送りだしたのは、戦士の血と肉を、太陽と大地の糧《かて》とされんがためですから[4]」。

　この祈りが求めるのは、戦士が幸福に死ぬことだけである。神官たちは次のように祈る。「願わくは、戦士たちを大胆で勇敢にされたまえ。戦士の心からあらゆる弱さを取り除き、戦士たちが嬉々として死を迎えるだけでなく、死を望み、死のうちに魅力と甘さをみいだすようにされたまえ。矢も剣も恐れず、むしろこれを花のごとく、甘き糧のごとく心地好いものと感じさせたまえ」。

　一見するとこれほど非人間的な世界からは、人々は目を背けるが、そこには抑圧がないわけではない。人々が太陽の過剰な輝きに耐えきれず、太陽から目を背けるのと同じことだ。たしかにアステカの宗教の狂ったような残酷さには、わたしたちが模範にするような価値はないだろう。しかしアステカの宗教の死にたいする姿勢は、大きな示唆を与えてくれる。過剰によって、力の効果がさらにはっきりとするのである。たしかに、わたしたちの概念の多くは、大地は動かないという誤った信念と結びつき、誤謬に塗《まみ》れているかもしれない。それでも通常の思考の道筋を逆転させて、自由な存在の道を、全体の運動を、輝きをみいだすべきなのである。

人間の精神が、蜃気楼の世界から逃れるためには、道筋を逆にするほかはない。それには、科学的な分析だけでは足りないのだ。抽象的な科学と、すべての抽象化は、わたしたちを閉じ込めている知覚の圏域の内部にとどまる。天体力学のような図式的な理論を対峙させても意味はない。わたしたちを欺く感受性に、まったく別の感受性を対峙させるべきなのである。この静的な現実という〈幻惑〉から逃れるためには、強い情緒がわたしを動かす必要がある。激しい情動に依存した行為と思考の世界が、より多くの意味を含んでいるのである。

古典的な書物においてアステカについて書かれてきたことを慎重に、ごまかさずに再検討してみると、最悪の苦悩とノスタルジーを利用していることがすぐにわかる。自己の外で、死の高みで生きようとする欲望を活用しているのである。しかし強い情動をかきたてようとする賭けには、危険が伴う。わたしはアステカ族の習俗を利用したが、これは通俗的な挑発と、ほとんど異ならないことを指摘しておきたい。こういうことだ。供犠を行うアステカ族は灯台のような機能を果たすので、わたしはこれに人々の注目を集めたいのだ。いわばわたしは、自分にも他者にも嘘をつくようにふるまわざるをえないのだ。わたしは栄誉を探し求めているが、この方向に進むためにはまず、これが避けがたい苦悩であることを示す必要がある。苦悩だけが、うぬぼれを遠ざけるのである。

［4］――サアグン前掲書、第六書、第三章。

栄誉を再びみいだそうとする者に必要な苦悩と厳密さ

わたしの試みを、悪意のある挑発と考えてほしくない。もしもアステカ族の風習を模範にすべきだと主張する人がいたら、わたしはこの風習には道徳的にみて、一貫性に欠けていることを示してやるだろう。栄誉を望む者は、まず避けることのできない苦悩を思い描く必要があるのだ。苦悩だけが、うぬぼれを遠ざける。

「強い情緒」に関して避けるべきことがある――こうした情緒を感じる前に、これについて語ってしまうことだ。激しい言葉で、こうした情緒をひき起こすことができると考えがちだが、言葉では、力のない激しさをひき起こすにすぎない。わたしがメキシコの風習について語ったときには、この罠に嵌まったとは思わない。現実に存在していたものについて語ったのだからである（わたしたちと同じような人間が、実際に経験したことなのである）。

これはたしかに、強い情緒をひき起こす残酷な風習であるが、その現実は、苦悩に満ちた世俗的な探求につながる。宇宙や自分について、わたしたちのごくあたり前な考え方を変えるには、いわばゆっくりとした厳密さとでもいうものが必要なのだと思う。「理性のある人間」が生を閉じ込めようとした月並みな世界には、わたしはうんざりすることが多かった。

わたしは、自分のわかりにくさのうちに、素朴な人間の栄誉ある行動と、自分のうちに感じる深い意味の一致するところを探っているのである。この探求を導いているのは、巨大な苦悩である。そこに安易さがつけこむ余地はないのだ。理性がある重さをもたらすとすれば、わたしはその下をかいくぐるのではなく、その重さを持ち上げることを望むのである。

第2章　非生産的な浪費

第1節　アステカ経済における栄誉あるふるまい

アステカ族がこのように死を濫用したことは、わたしたちに深淵をのぞきこませる。わたしたちは強い恐怖によって、つねにこの深淵に引き寄せられるのはたしかだ。だがしばらくはこの深淵から離れて、アステカ族だけが探し求めた栄誉のみを検討してみよう。アステカ族は、自分たちが開いた深淵のうちにまどろんでいたわけではない。厳密には、コルテスがやってきて、メキシコは栄光の座から滑り落ちたのだが、それが実現するのは、未来のことだ。メキシコは最後まで、栄光に酔いしれて生きていた。もちろん現代にみられるような陶酔ではない。本物の悲劇とアイロニーの感覚が、陶酔に交じっていたのである。現代のわたしたちとは違って、栄光は日々の生と離れたところに遠ざけられていなかった。アステカ族にとって栄光は安価なものでも、上っ面だけのものでもなかったのである。

わたしたちは栄誉とは余分なものだとか、空しいものだと考えがちである。しかしアステカ族は、栄誉にとり憑かれて生きていた。人が手足をもつのと同じように、あっさりと栄誉に〈所有されて〉いたのである。それほどに自明なことなので、栄誉についてあれこれと議論することはなかった。だからこそ人間の生について、そして神々について、深いアイロニーの感情が生まれたのである。

栄誉だけが究極の尺度だった。栄誉は他のすべての可能性よりも上位にあり、さらにあらゆる運動が、栄誉の運動のうちに巻き込まれていた。祝祭の動乱も戦《いくさ》の動乱も、現実的な力をもっていた。脈打つ心臓と同じように現実的な力だったのである。栄光は人間を、そして人間のすべての行動を（ごくつつましい行動までも）、**宇宙**の大きさにしたのである。この宇宙との一致が、畑仕事を活気づけ、豊かなものにしていた。収穫の意味そのものが、踊りと供犠のうちで表現されたのである。

アステカ族は、他の素朴な民族と同じように、儀礼に農耕の仕事と同じような威力を与えていたが、これはみずからを誤解していたのである。アステカ族の暮らしと収穫は、実際には天の壮麗さとかかわるものだった。経済的な活動に、壮麗な目的を与えることは、ごく論理的なことである。純粋な必要性に支配されることは、恐怖よりもさらに深いところで、人間の生に敵対することだからだ。人間は、過剰な情熱に耳を傾けるときではなく、さもしい必要性に動かされるときにこそ、劣った存在に、しかも残酷な存在になるのである。

供犠は、人間と宇宙の一致の源泉となる。儀礼の効果にたいする信念がその土台にあるが、その根拠を示すためには、それを逆転させてみるだけで十分である。アステカ族は、自然が自分たちに従うようにさせるしかなかったが、じつは自然との合一のうちに生きていたのである。

1　至高の王の気前のよさ

祝祭と戦《いくさ》において、アステカ族はいわば、宇宙とまぐわっていた。群れた人々の騒がしさを、天と地に一致させたのである。

騒がしい動きが生のリズムを作り出し、農業と商業はこのリズムから力を引き出していた。経済的な活動の目的は、辛い生活を維持することではなかった。この活動は原則として、栄誉への奉仕に利用されたのである。至高の地位に立つ者が、共同体の栄光を体現していた。至高の王は人民全体のイメージである。至高の王は大衆を統一する存在であり、大衆は至高の王のもとに、共同の意志が忠実に表現されることを期待していた。すべての

人民の望むところは、至高の王が気前のよさというイメージを体現することだった。▼1

サアグンは、語っている。「王たちは、自分の寛大さをみせつけて、評判を高める機会を探していた。王たちが戦争や、供犠の前や後で行われるアレイトスという舞踊に多額の金を投じたのはそのためである。王たちは、極めて高価な品々を賭けた。そして男であれ女であれ、下層の民が臆せずに挨拶し、王の気にいる言葉を申し立てたならば、料理や飲み物をふるまい、衣服や寝具にするための布を与えるのだった。王が気にいる歌を作った者があれば、その出来栄えや、歌で得られた喜びにふさわしい贈物をしたものである」[1]。

至高の王は巨富を所有しており、これを自らの民の偉大な栄誉のために、芸術と祝祭と、戦争のために、支出しなければならなかった。気前よく富を浪費する必要があり、ときにはゲームに負けることも必要だった。▼2

こうした王の気前のよさは、すべての時代、すべての風土で、大衆が求めるものである。これは社会的な活動の意味を解読する鍵であり、これなしには、社会的な活動の意味を理解できないだろう。理性的にみるとこの活動は、ほとんど誤謬に近いものでありながら、理性の根拠となる原則そのものに一致したものにみえる。経済的な理論では、すべての交換を価値の保存の法則か、等価の法則で理解する。しかしこうした法則に厳密に従った活動というものは、すでにかなり曖昧なものであり、解決の困難な問題をひき起こすのである。さらに、大衆の内的な必要に応じたこうした富の移動は、王の機能の表現であるのに、どうしてこれを無視することができようか。

合理的な思考はこうした富の移動を、厳密な意味で忌まわしい浪費という視点から考察する。当然ながら合理的な思考は、こうした悪弊を非難するが、これをかつての大衆が採用していた古い慣習と混同してしまう。しかしこうした視点から富の移動を考えたのでは、その意味を理解することはできない。わたしたちは推論するという必要性に、すべてのものを計算にいれようとする必要性に、欺かれるのだ。

▼ガリマール編集部注1――草稿二の原稿三九が欠けている。草稿一(草稿箱一三G一六四)から続ける。次の項の注と『呪われた部分』を参照されたい。

[1] サアグン前掲書、第八書、第二九章。

▼ガリマール編集部注2――原稿(草稿箱一三G一六五)では、次のように注記している。サアグンによると、テニスのような、石蹴りのようなゲームが行われた。このゲームでは手も足も使わず、お尻だけを使って競技したという。

2 交換の形式としての贈与

古代メキシコにおいては気前のよさは、至高の王、すなわち「民の長《おさ》」の特性の一つであった。しかし至高の王は、共同体の期待に応じて富を浪費すべき人々のうちで、もっとも豊かな人間であったにすぎない。富める者、高貴な者、商人たちも、それぞれの力に応じて、こうした共同体の期待に答えなければならなかった。

祝祭では、すべての有力者たちが蓄積していたはずの富を浪費することが求められた。戦士たち、そして「大商人」たちは、戦《いくさ》で俘虜にするか、奴隷として購入して、祝祭で生け贄にする者を手にいれ、これを神に捧げることを求められた。神殿を建立し、多数の高価な品物を奉献し、神官たちや生け贄となる者たちを飾り立て、祭の儀礼の費用を用立てなければならなかった。公的な宗教に結びついた祝祭は、富める者たち、とくに商人たちが個人として催したのである。

古代のメキシコの大商人たちと、こうした商人たちが守ってきた習慣については、スペイン人が記録したメキシコ誌が、詳しい情報を記録している。スペイン人たちは、こうした習慣に驚愕したに違いない。「商人」たちはあまり安全とは言えない諸国に赴いた。ときには闘う必要もあった。戦争への道を拓くことも多かった。商人たちが名誉ある地位を獲得していたのはそのためである。しかし商人たちがリスクを冒しても、貴族になれるというわけではなかった。スペイン人からみると、商業は冒険も必要であったが、品位を落とす活動だった。

ヨーロッパ人は、利害関係だけに基づいて、貿易の原理に固執していた。ところがアステカの大商人たちは、利益の原則に厳密には従わず、値段の駆け引きなしで取引を行い、交易者としての栄誉ある気品を保っていた。アステカの「商人」たちは、売るのではなく、贈与による交換を行っていたのである。商人たちは、アステカの「民の長」（至高の王であり、スペイン人たちは王と呼んでいた）から富をうけとり、赴いた国の領主たちにこれを進物として献じるのである。「こうした贈物をうけとると、その地の大領主たちは急いで別の贈物を渡して……、王に献上できるようにする」。至高の王は外套、下袴、高価な女性用の下着などを贈与する。「商人」はその代わりとして、さまざまな形をした彩り豊かな羽根、あらゆる種類の宝石細工、貝殻、扇子、ココアを混ぜる鱗状の小皿、意匠をこらして作製され、飾り立てられた獰猛な野獣の毛皮などをうけとるのである[1]。

こうした「商人」たちが旅行からもち帰る品々は、たんなる商品とみなされていたのではない。帰国してからも、商人たちはこれらの品々を昼間は自宅に運びこまない。「夜になり、ふさわしい時刻になるのを待つ。セ・カリ（家）と呼ばれる日が、品物を家にいれるのにふさわしい日とみなされていた。その日に、運んできた品物を家にいれれば、品々は聖なるものとなり、そこにいつまでもあると考えられたからである[2]▼1」。

[1]――サアグン、前掲書、第九書、第五章。
[2]――同書、第九書、第六章。

▼ガリマール編集部注1――草稿一（草稿箱一三G一六〇～一六四と一六六～一六九）では、第二章の第一節の最初から一の「至高の王の気前のよさ」の部分に、次の異稿を示している。

理性がある重さをもたらすとすれば、わたしはその下をかいくぐるのではなく、その重さを持ち上げることを望むのである。

判断の逆転の必要性

学校で決められた窮屈な原則にこだわることなく、社会の形成において、「栄誉ある行動」とされる営みが果す役割を示したいと思う。そのためには、あらゆる場所、あらゆる時代の人々から出発するのではなく、ひとつの民から出発するのが望ましい。孤立した実例だけに限定するのは、まずいやり方だろう。むしろひとつの行為を孤立させて、それがその民の全体に及ぼした効果を考察すべきだろう。

コルテスが征服する以前のメキシコのさまざまな栄誉ある行動をみてみよう。これは共同の存在を秩序づける力を示すものである。この実例で、ある民が栄誉を望みながらも、その意志が民の生そのものを窒息させていくことを明らかにしておけば、その他の孤立した実例を、自由に使えるだろう。

戦争、祝祭、供犠などの総体が、ひとつの民を作り出す。民が集まると力が生まれ、民の活気が頂点に達し、活動を支配するようになる。古代のメキシコの民は、畑を豊穣にするために、供犠と舞踊によって無駄に力を費やしたわけではない。これらの営みは、民の共同の行動のサイクルの秩序を定めていたのである。人々は、自然の生と自分たちの生をうまく区別できなかった。人間の行動と**宇宙**の戯れは、たがいに異質なものではないと考えていたのである。そしてこれは、今のわたしたちよりも優れた洞察なのだ。

正確には、なにも結びついてはいないとしても、人間の生は、**宇宙**の生に結びつかなければ、実現されないのである。わたしたちの経済活動も、天の壮麗さと一致したものである。農業儀礼の効果は、天の壮麗さとの一致によって生まれるものだ。こうした儀礼について理解するためには、意味を逆転させる必要がある。自然を人間に従わせることはできないが、人間は自然に従うことができるのだ。

至高の王の気前のよさ

古代のメキシコ人は祝祭と戦争において、宇宙と一体となっていた。魂とすべての民の騒ぎを宇宙に結びつけていた。農業と交易は、人間たちの栄誉ある騒ぎによって豊穣なものとなっていた。この栄誉ある騒ぎは、辛苦に満ちた生を維持することを目的とするものではなかった。至高の王という人物のうちで、この栄誉が生きていたのである。

至高の王は、民の生ける表現である。だからこそ、群れとしての民が期待しているものに、なによりも大きな意味をみいだす必要があるのである。民が望むのは、王が浪費することである。

サアグンは、語っている。「王たちは、自分の寛大さをみせつけて、評判を高める機会を探していた。王たちが戦争や、供犠の前や後で行われるアレイトスという舞踊に多額の金を投じたのはそのためである。王たちは、極めて高価な品々を賭けた。そして男であれ女であれ、下層の民が臆せずに挨拶し、王の気にいる言葉で申し立てたならば、料理や飲み物をふるまい、衣服や寝具にするための布を与えるのだった。王が気にいる歌を作った者があれば、その出来栄えや、歌で得られた喜びにふさわしい贈物をしたものである」。

[抹消　経済学者も銀行家も、黄金の意味を見抜けない。]

ニーチェによると、経済学者も銀行家も、一瞬もその意味を考察することができない。しかつめらしく頭を悩ませているが、頭のなかはからっぽのままで死ぬのである。ツァラトゥストラはこう語っている。「黄金が最高の価値をもつようになったのはなぜか。それは黄金は稀有のものであり、無用のものであり、穏やかな光で輝くからだ。黄金はつねに自己を贈与しているのだ」。もう少し後では「贈り与える者のまなざしは、黄金の輝きをそなえている」と語っている（ニーチェ『ツァラトゥストラはかく語りき』第一部「贈り与える徳」）。王に気前のよさを期待する民の気持ちが、王に壮麗さを求めるのであり、民にはこのツァラトゥストラの言葉は、十分な意味をそなえているのである。黄金という神しかもっていない人々は、死すべき民、理解することのできない民なのである。

交換の形式としての贈与

古代のメキシコでは、気前のよさが王の特性のひとつであった。しかし王も、民の共同の期待に応じて行動すべき人のひとり、たんにもっとも富める者にすぎなかった。富者、貴族、商人たちも、それぞれの力に応じて、民の期待に答える必要があった。有力者は祝祭で財を浪費するために、富を蓄積しておかねばならなかった。高位の人々や商人たちは、奴隷を神の生け贄に捧げた。そして習俗と栄誉を保持する願いから、豪奢な宴会を催さねばならなかった。

商人たちは、交易の精神になじまない規則にしたがっていた。どうやら商人たちは、贈与の形式で交換を行っていたようである。メキシコの王の贈与という形で、商人たちは王から財をうけとっていた。この王の財を、赴いた国の領主たちに捧げるのである。こうした「商人」たちが旅行からもち帰る品々は、たんなる商品とみなされていたのではない。帰国してからも、商人たちはこれらの品々を昼間は自宅に運びこまない。「夜になり、ふさわしい時刻になるのを待つ。セ・カリ（家）と呼ばれる日が、品物を家にいれるのにふさわしい日とみなされていた。その日に、運んできた品物を家にいれれば、品々は聖なるものとなり、そこにいつまでもあると考えられたからである」。

3 商人の奢侈な浪費

この営みでは、交換される品が「失われた」わけではなく、栄誉ある世界との結びつきを保っていたのである。ここで渡される贈物は栄光の証しだった。品物そのものに栄光の輝きがそなわっていた。贈物を与えることで、自分の富と幸運、すなわち自分の力をあらわにするのである。「商人」とはあくまでも〈贈与する人〉であり、旅から帰ると、まず宴会を開くことに気を配る。宴会には商人仲間を招待して、山のような贈物を持ち帰らせるのである。

これはたんなる帰国祝いだった。しかし「商人が財産を築き、豊かになったと感じると、身分の高いすべての商人たちと貴族たちを招いて祝祭や宴《うたげ》を開くのだった。こうした壮麗な浪費をせずに死ぬのは、卑しいことだと考えられていたからである。このような浪費によって、すべての富を与えてくれた神々に好意を示すことで、商人は自分の品位にさらに磨きをかけることができるとされていたのである[1]」。

祝祭の最初に、幻覚を生み出す麻薬を吸った。招かれた人々は、麻薬の酔いから醒めたあとで、自分のみた幻影を語り合うのだった。主人は二日の間、食べ物、飲み物、煙草を吸うための葦、花などをふるまう。

めったにないことだが、「商人」がパンケツァリストリと呼ばれる祭の際に、祝宴を開くことがあった。これは聖なる儀礼であり、破産するほどの浪費が行われる。この祭を祝う「商人」は、祭の場で奴隷たちを犠牲に捧げる。遠くまで四方八方から人々を招きよせ、ひと財産ともいえるほどの贈物を集める必要があった。「八〇万着にものぼる」外套、「四〇〇〇もの極上品と、並の品質の多数の[2]」帯などが贈られたのである。この贈物のうち、もっとも貴重なものは、将軍たちや貴族たちに贈られ、身分の低い者たちは、うけとる物も少なかった。アレイトスの踊りが絶え間なく続き、首飾り、花輪、花飾りをつけた丸楯で麗しく盛装した奴隷たちが踊りに加わる。奴隷たちは香り高い葦を順番に回してふかし、嗅ぎながら踊るのである。それから奴隷たちは壇上に登らされる。「招待客に奴隷たちがよく見えるようにするためである。そして客に敬意を表明するために、食べ物と飲み物が配られる」。生け贄の供犠の瞬間が訪れると、祭を催した「商人」は、奴隷の一人のような装いをして、奴隷たちとともに、神官の待つ神殿に赴く。生け贄たちは武装をして、神殿までの道で待ち伏せしている戦士たちから身を守らねばならない。攻撃をしかけた戦士が奴隷を捕らえたならば、商人はその代価を支払わねばならない。至高の王もみずから供犠の祭典に出席する。そして祭典のあとで「商人」の家で奴隷たちの肉を食する共饗が行われる[3]。

この営み、とくに「贈物の交換」の営みは、わたしたちのやり方とはかけはなれている。

その正確な意味を理解するためには[1]、北米のポトラッチの慣習と比較しなければならないだろう。この比較によって贈物の交換の意味をはっきりさせないと、ついうっかりして平凡な現実しかみえなくなるのである。いずれ本書で、栄誉ある行動の慣習が、経済をごく自然に活気づけていること、こうした営みがないのは、ブルジョワ的な経済だけであることを示すつもりである。

まず「利益を追求する人間」の社会は、栄誉ある行動に対立するものだった。ブルジョワジーは、有用性に基づいて判断するために、栄誉を滑稽なものと考えた。ときには栄誉ある行動のうちには、物質的な利益に貢献するものもある。ブルジョワジーはこれを寛恕《かんじょ》し、褒めたてるが、同時に軽蔑するのである。われらの盲目のブルジョワジーが、心のうちでひそかに目指しているのは、わたしたちを動物のようにすることに他ならない。

さらに経済が、いかに栄誉ある行動の慣習にまきこまれているかも、いずれ説明しよう[2]。これは一つの弱さと考えることもできるのである。しかし経済がこうした弱さから免れていても、巨大な産業と実業の貪欲な実践は、それだけ人間に敵対するものとなるのである。ブルジョワの世界は、栄誉ある行動を軽蔑し、有用な行動よりも劣ったものだと考える。ブルジョワたちが栄誉ある行動を認めるとしても、それが有用な場合だけに限られる。実際のところブルジョワジーは人間から、隷属的で機械的な動物を作り出そうとするのである。

アステカの商人の「栄誉ある行動」について語ってきたことは、西洋の非人間的な文明が依拠している有用性の原則に、異議を申し立てるものである。わたしは、これまであまり知られていない事実の分析に基づき、経済史の新しい〈顔〉を描くつもりである。「有用な行動」なるものが、それだけでは無価値なものであることを示すのは、たやすいことだろう。わたしたちの「栄誉ある行動」だけが人間の生を決定し、その値打を示すのである。

現代の世界では、ブルジョワ的な価値が衰退しているという意識はまだ、不確かなものである。ブルジョワ的な価値に与えられた実践的な発展と、その巨大な結果は、いまもなお議論の余地がないようにみえる。行き当たりばったりに、子供っぽい軽蔑の言葉が口にされ、断言されるが、これは根拠のないものだ。

ブルジョワ経済は、さまざまな形で告発されているが、その告発の根拠はいつも、労働が不当に搾取されているということだった。しかしうまく理解されていないことがある。たしかにブルジョワ経済は、アンシャン・レジームの退廃的な制度を崩壊させた。しかしブルジョワジーが古い制度に代わる制度を確立できなかったのはどういう意味をもつのだろうか。

アステカ族とアステカ族の慣習について検討するうちに、これについて新しい着想がひらめいた。すなわち、すべての人間はいつの日か、有用な行動そのものには、いかなる価値もないこと、栄誉ある行動だけが生に光輝をもたらしてくれること、栄誉ある行動だけが人間の生に〈値打〉を与えられることを理解しなければならないだろう。ブルジョワジーは、実業を発展させるためには、この〈値打〉を貶めねばならなかったのである。

[1]――サアグン前掲書、第九書、第六章。
[2]――サアグン前掲書、第九書、第七章。
[3]――同書、第九書、第一二章および第一四章。
▼ガリマール編集部注1――草稿二の原稿五一が欠けている。原稿（草稿箱一三G一七三）と草稿一で補う。注2参照。
▼ガリマール編集部注2――草稿一（草稿箱一三G一六九〜一七〇）。

[第2節　浪費の原則あるいは喪失の必要性]▼1

▼ガリマール編集部注1――構想ではこの第二節は原稿九枚で構成されることになっているが、草稿一の最初のページ（草稿箱一三G一七一）と、草稿二の最後のページしか残っていない。構想Bにしたが

って、タイトルを補う。仮のタイトルなので【 】で囲んで示す。

【1 生産のための生産】

生産のための生産

合理的な思考では、人間の活動を生産と財の保存に還元する傾向がある。こうした思考においては、人間の生の目的は、増大すること、すなわち富を増大させ、保存することにあると考えてしまうのだ。そして消費は、エンジンでガソリンが燃焼されるのと同じことだと考える。消費とは、生産に必要な要素にすぎないとみなすのである。

この原則については、ロシアのある労働者が、これまでになく巧みに表現している(ブルジョワの教授の特徴である慎重さなどは、気に掛けないのだ[1])。

合理主義は……、人間による富の消費を、エンジンでガソリンが燃えるのと同じようなものとみなす。もはや消費は、生産的な活動に必要な要素にすぎないのである。ロシアのある雑誌に掲載された二人の労働者の議論には、この原則が例のないほどの純粋さで示されている。この議論で、重工業で働く労働者が、重工業の決定的な重要性を強調したところ、ある製粉工場の労働者が反論した。ソ連の五か年計画の高揚のさなかでは、この製粉工場の労働者にとっても、重工業の重要性はそのままでは否定できないものだった。しかしこの労働者は、製粉産業が重工業よりも劣っているとは認めようとしなかったのである。そこでこの労働者は、製粉産業で生産される製品がなければ、重工業で働く労働者も、働けなくなることを証明したのである……。この労働者の素朴な考えでは、消費は生産のための基本的な条件だったのである……。

さらに草稿箱一三F一には、一九三三年のものと思われる雑誌の切抜きが収録されている（どの雑誌か、確認できない）。下記の「特徴的な議論」のうち、みつかったのは製粉工場の労働者の主張だけである。（ガリマール編集部）

パンフィロフは、軽工業で働くのをやめて、重工業に移るべきだろうか。繊維工場で働いていた若い労働者パンフィロフは、繊維工場をやめて、「社会主義の巨人」である重工業で働くようになった。しかしこれは適切なことだっただろうか。雑誌『コムソモルスカヤ・プラウダ』は、この問題で議論を始めた。本誌ではその特徴的な議論をいくつか紹介する。

君も、責任者の一人なのだ、パンフィロフ

ぼくは、ポロツク町の蒸気製粉工場「ベルムック」の主任整備工だ。この工場はかなり小規模で、従業員は四八名しかいない。たしかに、ぼくたちの工場の生活についてルポを書いた人もいないし、雑誌がぼくたちの工場をとりあげるのも難しいことだろう。でも同志パンフィロフよ、ぼくは自分を労働の英雄のひとりと考えている。ぼくが英雄であるというのは、マグニトゴルスクの冶金工場とドニエプルの発電所の建設と、アモ工場の自動車の生産が成功するかどうかが、ぼくの仕事にかかっているからだ。

パンフィロフ、考えてもごらんよ。ぼくが君の手本にならって、製粉工場をやめて、巨大産業で働き始めたら、いったいどうなると思う。ぼくが転職したら、製粉計画が実行できなくなることだってありうる。ところが君やアモ工場の労働者が食べるパンを焼くために使われているのは、この工場で生産されている小麦粉なのだ。

それに、すべての欠陥を他の責任者のせいにするのも、どうかと思うな。君自身はどうなのかい。若い共産主義者である君が、自分の働く工場のクラブがうまく運営されるために、いったいどんなことをしたのか、教えてくれたまえ。君は、まるで公的な告発者のようにふるまう権利を、どこから手に入れたのかね。君も、責任者の一人なのだ。

——V・I・バロード

▼ガリマール編集部注1——全集第三巻の一五五〜一五六ページに収録されている「消費の概念」の断章とみられる「合理主義」という文章では、この合理的な思考について、次のように語っている。

［2　栄誉ある浪費］

［3　人間の活動の「目的」としての栄誉］

……獲得は、手にいれたものを失うことを「目的」としている。喪失について、功利主義的な説明をするのは、余計なことだろう。喪失が生という意味をもっていること、閉じた富裕化のシステムが不毛なものとなったときには、喪失が豊穣なものとなることが多いのはたしかだ。しかしこの喪失による豊穣さは、それ自体が「目的」ではない。この喪失によって、新たな喪失が可能となることに、この喪失の根拠を、「目的」をみいだすべきなのだ。人間の生は、星辰の輝きのようなものとして生きられる。根底においては人間の生は、この光輝のほかに目的をもたない。その栄誉にこそ、究極の意味があるのだ。

第3節　栄誉ある社会における経済活動

1　ポトラッチ、空虚な栄誉の経済

古代的な交換の形式では、浪費が生産よりも上位に置かれていることが、はっきりと示されている。古典的な経済学では、原初的な交換は物々交換という形をとると考えられてきた。しかし経済の起源において、交換のような取得方式は、獲得の要求に応じるのではなく、反対に喪失し、破砕する要求に応じたものだった。このことを古典的な経済学にはどうしても考えることができなかったのである。この古典的な経済学の概念が崩壊したのは、ごく最近になってからのことである。

すでに説明したように、メキシコの商人は見返りというもののない贈与を実行してきた。この慣行や宴《うたげ》の習慣だけがとくに重要なのではない。もっと重要な営みと関連させて考えるべきなのである。アメリカ北西岸のインディアンたちは、まだ根強く残されている逆説的な交換システムを採用してきた。民族誌学者たちはこのシステムをポトラッチと呼んでいる。そしてどの社会においても、多かれ少なかれ明瞭な形で、このポトラッチの痕跡が発見されたのである。

トリンギット、ハイダ、チムシアン、クワキウトル族では、ポトラッチは社会生活の頂点に位置する。[*1] これらの未開の部族のうちでも、古い習慣をまだ残している部族は、イニシエーション、結婚、葬儀など、個人の地位が変動する際に行われる儀礼で、ポトラッチを実行する。古い習慣を放棄し始めた部族でも、まだ祭でポトラッチが行われることがある。特定の祭の際にポトラッチを行うこともあるが、ポトラッチを行うためだけに、祭が開かれることもあるのである。

ポトラッチは、交易と同じように、富を循環させる手段であるが、駆け引きは行われない。これは首長が競争相手に、巨大な富を厳かに贈与するという形で行われることが多い。この贈与は、相手に屈辱を感じさせ、挑戦し、債務を負わせることを目的としている。贈与された者は、この屈辱を晴らし、挑戦に応じざるをえない。贈物をうけとったために生まれた債務を返済する必要があるのである。これに応じるためには、少し遅れて、最初のものよりもさらに気前のよい新たなポトラッチを実行するしか方法はない。いわば高利をつけて、債務を返済しなければならないのである。

ポトラッチの形式は贈与だけではない。自分の富を厳かに破壊することで、相手に挑戦する場合もある。富の破壊は原則として、贈与をうける側の神話的な祖先に捧げられるという形をとる。供犠とほとんど違いはないのである。一九世紀になっても、トリンギットの長《おさ》が、競争相手のもとに赴き、相手の前で奴隷たちの首を切って殺してみせたことがある。定められた期限内に、相手はさらに多数の奴隷を殺害して、この破壊に応じた。シベリア北東のチュクチ族にも、同じような制度がみられる。[*2] 大きな価値のある橇犬を何頭も、首を掻き切って殺した。競合する集団を畏怖させ、圧倒する必要があったからである。アメリカ北西岸のインディアンは、村を焼き払ったり、何艘ものカヌーを破砕してみせた。部族はその知名度や古さに応じて、伝説的な価値のある紋章つきの銅の塊を所有していたが、この銅の塊はひと財産の価値があることもあった。インディアンはこれを海に投げ捨ててみせるか、破砕してみせるのである。[1]

このポトラッチのテーマについては、交換の起源が物々交換ではなく、利子つきの貸与であると言われている。贈与に返礼する際に、相手を上回る部分を追加して贈与する行為は、利子を支払う行為、高利を支払う行為にみえるからである。ポトラッチが行われる地域では、債務のインフレーションにも似た形で富が増えてゆく。贈与された者が引きうけた債務のために、贈与する者の全体が所有する富が、贈与と同時に実現されることはない。しかしこの側面は、二次的な帰結の一つにすぎない。

ポトラッチのもつ意味は、喪失という栄誉がもたらす効果にある。この営みから、貴族の身分、名誉、階層構造における地位が生まれる。もっとも多く贈与する者に、栄光が与えられるのである。これで生まれる利益は、最終的には貪欲の大きさで計算できる。[▼1] [その魅力が習俗によって決まるとき、こうした懸念はなくなるか、少なくとも中断される。

現在でも理想とされるのは、相手が応じることのできないポトラッチを行うことだろう。儀礼におけるある種の破壊には、どう応じればよいかわからないのである」。

＊訳注1――トリンギットは、東南アラスカに住む北西沿岸インディアンの一部族。大鴉と狼の母系半族に分かれた外婚システムを採用し、有力者が死ぬと、葬儀を手伝ってくれた相手の半族に多額の贈与をする習慣があった。ハイダは東南アラスカからカナダに住むインディアン部族で、大鴉と鷲という母系半族の外婚システムを採用している。報告によると、住居の建築、トーテムポールの建造、葬礼、復讐、面子の回復という五つのきっかけで、多量の財を贈与するポトラッチが行われた。クワキウトルはカナダのヴァンクーヴァー島とその対岸に住むインディアンで、独特な階層関係を構築し、莫大な富を蕩尽するポトラッチを行う。カニバリズムの儀礼でも有名である（この注と次の注は『文化人類学事典』［弘文堂］を参照している）。

＊訳注2――チュクチ族は、ユーラシア大陸の最東端のチュコト半島を中心に居住するロシアの少数民族の一つ。隣族のコリヤークとの間で、たがいに「真の人」と「真の敵」と呼び合いながら抗争することで名高い。トナカイ・チュクチはトナカイの飼育を生業とし、海岸チュクチはアザラシなどを狩猟する。

［1］――これらの事実は、マルセル・モースの偉大な研究『贈与論』から引用したものである。

▼ガリマール編集部注1――草稿二はここから第二章の最後まで、草稿四にとりいれられている。草稿二の原稿に対応する草稿四のテクストを、括弧で囲んで示した。

2 祝祭の経済[1]

［財産があれば、人は日々の生活に事欠くことはないと言われる。たしかにいつの時代にも、富があれば不運な日々に苦労しなくてもすむものだ。しかしかつて富は、権力を獲得することであったが、その権力は喪失する権力だったのである。過去の時代の大衆にとって、財産は栄誉ある者、至高の存在、浪費によって失う必要性のもとに置かれた〈高さ〉と結びつけられていたのである。

産業社会となる以前の文明では、富者は祝祭の費用を支払わされていた。もっとも有力な者は、突然の浪費にそなえて、予備の富を蓄えていたのである。人々の労働が富を創出し、富める者がこの富を蓄積する。共同体はこの富のすべてを、栄誉ある形で一挙に浪費する——過剰さへの欲求の外に、いかなる欲求も満たさずに］。

ポトラッチは、財産形成の若々しい段階である。多くの社会では、栄誉の意味と、ポトラッチで代表される競争関係が、これほど明確な形で示されることはなかった。それでもこうした制度の痕跡は、今でもまだはっきりと見分けることができる。たとえば西洋の社会でも通夜、結婚式、復讐の挨拶、私的な祝祭など、巨大な富が投じられる習慣がある。わたしたちは貪欲であるにもかかわらず、こうした至福に満ちた、それでいて敵意を含む浪費の運動を忘れていない。鶏が声をかぎりに時を告げるのと同じように、人間にはこうした運動はごく自然なものなのである。「商業的な取引と比べると、ポトラッチは人間の心のイメージである。混乱と気前のよさに満ちているが、同時に攻撃的なイメージでもある」。

しかしポトラッチは、共同の生の運動の一つの個人的な形式にすぎない。個人の発意に支配される反応的な行動の領域の外部で、習俗は一般に富める者に、祝祭に必要な富を贈与するように強制する。たとえばローマ帝国では豊かな者は、見世物と遊びのための費用を払うことを強いられた。この負担は税金とは違う性質のものである。これは基本的に栄誉あるふるまいであり、領地を所有する身分が、これを義務づけたのである。

名誉ある身分の者がこのような義務に従うという風習は、祝祭の意味のうちで理解できる。富という語に、この〈名誉の高さ〉という意味が、まだ木霊のように共鳴している。[*1] これらすべての行動は、いまでは魅力のないものかもしれない。しかし黄金は、輝くという単純な性質から、富と輝きを結びつける。黄金は、貪欲な者が一人でこっそりと満足するために輝くのではない。黄金の所有者は自分一人でその輝きを享受するかもしれないが、この輝きは多数者のために光を放つべきなのである。カエサルが催し、祝った祝祭は、カエサルの権力の意味そのものだった。皇帝から発散される幸福が、群衆の熱意を生んだのである。

祝祭の原則に反して、祝祭が私的に催されるようになると、この富の自然な輝きも薄れてしまう。壁の背後でこっそりと隠れて催される祭は、富の輝きを横領する。人々はこの私的な祝祭には無力になってしまう。富が孤独に享受される場合があまりに多くなると、貧しい者たちは財産を呪うようになる。この呪いは、富の輝きそのものに影をさし、これを破壊するまでにいたることがある。

かつては祝祭は、惨めな多数者に開かれたものだった。祝祭によって社会的な秩序が転倒し、奴隷が主人であり、主人が奴隷に奉仕することもあったのである。祝祭には富という意味があった。しかし富はやがては反感を集め、その輝きが嫌悪の対象となる。貧しい者たちは、サーカスにおける浪費と遊びの魅力に屈したことに、呻吟するようになる。この呻吟には理由がないわけではない。富める者たちは結局は、貧しい者たちを嘲笑し、自分の所有する富の輝きを、私利の目的で着服するようになるからである。

▼ガリマール編集部注1――このタイトルは構想Bによる。草稿四では「祝祭の経済と教会」というタイトルを抹消して、「I資本主義の社会」としている。

＊訳注1――フランス語や英語の「豊かな(riche, rich)」という語の語源はラテン語の王(rex)だとされている。フランス語の王(roi)はこれをそのまま引き継いでいるが、富める者は同時に王者の威厳と名誉を伴うと考えられていた。

第4節　教会と宗教改革の役割

1　宗教改革以前のキリスト教の経済

……これは魂の個人的な救済と結びついたままである。[1]キリスト教は、人間の栄誉ある行動には敵対的で、これに慈善の行動を対立させた。慈善はたんなる有用な行為ではない。慈善を施す人の支出は、本人には生産的ではないからだ。旧約聖書は利害をもつ態度と供犠を結びつけているが、施しはこの利害をもつ態度とはかけ離れたものである。

宗教改革の前にはキリスト教徒は、名誉を求める精神には、あいまいで不気嫌な態度をとっていた。キリスト教徒はブルジョワとは違って、ほんらい名誉に敵対する者ではない。キリスト教では、**神**はみずからの栄誉を祝われるために、人間を創造したとされている。異教の廃墟を正式に引き継いだキリスト教の世界は、異教の精神を許容する姿勢を示した。これは異教の多数の祝祭が、キリスト教の慣習のうちに保存されたことからも明らかだ。

教会は、貴族の風習のうちにある実際の宗教的な傾向まで許容した。この宗教的な傾向は、名誉を求める道徳（個人的な栄光の道徳）を、その完全な反対物である福音書の道徳の代わりに採用するものだった。この傾向のために、信義を重んじる伝統が存続し、禁欲の代償として、愛の酩酊への本物の信念が生まれた。**教会**は豊かさを求める運動には反対したが、じつはこの運動が教会を動かし、教会の姿を変えていったのであり、教会の反対は効果がなかったのである。

教会は大地を名誉ある建物で覆い、この聖堂で人々は、とてつもない儀礼を祝ったのだった。施しは、当初の目的から逸脱して、奢侈の目的でも行われるようになった。すべての町とすべての村に、教会堂や聖堂が聳え立ち、キリストと、キリストの死にたいして、すべての人が行った贈与を証言している。平野から渓谷まで鐘楼と塔が聳え、供犠のしるしのもとに、人々と家と道の記憶を刻んでいる。

無用な美は、祝祭の原則を声高に宣言していた。塔が物語るのは、富の一部は必要性のもとから逸脱する必要があるということである。塔は鷹揚さを示すために建立された。塔は自由に開かれ、浪費され、だれにでも開かれた作品を生む必要があるのである。しかしこれらの作品は、供犠なしでは空虚なものになるだろう。鷹揚さも、犠牲者の血を求めない限り、虚ろなものだろう。至高なる贈与の先駆けでなければ、富の贈与は目障りなものとなるだろう。塔が告げる真理は、**福音**ではない。ごく初期の時代の宗教的な真理を告げているのである。わたしには、多数の鐘楼や塔が聳えるこの世界は、過去が現代の時代に投げ続けている挑戦のように感じられる。

こうした教会堂と建築物のすべて、そしてこうした建物で執り行われる儀式、司祭たちが暮らすために必要な費用(本来の目的から外れた博物館の富は別としてもである)、これらは贈与の分け前なのである。しかしわたしたちがいま目にしているのは、どうにか存続できたものだけなのだ。宗教改革以前に、教会にたいして栄誉ある贈与として贈られた土地を合計してみれば、一国の領土にも匹敵するだろう。教会の「永代所有財産」を一人の所有者のもとに集めれば、自由な贈与で生まれた帝国、至高なる贈与そのもので作られた帝国が生まれるだろう。苦悩が、地獄に落ちるという恐怖が、この気前よく贈与された建物の建設に貢献したのはたしかだが、栄光にはつねに苦悩がつきものなのである。

▼ガリマール編集部注1――草稿二の原稿七六(あるいは草稿四の原稿四七)が欠けている。構想Bによってタイトルとサブタイトルをつけた。

2 祝祭の経済の衰退

祝祭の経済の原則はもはや観察できないが、この原則を立ち返らせながら、この原則の逆転を誘うことはできる。ルネサンス時代の**教会**[1]ほど、福音書の精神に反するものはない。福音の時代の貧しさは笑いものにされていた。教会は巨万の富を所有していたが、分散されていたので、いかなる軍隊を使っても、これを防衛することはできなかっただろう。そしてこの富は君主の渇望の的となっていた。

宗教改革は、キリスト教の階層的な構造の支配のもとにあった栄誉ある経済を非難し、破滅させた。世界は成長の危機を経験し始め、窮地に立った教会は、君主の軍隊の庇護を求めるようになった。ヨーロッパの半分の地域では、宗教のもつ豪奢さが忘却された。北部ヨーロッパの全域が倹約の素朴さを尊ぶようになり、ローマ教会も穏健になった。こうして、気まぐれに理性の光が当てられたのである。宗教改革以後というもの、巨大なブルジョワジーの指導のもとに、あらゆる濫費を敵視する道徳が、そして有用性を尊ぶ社会が発展した。

新発明と新世界の発見が続く時代にあって、それまで栄誉のために割り当てられていた部分も、計測され始めた。イタリアの都市は、その建築の意味と壮麗さで、天と並び立っていた。しかし、誇示するかのごとき都市の富は、キリスト教的なものではなかったし、理性と一致するものでもなかった。理性は、わたしたちが実現できる欲求に制約を加える。節度のある住居と健全な食事が必要とされるのである。

これとは反対に、栄誉、そして一般にすべての興奮は、無益なもの、あるいは経済に有害なものとなった。福音書の信仰は、大地における栄光に敵対するものであり、死者にしか栄光を認めない。信者にとっては、この世の破滅的な壮麗さほど、真なる栄光とかけ離れたものはない。天における栄光を味わうためには、できる限り人間的な栄光から逃れることが、現世の栄光は囮《おとり》のような空しいものとして非難することが、必要なのである。

神を信じる人にとっては、自分が有用で、慈悲深いだけで十分なのである。信者の慈愛は、福音書の厳密な精神に立ち戻るべきだとされ、ユダヤ教の伝統よりも高いものとされる。右手のなすことを左手は知らざるべしというわけだ。宗教改革では、世俗的で現世的な有用性と、死後の栄光および救済を一致させることに、人間の生活の基礎があると考える。人は自分が救済されるかどうかを絶対に確信することはできない。人を救済に導くことができるのは、有用性の道だけなのである。

栄誉のための空しい浪費は、大衆が富者に求めるものだった。プロテスタントはこうした浪費は、敬虔とはもっとも対立するものと考えていた。個人のとる態度としては、大衆の酩酊ほど、敬虔とかけ離れたものはなかったのである。信心深い富者が、工業的な活動の利益を蓄積しても、その利益を事業の拡張のためにしか使いようがない場合もあった。黄金を有用な活動のために捧げることが、資本主義の発展と重なったのである。富はそれまでもっていた栄光の輝きという意味を失った。貨幣は生産の手段とみなされた。資本とは、生産の手段である。教会は人間を神の加護のもとにおいたが、ブルジョワの社会は現金をさらに効率的に、資本の加護のもとにおいたのである。

宗教改革の時代からというもの、新発明と新大陸の発見は、有用な活動の領域を拡大した。しかしこれは、逆説的な形で人間を富ませることになった。人間の富を企業の生けるネットワークのもとに従属させ、このネットワークは毎日のように遠くまで拡張し続けるのである。栄光を輝かすことを目指して、人間のもつ資源を消費することをやめた日に、生産することで、労働によって自然を変形させ、販売可能な〈もの〉にする営みが始まったのである。教会の古き世界は、都市を天と結んでいたが、この世界は滅びた。いまや、工場が空き地に聳える世界、わたしたちにとり憑いているこの世界が生まれたのである。

▼ガリマール編集部注1――草稿二の原稿八一が欠けている（構想Bによってサブタイトルをつけた）。草稿四では最初の一文を抹消して、次のように直している。

宗教改革と祝祭の経済の終焉

ルネサンス時代の教会ほど（以下、本文が続く）

第5節　プロテスタントのアメリカと資本主義の発展▼1

▼ガリマール編集部注1――草稿四では、このタイトルとサブタイトルの代わりに、「資本主義経済の発展」としている。

1　実業家のピューリタン的な起源

古代のメキシコ帝国の崩壊は、ヴォルムス議会と同じ年のことである。この年に、宗教改革が真の意味で始まったのである。こうしてアステカの偉大な都市は生命を失い、供犠のピラミッドは見捨てられ、雑草がピラミッドを覆い始める。一方、ルターはローマの異教主義に反対し、公然たる反乱へと突き進んだ。

じつはメキシコを征服したスペイン人もルターも、だれもこれから訪れようとしている世界を待ち望んでいなかったのだが、実践的な理性はこの新しい世界において、人間を次第に利害の尺度へと還元せざるをえなくなる。これほど豊かな世界は、かつて存在しなかった。しかしこの世界で富は悲惨の顔だちをしていたし（悲惨は続いたのだ）、有用性の灰色の外套に覆われて隠されていた。この世界ほど、必要性に固執する世界はかつてなかったのである。

コルテスもルターも、これほどに自分たちの望みとかけ離れた結果になるとは、予測もできなかっただろう。ルターは利息をとって金を貸すことに反対したが、利息は資本主義の土台である。いわばルターは、古代人の道徳的な非難をよみがえらせたのである。コルテスは征服と略奪に熱中していた。コルテスはたしかに一つの世界を破壊したが、ごく素朴に、子供が鳥の巣を壊すのと同じほど素朴に破壊した。しかしルターもコルテスも、いまやわたしたちのすべての判断を統括する価値体系の誕生に貢献していたのである。

マックス・ウェーバーは、さまざまな書物と事実の分析だけでなく、統計も利用しながら、資本主義の発展においてプロテスタントが果たした役割を明らかにした（『宗教社会学』第一巻『プロテスタンティズムの倫理と資本主義の精神』）。現代においても、同じ地域でもプロテスタントたちは実業に赴き、カトリックはむしろ自由業を好む傾向にある。このような配置を作り出すためにもっとも貢献したのは、ルターの宗教改革ではない。積極的な役割を果たしたのはカルヴィニズムだけだ。この宗派はあらゆる贅沢に反対していたが、それだけではなく、教義の力も大きかった。

全体としては、イギリスやアメリカのピューリタンが新しい原則を成熟させた。瞑想はすべて無益なものとして締め出され、人々は有用な労働に献身したのである。人々は、自分が恩寵によって救済されているかどうかをどうしても確信できず、生産的な生の作法と、職業における効率の高さだけが、救済の唯一の証しと考えたのである。

さらにピューリタンの道徳にとって、祝祭の精神ほど正反対のものはなかった。イギリスのピューリタンたちは、クリスマスを祝う楽しみと、人気のある五月柱の習慣を抑圧しようとしたほどである。[*1] アメリカでは、商人の道徳に衝突するような貴族の偏見はなかったし、商人が貴族たちの軽蔑に直面することもまったくなかったので、党派の限界をはるかに超えて、商人の精神が支配的になった。利益に貪欲で、もてるすべての時間を労働に捧げ、事業を拡張する新世界の「実業家」が、古代ヨーロッパの聖者や栄光の人間と同じ位置に立つことになったのである。

＊訳注1――五月柱の習慣とは、五月に「五月の女王（メイ・クイーン）」を選び、樹木でポールを立てて、その周囲を踊る中世の遊戯である。ウェーバーは次のように語っている。「およそ『迷信』のにおいのするもの、呪術や供犠による恩恵授与のあらゆる残滓にむけられたピュウリタンの激しい憎悪は、五月柱や無邪気な教会の芸術行事ばかりでなく、キリスト教固有のクリスマス祭をも迫害した（『プロテスタンティズムの倫理と資本主義の精神』下巻、梶山力・大塚久雄訳、岩波文庫、一九六二年、二一〇ページ）。

2 財産の増大に還元された富の利用[1]

北米と旧大陸の違いは、ふつうに考えられるよりもはるかに大きい。カトリックのヨーロッパでは、教会が小さな住宅に囲まれて聳えている。教会では供犠の神秘が続けられ、気前よさの精神が保たれた。プロテスタントのヨーロッパでも、人々の関係と、人間と天との関係の素朴な形式はそのまま保たれていた。外からみると、都市も村落も、古くからある教会を中心として発展したのである。

古代世界を通じて、貴族階級は商人たちを軽蔑しつづけた。そして商人たちは、貴族を軽蔑し、嘲笑するようなふりをしながら、そして貴族は寄生的な存在だと非難しながらも、こっそりと貴族たちの威信を存続させていたのである。

ヨーロッパでは昔は、現金は主に資本の形成に使われたが、これはもっとも高貴な用途とはみなされなかった。古い価値体系は、滑稽な形で、あるいは時代遅れな形で、まだ権威を保っており、人々を魅了する力をもっていた。ピューリタンの実業家の猛威が皮肉にも猛り狂ったのは、アメリカのプロテスタント諸国だけであった。これらの諸国では、伝統的な浪費は、現金を価値のある用途で使う場合だけに認められ、企業は毎年のように発展し、あるいは増殖した。

ほんとうの実業家が金を儲けるのは、その金でなにかを購入し、享受するためではないし、光輝ある暮らしをするためのものでもない。実業家は、自分のためにも、家族のためにも働かない。儲けた金は投資するためのものである。これを増殖以外の目的で使ってはならない。実業家がはまりこんだこの終わりのない増殖のプロセスの外には、いかなる価値も意味もないのである。

▼ガリマール編集部注1——草稿四では、このサブタイトルは抹消されている。

3 牝豚の比喩▼1

一八世紀の半ばに著作を発表したアメリカ人のベンジャミン・フランクリンは、この概念を留保なく表現している。マックス・ウェーバーは次の部分を引用しながら、フランクリンがほとんど古典的な純粋さをもって、資本主義の精神を表現していると語っているのである。

フランクリンは次のように語っていた。「時は金なりということを忘れてはならない。

一日に一〇シリング稼げるはずなのに、散歩したり、部屋でのらくらと半日を過ごす者は、たとえ自分の楽しみには六ペンスしか費やさなかったとしても、そのほかに五シリングを浪費した、というよりも水中に投げ捨てたのだということを考えるべきである……。

金には繁殖力と多産力があることを忘れてはならない。金は金を生む。子が子を生み、さらにその子が子を生むというように、続くのである。五シリングが六シリングになり、さらに七シリング三ペンスになり、ついには一ポンドになる。金は多ければ多いほど増えるし、利益はますます速く増大する。一頭の牝豚を殺す者は、数千頭の子豚たちを殺すのである。五シリング硬貨を殺す者は、そこから生まれたはずのすべての硬貨を殺戮することになる。すべてのポンド貨幣を殺戮するのだ」*1。

ブルジョワの世界は、この濫費への恐怖、祝祭と供犠への恐怖によって成熟した。ピューリタンたちは少なくとも、最終的な目的として、神の栄光を信じていた。ピューリタンたちは労働のうちに消耗されるこの生を非難していたが、これは生が空しいもの、呪われたものと考えていたからである▼2。ところが禁欲主義のもとで登場してきた実業家は、有用性に価値を与えた初めての人間である。実業家が認めた評価の基準は、資本、すなわち企業に投資された富だけだった。

ピューリタンの道徳が長続きするか、消滅するかにかかわらず、またたんなる装飾として存続したかどうかにかかわらず、ベルトと車輪が際限のない運動をつづける新しい価値の世界が生み出された。道徳的には大部分の人間は、工場の売上高という数字に基づいて判断を下すようになった。まだ名目としては、栄誉ある目的に価値をみいだす神の裁きが残されていたが、これも理解できないものになってしまった。実業が栄誉なしに繁栄することが目的となり、有用性が道徳的な価値の基礎となった。

人間を評価する尺度になったのは工場である。工場が他のすべてのものに代わり、他のすべてのものを空しいものにした。工場はいかなる意味でも巨獣ベヘーモト[*2]ではないし、聖なる要素も、怪物的な要素もそなえていない。まずなによりも工場は合理的な現実であり、計算に還元できるものだった。工場は不変の法則にしたがって発展し、人間が欲求を満たすために利用できる力の道を進んだ。この道の途上で人間が出会ったものは、人間の力と欲求と同じように気紛れな耕作可能な土地だけだった。

大地は力を蓄えることも（これは資本の構築と際限のない拡張だ）、欲求を調整することも求めなかった。農業経済においては、富を部分的に濫費しても、かなり安定した生産は影響をうけない。その後の収穫に害を与えることはなかったのである。また畑の産物は、汲み尽くすことの困難な要求に応じたものだった。商品の流通は容易だった。「畑の人間」の時代には、欲求を作り出し、広告で消費者を探し求める必要のある過剰生産は考えられないことだった。「畑の人間」は粗野で偏屈な存在だったが、うつろいやすい利害のために毎日のように調整し直す必要はなかった。

工業によって人間は豊かにならざるをえなかった。道具を増やすためには、多量の資金を蓄える必要があった。先進的な社会の人々は全体として、フランクリンの掟を実践せざるをえなかった。工業的な発展の必要性が高まり、あらゆる分野において、気前よさや供犠の欲求と対立した。フランクリンの言葉は、解決できない二律背反をはっきりと語っている。浪費する者は「殺戮」するものである。牝豚を殺し、数千頭の子豚を殺す者である。

かつては「栄誉ある人間」は、気紛れな神性と一致したいという目的だけで、繁殖力のある牝を必要もなく殺した。「実業家」の考えでは、牝豚を殺す「供犠の人間」は不道徳である。実業、工業、資本、蓄積は、供犠とは正反対のものである。ブルジョワジーの性格のうちには、濫費を拒む必要性が刻み込まれている。ブルジョワはその控え目な姿勢のもとに、存在の単調さのうちに、供犠を逃れようとする意志をこっそりと表現しているのである。

▼ガリマール編集部注1――草稿四では、このサブタイトルは抹消されている。

＊訳注1――この部分は、前掲のウェーバー『プロテスタンティズムの倫理と資本主義の精神』上巻、梶山力・大塚久雄訳、岩波書店、一九五五年、四四ページに掲載されている。

▼ガリマール編集部注2――草稿一（草稿箱一三G一八七）では、次のようになっている。

［抹消部分　キリスト教的な言い方を外してみると、この信仰告白は、道徳的な攻撃性の醜さでしかない。卑小さが意図されたものかどうかは別として、名誉の規約と同じように経済の規約は、規約に反す

る者を犯罪者とみなすことを義務づける（あるいは義務づけるふりをする）のである。」

ブルジョワジーの厚かましさが、これほどまでになまなましく暴かれたことはない。このすべてが、祝祭と供犠の精神への嫌悪を、まざまざと示しているのである。ピューリタンは少なくとも、神の栄誉を称えるために生きていた。ピューリタンが嫉妬の念をもちながらも、現世の存在を仕事に捧げたのは、自分の存在が空虚で、呪われてさえいると考えていたからだった。金だけの人間が行った節約によって開かれた道は……。

＊訳注2――ベヘーモトはヘブライ語で「獣」の複数形。ヨブ記に登場する神話的な生き物で、神が作った聖なる獣であると同時に、怪物でもある。邦訳では次のように描かれている。「河馬《ベヘーモト》をみよ、これはあなたと同様にわたしが造ったもので、牛のように草を食う。見よ、その力は腰にあり、その勢いは腹の筋にある。これはその尾を香柏のように動かし、そのももの筋は互いにからみ合う。その骨は青銅の管のようで、その肋骨は鉄の棒のようだ。これは神のわざの第一のもので、これを造った者がこれにつるぎを授けた。……だれが、かぎでこれを捕えることができるか。だれが、わなでその鼻を貫くことができるか」（ヨブ記、四〇章、日本聖書教会版）。

4 不況▼[1]

北アメリカは、工業的な成長を象徴するような国だった。北アメリカでは、工業の匿名で、非人称的な貪婪さが、蟻のような労苦を限りなく展開することができた。なにものも、この盲目的な運動を停止させなかった。企業は、際限なく力を捉え、蓄積しなければならないのである。もちろん工場が製品を生産しても、支払いは供給に応じたものとなる。製品の価格には、資本の投資に必要な利益が留保されている。贈与の栄光とは反対に、供給は利益を獲得し、蓄積することを目的とする。供給は、毎日のように絶えず成長し続けることを保証するのである。

資本主義的な企業は拡大し、これに抗《あらが》うものを滅ぼす。企業は、企業が出会ったものを作り替え、同化する必要があるのである。遅かれ早かれ、利用できる力の全体が、この歯車の機構のうちに入るだろう。工場は、プロレタリア、仲買業者、会計士、技術者など、人間の能力をみずからの尺度に応じて認識するが、人間そのものはできるだけ無視しようとする。この歯車に捉えられた者たちは、交流の熱意などによっては結ばれていない。

企業は焰のない貪婪さによって成熟する。企業は魂のない労働を利用し、成長以外の〈神〉をもたない。繁栄のときにあっても、労働者は利益の剰余の恩恵をまったくうけない。そして利益が減少し始めると、雇用主は社員を見捨てる。栄誉のある目的が欠けているために、まさに人間的な目的が欠けているために、人々は連帯することを学べない。人々の間にあるのは財への貪欲さだけであり、これが人間を隔てる。慈善はこの対立を、しかめつらをして救済するだけであり、連帯の「喜劇」にすぎない。

工業社会は、孤立した実存で構成された群衆の社会である。生の相貌そのものがまったく変化してしまった。かつて誇り高い都市は、都市の像のうちに天と大地を刻印していた。いまや無気力な町は場末の雑踏の中に埋没し、心のうちをさらけだした悲しさに満ちている。心を萎えさせるだけの繁栄と、貧しさばかりがあらわになる過度の興奮があるだけだ。あらゆるところから人々は叛乱を起こすが、最善の人々は逃亡するか、屈辱のうちに現実を否定するだけである。▼2

工業の過度の発展は、発展だけを目的とするものであり、人間を目的としない。この発展はまず、解きほぐすことのできない錯誤へとはまりこむ。現代社会の原則を表現したフランクリンは、目的もなしに節約することはできないことを、際限もなく節約して、蓄えた金を所有し続けることはできないことを、だから数千頭になるまで、牝豚に子孫を生ませ続けることはできないことを、理解しようとしなかった。

わたしは、無数の豚の群れの真ん中で潰される夢をみている農夫たちを思い描くことができる。同じようにアメリカに住む富裕者たちが飢え始め、法外な資本のもとで貧しくなる様子を想像できる。「牝豚の比喩」はこの奇妙な錯誤を図解するものだ。資本（capital）という語そのものが、その語源からして、移動し、生産するもっとも素朴な富、すなわち頭（capita）で構成された群れを指し示している（現在、この種の富を示す言葉として、家畜の全体を示すcheptelという語があるが、これはラテン語のcapitaleの世俗的な派生語である）。

かつては羊飼いは群の中から、呪われた部分を選びだし、これを祝祭の威圧的な力に捧げたものだった。いまやアメリカの実業家は、その富を不活性で無害なものとして所有している。数千頭の仔豚を生む牝豚のように、罪を犯さずには殺せないもののように……。いま、実業家は数千の仔豚の犠牲となり、滅びながら、死の欲望に還元されているのである。▼3

▼ガリマール編集部注1――このサブタイトルは、草稿四では抹消されている。

▼ガリマール編集部注2――草稿箱一三G一九四〜一九六には次のような異稿が残されている。

すべての現実は人々を圧倒し、善き人々は逃避に逃げ道をみいだす。アメリカ人たちもときには立ちどまって振り返り、現実に危険にさらされた世界に住んでいるという感情を抱くことがある。彼らを巻き込んでいるせわしない生活は、具体的なものを欠いた血の気のないパントマイムのようなものだ。活発で、それ自体で自足しているようにみえるだけに、空しいのである。

アメリカ人は、伝統的な価値も階層構造《ヒエラルキー》も知らなかった。これとは対照的にヨーロッパ人は、発展しながら、絶えずこうした階層構造と価値体系に直面してきた。ヨーロッパ人のうちにはこれを破壊するために闘った者も、これを保護して権力を握ろうとした者もいた。この対立が経済的な発展を麻痺させ、ヨーロッパ大陸の一部では、分解と分離によって、目を覆うような状況が生まれた。アメリカの驚くほどの生命力は、アメリカのいかなる矛盾もいかなる抑制も、工業的な巨大化に対立するものではないことを示すものだ。そしてこの生命力そのものが、アメリカを急速に道徳的および物質的な袋小路に導く。ところでアメリカからみると、ヨーロッパは優柔不断にみえる。ヨーロッパは遅れており、何度も道に迷い、生命が危険になる段階にいたって、破滅的な結末を迎えた。しかしヨーロッパは相対的にみて、膨大な資源に近い場所にある。ヨーロッパの激動は、臆病な人々の心を怯えさせる。こうした人々は、ヨーロッパがアメリカほど後戻りできないところにまで、足を踏み込んでいないことを認識できないのである。

▼ガリマール編集部注3――草稿一（草稿箱一三G一九九〜二〇〇）は次のように続けている。

アメリカの金融恐慌の後で、極端な富から生まれる悲惨と、侮蔑的で屈辱的な混乱について、経済学は説明を求められるだろう。しかし経済学は、事実も、一般法則も、細部も演繹することはできない。経済学は救済策を講じることができる立場にはない。経済学は実践的には無能力であり、理論的な助言という虚勢で、その無能ぶりを隠しているにすぎない。わたしはここで、経済学がなしえなかったことを試みるつもりはない。生産はこれほど巨大な活動のうちに錯綜しているため、経済学はこの錯綜を追い続けることしかできないのだ（あるいは錯綜を追うと言い募ることしかできていない）。わたしはこの活動とその細部については、なにも語るつもりはない。これに結びついている全体の条件だけを検討しているのだ。わたしはこの活動の擁護者のありかたと、天の宗教的な高みのうちに失われた道徳の到達点を考察したにすぎない。科学は……

第3章　私的な浪費の世界▼1

▼ガリマール編集部注1――この第3章は草稿三のものを採用した。

第1節　成熟した資本主義

1　現代の資本主義の貪欲さにおける非人称の性格

老練な実業家の精神、浪費に対するピューリタンの激しい敵意、無限に生産しようとする意志、これらは実はシステムの原因というよりも、兆候にすぎない。現代において、プロテスタンティズムは、わたしたちを結びつけているシステムのうちでは、もはや重要な役割を果たしていないのはたしかだ（もしかするといかなる役割も果たしていないかもしれない）。ピューリタンが個人として働いていた小さな製作所は、非人称的な会社に位置をゆずった。しかしメカニズムは相変わらず同じ方向に進んでいる。その原因を確定しようとするのは、時間を無駄にすることだろう。わたしはここでは資本の意味を示すことだけを心掛けよう。

資本の精神はかつては、ピューリタンの製作所のうちにあらわになっていた。製作所の主人は自分の財産を投じて生産し、得られた利益は工場の拡張のために留保していた。このピューリタンの製作所は、資本主義的な活動に秩序を作り出す躍動《エラン》のイメージである。ここでは生産の目的と栄誉のための目的は、はっきりと切り分けられ、分離されていた。しかし現代の資本主義は、企業の総体であり、ここには人々が個人として考えるさまざまな構想も、道徳的なノスタルジーも存在しない。まだピューリタンの精神が息づいているとすれば、それは純粋に機械的な形においてである。

経済の構造はもはや、キリスト教の良心の陰鬱な時間のうちにではなく、企業同士の関係として現れる。主として生産手段の生産を担当する企業と、消費財の生産を担当する企業に分かれるわけだ。これらの企業の総体が拡張の道を進めなくなると、生産手段を生産する企業の企画の流れが停滞する。そうすると、これらの企業はほんらいの生産の目的で、消費されていた製品を購入しなくなるだけでなく、自社で生産するために使う生産手段も購入しなくなる。こうしてシステムの全体が枯渇する。

このように資本主義には、産業が無限に発展することを望む非人称的な意志、というよりも強く拘束された意志が存在するわけだ。この意志は、一般的な性質のものであるから、あらゆる企業に存在する。こうした状況において資本を所有するブルジョワジーは、富を栄誉ある用途で使うことを嫌う傾向があるが、これは個人の徳によって生まれるものではない。

しかしよく調べてみると、拡大を望む企業の貪欲さは間接的なものであることがわかる。どの企業をみても、企業の全体をみても、力を吸収しようとする貪欲さにとり憑かれているとは言えない。企業が従っている唯一の重要な必然性は、生産品の流れを維持することにある。その貪婪さを満たすためには、ある中間項が必要となる。まだ存在していない企業が新たに生まれるか、以前からある企業が拡張するかである。そしてどちらの可能性も、待機中の企業の意志には、ほとんど左右されない。

企業が発展するためには、ますます多くの外部の消費者が、過剰な製品を消費する必要がある。企業の貪欲さはこのような意味で〈間接的〉なのであり、その対象はまだ存在していない。これを資本の投機的な意志と呼べるだろう。この資本の投機的な意志が、地球を食い物にして、すべての人間と利用できるすべての力を、搾取の領域のうちに閉じ込めようとする傾向を示すのである。

2 利用できる資源の企画への投入

この意志は、自由な資本、投資できる資本の一部から生まれるものである。自由な資本とは、資本の特定の部分のことを指すのではない。一般に、獲得された利益のすべてが、企業の数や規模を拡大するために、直接に投資されるわけではない。入手したばかりの資金は、投機にも使われる(株式市場)。自由な資本はある意味ではこの入手したばかりの資金に相当するが、原則として株式市場に投入されるので、変動する大衆がこれを吸収する。

利用できる資本の大きさを決定するのは、最近の利益を示す数字の合計でもなければ、企業を成長させようとする者が利用できる生産された資材の量でもない。ましてや、利用できる資本の大きさを決定する人的な資源でもない。自由な資本はたしかに投機の意志の土台となるものだが、実はこの意志と同じものでもある。この意志は最終的に利用できる資本の大きさを拡大したり、制限したりするのである。自由な資本は、可能性にたいする貪欲さの投機である。この可能性とは、企業の拡張の可能性にほかならない。

利益を目指した投機は二次的なものである。商品を販売できれば、商品を生産できるようになる。産業の消費活動が拡大するためには、いまこの時点での利益が増大する必要がある。それでも相場の全体は、自由な資本の投資の可能性に左右される。通常の状況では、相場が高いことは、投資の企画の見込みが有望であることに相当する。投機の全体は、貪欲性の計画が実行されたものである。この条件のもとでは、開発のための計画を合理的に作成できるようになり、工業的な活動の運動が遂行され、この活動のうちに書き込まれていた欲望が満たされるのである。

かつては人間の目的、とくに事業家の目的であったものが、非人称のシステムの目的になった。このシステムでは、意志がどのように配置されるかを把握するのは簡単なことではない。しかし、じつは前と変わっていないのである。初期のカルヴァン派の実業家のように、このシステムは貨幣を生産手段の拡張に投じる。結局のところ、貨幣は拡張と結びついているために、拡張のための機能となる。そこで拡張の可能性そのものが増大すると、貨幣の量が増大し、この可能性が縮小すると、貨幣の量は減少することになる。

この場合、貪欲さが満たされないことは、たんに成長が停止することではない。人間の活動のシステム、一般に有機物の活動のシステムには、平衡状態というものがある。しかし資本主義はこうした平衡状態のうちにはない。資本主義は成長するか、枯渇するかのどちらかなのである。成長を停止した瞬間から、資本は崩壊し始める。

さらに成長の停止には、困惑させられる性質がある。貪欲が満たされないからといって、労働者に生存のための食料を供給することや、一般的な意味での生産と企業活動を続けるという意味で、生存に必要な活動が、物質的に不可能になるわけではない。こうしたことは容易でさえあり、原則として実行可能であるが、企画を立てる可能性が失われるのである。可能な企画がないために、機械類は運転を停止する。

システムは、倹約家の事業家や、フランクリンのような実業家の行動にまず効果を発揮するものであり、その日暮らしの素朴なふるまいが捨てられ、生存のための企画が実行されるようになる。こうした素朴なふるまいは、かつての祝祭の経済のものだった。利用できる労働が余剰になると、浪費の営みのもとで消費されたのである（もちろんここでは、基本的な生活水準の維持は保証されている）。

資本主義の時代が到来するまでは、生活水準を改善できるということが、よく理解できなかったのである。たしかに人々の暮らしを一般に改善するために、余剰の一部が慈善の営みに費やされた。しかしかつては、利用できる労働の全体を、一般的な生活水準の向上に捧げることは、考えもしなかったのである。そして現代ではこれがごく当たり前のことになっているのである。

3　資本の道徳的な無関心

資本主義が、人間の条件の改善とは別のものであるのは明らかだ。資本主義の飛躍において、奢侈産業は重要な役割を果たしてきた。これを決定づける唯一の特徴は、資本の蓄積であり、生産力を組織的に発展させる企画である。最初から最大規模の道徳的な無関心が支配しているわけだ。そして製品をどう利用するかという問題を決定するのも、この道徳的な無関心である。戦時下の国の産業が、敵国に軍備に必要な製品を供給するのは、ありきたりの事実となっている。昆虫はいまでも本能に従い、それによってどのように破滅的な結果が生じるかは、まったく頓着しない。これは資本主義産業も同じことだ。

しかし全体としてみると、生産活動の発展は、既存の需要に応じたものでしかない——生産量が増大するとともに、需要の平均に応じたものとなる。資本主義は平均すると、生活水準の改善を目的としているようにみえるが、これはみせかけにすぎない。現代の工業生産は、階級の不平等を緩和することなく、結局のところは社会の病にまかせながら、中間的な水準を高めているだけなのである。

4 投機と企画の関係

ところで資本主義は、個人がどれほどの利益を獲得するかにも、貪欲な投機家が背後でなにをしているかにも、それほど関心はもたない。資本主義には基本的に一つの欲求しかない。可能なことに応じて、開発する企画となることである。正直なカルヴィニストは長い間、これで満足してきた。重要なのは、特定の数の人々が企画を立てて、これを実現することである。この企画の成果について投機するのは他人である。かつては製造する者は特定の生産を見込み、その目的のために資金を蓄え、そしてその企画についてみずから投機も行った。この全体の作業を、単一の企業のもとで活動している単一の個人が遂行することも可能だった。

しかし現代では、企画、蓄積、投機は、原則として異なった業務となっている。これらの三つの業務には、異なった個人または集団を必要とすることがある。一人の人間が企画を構想し、実現するが、蓄積は行わないことがある。あるいは自分の所有している資本をその企画についての賭けには投じない場合もある。蓄積しても投機という賭けは行わない場合も、蓄えなしに厳密な意味で賭けを行う場合もあるのである。

これは注目すべきことだ。資本主義は基本的に企画であり、蓄えは企画の結果としてしか、企画とかかわらない。そして賭けは必然的に、蓄えと企画の間に入り込む。資本主義において投機という賭けは、異質な要素をそなえているのである。賭けは相対的な無力の結果なのである。資本主義は、可能であれば賭けを避けるだろう。保険のシステムは、資本主義に結びついた精神の副産物の状態として発展してきた。しかし保険もリスクをなくすことはできない。蓄えられた金額が、企業のいずれかの企画に応ずることができるのは、投機された金額としてだけである。反対に、資本主義的な活動の企画は、資本がみずからに働きかける瞬間を除くと、幻想と分かつことはできない。

しかし賭けと企画の間には、基本的な二律背反が続いている。資本が属する企画の精神は、祝祭に属する賭けの精神とは正反対のものである。これについては後で検討したい。ここでは、言葉の本来の意味では対立する二つのものが、たがいに補足するものであるということを指摘しておきたい。笑いにおいて、賭けが企画なしですませることが多いのはたしかだ。詩においては、企画への憎悪は過激なまでになる（しかしそれも無駄なことだ）。

いずれにせよ、企画は賭けに固有のものであり、賭けは企画に固有のものである。投機に賭けるということは、幸運に賭けることへの好みが自分のうちに存在することを意味する。ところが企画するということは、なにものも、偶然に委ねないという配慮を意味する。しかしこの賭けへの好みにも、偶然に委ねない配慮にも、どちらにも限界がある。投機に賭ける者は自分の勝負を組み合わせる。もっとも理性的な者でも、リスクを負う必要がある。

投機に賭ける者の企画は、賭けの魅力に従属する。悪魔との契約のように、意志が決定的に結びついているのである。企業における賭けは、偶然に任せた部分であり、これは最小限に縮減される。この部分が賭けで、この部分は企画であるなどと、断定することはできない。特定の活動において、あるときは賭けが、あるときは企画が支配的であると言うことができるだけだ。

資本家の活動を支配するのは企画である。投機という賭けは株式市場のうちに隔離される。株式市場はある特定の方法で、工業的な活動から賭けの〈熱〉を奪い去る。こうして二つの業務が分離され、投機に賭ける者はこの〈熱〉を自分で引きうける。大資本家や、カルヴィニズムの伝統を引き継いだ実業家は、投機家とはっきりと異なる。投機家は必要な人物であり、資本を流動させ、これを注ぎ込むが、システムとは異質なものである。投機は資本の構築の運動に、生産的な力の発展に資金を投じる傾向に、賭けの魅力をつけ加える。この傾向は賭けとともに組み合わせられる。投機は利益の一部を浪費に向けるのである。投機家は実業家や資本家よりも一般に空虚な栄光の人間であり、個人的に多額の浪費を行う傾向がある。

資本主義は投機家の濫費をどうにか寛恕する。原則として、実業家や大資本家は、企画を具体化することで満足する。彼らの生活は原則として、企画を構想し、実現することのうちに費やされる。彼らが企画を構想し、実現するというよりも、企画が彼らを構想し、実現すると言ったほうが適切かもしれない。彼らが社会的な機能を果たす限りで、すなわち非人称の業務の代理人である限りで、こうした実業家や大資本家は、大領主や教会の権威者と対立する。

彼らの役割は、富を生産に捧げ、富を栄誉ある用途から引き離すことである。部分的には彼らがこうした役割から逸脱することもあるが、それは個人としてにすぎない。彼らはときには輝かしいまでの浪費をすることもあるが、それも個人としての資格においてである。逆説的にも、彼らはこの輝きを隠すことを求められる。

投機家はさらに、ブルジョワジーの控え目なふるまいからも遠ざかる。投機家は賭けの存在にすぎない。片方に賭けをする人間がいて、反対側に企画する人間がいるというように、はっきりと分離できるわけではない。しかしどちらのカテゴリーも、個人的な典型のうちに表現され、この典型はどうしても敵対的なものとなる。企業の経営者は、資本主義を忠実に表現している限りにおいて、投機家を軽蔑せざるをえないのである。

5　投機家の両面的な性格

純粋な投機家は、異質な要素としてしか、システムの内部に存在しえない。投機家が存在するために、資本主義の堅実な経営者は、企画の世界の内部にいて、投機家にならずにすむ。この投機の仕事は、投機家がひきうけ、こうして道徳的な袋小路にはまりこんでしまう。投機とは無であり、みせかけの傲慢さをひけらかすことの無力さを認めることにすぎないし、それ以外のものであったことはないのである。

本当の意味での賭けをするわけではない投機家は、豪奢も道徳性も主張できない。投機家の手に入る富は、炎のうちに投じるための富でも、生産に使うための富でもない。そして賭けの色彩のない賭けなど、賭けを隷属させるものにすぎない。有用性の言語は、生に有用なものの品位を与えることはできず、生から賭けの輝きをとり去るのである。貨幣の厚かましさ、私的な享受のほかに意味を失っていること——投機にはそこにしか出口がないのである。

6 個人的な自由と私的な享受の世界

資本について意外で、ときには困惑させられる要素がある——資本はなんとも多重的な性格をそなえているのである。資本は基本的に、私的な利害にも、公的な利害にも無関心なままに発展してきた非人称な貪欲さの運動である。あまねく成長するように宿命づけられたマシンなのである。しかしこの資本の非人称性という性格のために、最終的には社会的な傾向を犠牲にしながら、利害関係を重視するという特徴を発展させていくことになる。資本主義のマシンは、分解の動因なのだ。このマシンは、個人の意志を自由に働かせることができたために、中世のさまざまな制度を破壊したのである。

しかしその意味では、実業家としての資本家は、機械類と同質のものであり、このシステムの究極の帰結を、完全かつ公然と実現することはできなかった。よく調べてみると、本当の個人、完璧な個人になるのは、資本とは異質な存在にみえる投機家なのである。

たしかに実業家も個人であり、古い枠組みから解放され、根本的には公共の利益にまったく無関心なままに、活動している。しかし実業家の工場は人々が共同で利用する〈作品〉であり、特別な管理様式のために孤立しているだけなのである。工場が公共の利益に従属しているという感情があまりに強いために、実業家としての資本家は道徳的には、自分の生活において、公共の利益に従属しているかのようなふりをせざるをえない。実業家はこの偽善に苦しむことがあるほどだ（出口がないままに）。懐疑的《シニシズム》な姿勢を手早く楽しむ手段はないし、あつかましい個人主義を乗り越えられるのは、ごく稀なことである。

投機者は、この個人主義を必ず乗り越えてしまう。投機者は資本主義のシステムの内部に存在しているが、資本の基本的な傾向に反応しながら、この資本主義の帰結を実現してしまう。実業家ではなく投機家が、これを実現するのである。カルヴィニズムの実業家は、富を栄誉ある用途に利用せず、生産力の増大のために割り当てた。しかしカルヴィニズムの厳格な教義のために、その道をさらに進むことはできなかった。現代の実業家はそのカルヴィニズムの実業家の態度が生んだ帰結を引きうけた。そして実現した富の余剰分を、最後に個人的な福祉のためにあてるのである。

しかし実業家は有用な活動という虚構と、企画する人間という性格のために制約をうける。この原則を公然と肯定することはできないのだ。これにたいして投機家は自由であり、洞察力があり、活動的である。資本主義の道徳的な雰囲気を作り出すのは、この投機家である。こうして投機家は、資本主義の達成したものを、自分の姿勢の土台になる価値、すなわち個人と私的な享受に結びつける。カルヴィニズムの霊的な原則は消滅し、実業家は〈社会主義的な役人〉のような態度をとらざるをえない。だからこそ大投機家がこうした新しい価値の紋章となるのである。

しかしよく考えてみれば、こうした入れ替わりは自然のことだ。カルヴィニズムの原則は、有用な活動の企画の世界への道を開く役割を果たした。そしてひとたび企画の世界が存在するようになると、もはや宗教的な価値は意味をもたなくなる。しかし企画は、企画だけではなにものでもない。そのために企画は新しい肯定的な価値に従属する。従属することを知らない成長の運動をいつまでも続けることはできない。生活水準が全般的に改善されるとしても、これは共通の意志に偽善的に譲歩しているにすぎない。

実業家は、この出口なしの状態に置かれる。そこで資本主義を表現するのではなく、資本主義から利益をえる投機者が、前面に登場してくるが、じつは投機者にも出口はない。投機者は個人にすぎず、私的に享受する者にすぎない。みかけだけはもっとも豊かな人間だが、内実はもっとも貧しい人間であり、現代の冒険主義者にすぎないのである。

第2節　浪費の価値の低下

1　聖堂から仕立屋へ

理解しようとして、単純化することが多いものだ。だから物事の複雑さをとり戻すためには、後戻りする必要がある。

資本主義は人間に、祝祭の濫費を放棄するように求めた。かつては祝祭や同じような種類の浪費が霧散させたものを、いまや生産を発展させるために蓄積するようになる。蓄積は原則として、際限なく増大することができる。ただそれは、原則の上でのことだ。工業製品は消費されなければならない（消費されないと、その後の段階の蓄積が停止してしまう）。資本主義は、非生産的な浪費を抑圧したわけではない。資本主義はまず、社会の浪費を非難しながら、浪費の運動にブレーキをかけたのである。次に非生産的な浪費を、製品の消費に還元する傾向を示した。中世以降、非生産的な浪費と生産的な支出の比率が変動して、生産的な支出の比率が増大したことを示すのは困難である。ただ一つだけはっきりとしているのは、非生産的な浪費が変身し、支配的な重要性を失ったということである。

中世の後で、非生産的な浪費がいわば〈堕落した〉のは間違いない。生産の一般的な運動のうちに入ることができない浪費は、減少する傾向にあった。反対に、資本主義の企業の製品を消費する浪費は優先されたのである。

巨大で豪奢な建造物を建築することで資源を枯渇させる営みが、完全に姿を消したわけではないが、実際には死を目前にしている。中世においてこうした建造物が重要であったことを思い描くためには、ニューヨークの街に実際的な用途のない建物が聳えているところを想像すべきだろう。小さな町で教会が家々を睥睨《へいげい》しているように、この建物は摩天楼を睥睨するだろう。そして立ち入ることのできない隅々まで、豪華に装飾されるだろう。

聖堂は商業的に利用される〈もの〉ではありえない。聖堂は、なにか意味があるというふりをしているだけであり、意味を表現し、新しい聖堂を建築する力が登場するとともに、その意味は消滅する。そして、意味をほとんど理解しがたい浪費の様式だけが続くことになる。

人間の栄誉ある浪費は限界まで抑えられ、こうして商業的な搾取が可能になった。豪勢な活動の対象を作り出すことのできたものは、なにも（あるいは、ほとんどなにも）残らなかった。現代では文学も見世物も、貨幣の計算に還元できるものである。アメリカ合衆国で、鉄鋼業に続く第二の産業は、映画産業だった。ときおり、声の輝きがひび割れた音を爆発させ、反響させることがある。しかしこの声は、自分が消え去ることをあらかじめ知っているだけに、異様であり、心を乱すものでもある。祝祭の運動は全体として悲劇的であり、栄誉に輝き、人を陽気にさせるものだ。かつては人間の顔に誘惑の力を与えたものだったが、いまや変質してしまった。

いまでは富から、すっかり退屈した富から分泌される油と肉の厚さで、この顔が変貌しているのである。富が消滅したわけではない。集団の富が少数の人々の富となり、最後には中産階級の人々の富となる。現在ではプチブルの顔が、富に発育の悪い表情を与えている。時代遅れになった偉大さの反射を一瞬でも浮き上がらせるためには、いまでは狂人や落伍者が必要になった。いつも富を所有していると重しがついたようになる。この種の堕落から逃れられる人はいないのだ。

聖堂と仕立屋の間を、深淵が隔てている。一流の仕立屋を頻繁に訪れる老婦人は、わたしたちには道徳の〈はきだめ〉のようにみえる。虚栄と滑稽なうぬぼれの忌まわしいごった煮である。他方で、キリスト教が誹謗されているために、いまでは聖堂もすっかり貧しくなり、古代の祝祭の遠い思い出のようなものになってしまった。

資本主義的な生産に見合う浪費とは、真の豪奢さを排した個人の浪費というありかただけである。大量生産された製品に導かれるものにすぎず、みせかけだけの贅沢でごまかす。余分だが、たしかに利便を生み出す装備だけを基盤にしている。実際に、社会的な絆のない個人は、豪奢のみせかけも示すことができない――必要とされた支払いという意味すらもてないのだ。個人が豪奢さの魅力に屈する場合にも、いかにも手際が悪い。人が豪華なものに手を触れると、輝きの意味を隔離し、破壊する。そして個人は疲れきってしまう。絶えず増大する富から生まれる貧困がもたらすのは、この過剰に基づく安逸と倦怠だけである。

2　喫煙

現代の社会で浪費がほとんどなくなっているというのは、それほど確実なことではない。その反論として、煙草という無駄な消費をあげることができるだろう。考えてみると、喫煙というのは奇妙なものだ。煙草はとても普及していて、わたしたちの生活のバランスをとるためには、煙草は重要な役割を果たしている。不況のときにも、煙草の供給は真面目に配慮されるくらいだ（少なくともそうみえる）。煙草は「有用な」浪費に近い特別な地位を占めているのである。
しかしこれほど俗っぽい浪費はないし、これほど時間つぶしと結びついている浪費もない。ごく貧しい人も煙草をふかす。ただしいまこの瞬間にも、煙草の値段はかなり高い。どれだけの人々が配給された煙草を、不足がちな食料品と交換しているだろう。そして食料がないために、貧しい人々はますますみすぼらしくなるのだ。あらゆる贅沢な浪費のうちで、煙草の浪費だけは、ほとんどすべての人の財布にかかわる事柄だ。ある意味では公共の喫煙室は、祝祭に劣らず共同的なものなのだ。

ただ、ある違いがある。祝祭はすべての人が同じように参加する。ところが煙草は富む者と貧しい者の間でうまく配分されていない。多くの喫煙者は貧窮していて、特権のある人々だけが際限なく喫煙できるのだ。他方で、祝祭は特定の時間だけに制限されるが、煙草は朝から晩まで、いつでもふかすことができる。こうした散漫さのために、喫煙はだれにでもできるものとなり、そこに意味が生まれないのだ。喫煙する多くの人が、そのことをいかに認識していないかは、驚くほどだ。これほど把握しにくい営みはない。

喫煙という祝祭は、人々に祝祭が行われているという意識を持続させる。しかしこの用途には、隠された魔術が存在する。喫煙する者は、周囲の事物と一体になる。空、雲、光などの事物と一体になるのだ。喫煙者がそのことを知っているかどうかは重要ではない。煙草をふかすことで、人は一瞬だけ、行動する必要性から解放される。喫煙することで、人は仕事をしながらでも〈生きる〉ことを味わうのである。口からゆるやかに漏れる煙は、人々の生活に、雲と同じような自由と怠惰をあたえるのだ。▼1

▼ガリマール編集部注1――全集第六巻の「補遺二」に収録されている「ソクラテスの学校」の二八〇ページにも、喫煙にふれた文章が収録されている。

3　悲劇的なものから喜劇的なものへ

もっとも理解しにくいのは、この浪費の堕落は、二つの方向に同じように発生するということだ。そしてそのどちらも、浪費の個人化と結びついている。一方では、悲劇の浪費は喜劇的なものになる（仕立屋の例だ。これが基本的に惨めなものであるのはたしかだが、この悲惨さを支配しているのは、喜劇的な性格のものである）。他方で浪費は、無意識なものになる傾向がある（これが煙草の例だ）。

浪費における喜劇的なものは、ブルジョワジーと結びついている。さらに一般的に表現すれば、現代の人間はそもそも、浪費する必要があるということを知らないのだ。ブルジョワ的な人間の喜劇性は、よく知られている。悲劇は、偉大な貴族や司祭を舞台にのせる。しかし喜劇はブルジョワを舞台にあげるのだ。悲劇だけでなく、豪奢さは本質的に貴族の階級に属するものである。そして豪奢は悲劇につきものだ。悲劇の基本的な条件は、苛酷さにある。悲劇は支配と結びつき、その特権のために殺したり、犠牲を捧げたりする者たちだけに属するものである。ごくわずかな弛《たる》みがあっても、豪奢は本来の場所に引きこもってしまう（死と近い場所だ）。悲劇の主人公は、攻撃的なまでの矜持《きょうじ》を失った瞬間に、笑うべきものになるのである（ライオンの皮をかぶったロバになってしまうのである）。

たしかに豪奢とは、〈主〉だけが独占的に所有するものではない。花々は野原の豪奢であり、動物は装飾で身を飾る（これはさらに力と結びついている）。人間にとって豪奢とは、社会的な地位の表現である前に、祝祭の表現であった。祝祭で人々は交じりあい、交感する。豪奢とはまさに、多かれ少なかれ、人々のものであった（大聖堂においてもそうだったように）。ところが今わたしたちが知っている豪奢とは、人々を分かつ豪奢にすぎない。地位を築くための浪費による豪奢なのである。

貴族たちの浪費は、社会的な絆を断たずに、地位を築くものだった。原則として貴族の浪費は、人々から離れたところで行われるものではなく、人々の前で、人々のために行われたのである。こうした浪費は、人々の気持ちを引きつけ、まったくの濫費として行われる性格のものであった。これは生産するために蓄積しようとするブルジョワとは対照的である。

生産したブルジョワは、最後には自分が浪費する余剰をもった偉大な貴族と同じようなものにすぎないことに気づいて、豪奢を自分で引きうけるようになる。これで、富に私的な享受の価値を与える運動が、ひとまず完了したのである。ブルジョワジーは、豪奢ではあるが、控え目で、穏やかな性格の浪費を行うことによって、指導階級の地位を手に入れる。ブルジョワはこれで人々と違った存在であることを表現するのだが、貴族の役割を果たすという思い込みは、喜劇的なものである。

数少ない高貴な身分の女性なら、自分の物腰への誇りをかならずもっているものだが、俗っぽく、太ったブルジョワは、こうした誇りをまったく知らず、豊かな装いで身を飾っていても、なんとも滑稽なものである。個人的な豪奢はどのようなものも、時代錯誤となっている。人々は自分の外見から、輝きをもてたはずのものをできるだけ消している（ネクタイが現代において果たしている役割の醜さは示唆的だ。ネクタイは古代の豪華さの唯一の証拠なのだ）。明らかに、装身具や、華美が、悲劇を求めるうぬぼれに満たされているものであり、それでないと喜劇に堕してしまう。

現代の男性の装いは快適で、気安く、安定したものでありうる。その限りでは、洗練の余地を残している。いまや社会的な地位があらゆる悲劇的な性格を喪失しており、みずからを目立たなくすることが求められている。女性たちは、あまりに美しく着飾るという弱点に屈して、後悔することが多い。美しい「奥方」にも、頰を叩かれるようなパロディが訪れることがあるのだ[1]。

館の贅沢は、ほんらいはそれほど担うのが困難ではない。ある人が生彩のない衣服をまとい、その人からあらゆる輝きがなくなると、その人が住む館が圧倒的なほどに豪奢なものであるほど、館の壮麗さはその人から離れ、博物館のような価値を持ち始める。館が語るのは、いまの住人の壮麗さではなく、過去に生きた貴族の壮麗さなのである（ついでながら、その貴族の名前を知っておくのは悪いことではない）。こうした壮麗さは現代には異質なものである。その館に住む人にできるのは、その館に住む権利を買いとることだけである。死者がこの館の豪奢をうけとり、その恩恵をこうむる。

衣装とならんで、住宅と家具が喜劇的な状態を作り出すことがある。力がないのに、偉大な者の猿真似をする者は、だれもがこのブルジョワジーの両義性の刻印をおびることになる。死のリスクはもっとも遠くかけ離れた喜劇的なものであるか、それでなければ耐えがたいものになる。衣装は事物よりも滑稽なものかもしれない。しかし喜劇的なものは、地味なものである場合も多い（古代の悲劇的な要素も、それに劣らず地味なものだった）。

一般に、なにか人為的なものを使って、喜劇的なものの姿を暴く必要がある（目立つようにするのだ）。そのためにいくつもの策が発明されてきた。反対にこれを飾るには、さまざまな手段を利用する。過去の時代も利用し、ブルジョワジーの滑稽なうぬぼれをその背後に隠すのだ。衣装に袋の形と色彩をつけるのは、そのためである。気取った装飾を使い尽くした建築家は、船の有用な優美さを真似ることで満足するのである。

[1]――ところで女性の豪奢には、男性の豪奢とは異なる性質があるのはたしかだ――女性のコケットリー。女性につきまとう殿方たちに、誘惑の声をかけさせるためにコケットリーが必要であるという意味では、これは人々との違いを作り出す豪奢の反対物である。これについては、もっと厄介な事情がある。これほど多くの「奥方」たちが、ふしだらな娼婦なのだ。

農民の贅沢は貴族の贅沢とも、ブルジョワの贅沢とも違うものだ（というより、以前から違っていた）。農民は祝祭に衣装を着て、贅沢を味わう。現代では、農民も日曜日にはブルジョワ趣味の服装をしている。豪奢は消滅したか、あるいは喜劇的なまでに目立つものとなった。ブルジョワは貴族の猿真似をするし、下の階層の農民は、今度はブルジョワの猿真似をするのだ。かつては農民が行列でまとう衣装は、悲劇的な性格のものではなかった。これは祝祭の衣装だったのである。

豪奢は原初的には祝祭であり、貴族の生活様式ではなかった。祝祭では、豪奢はすべての人のものである。祝祭の外部では、豪奢は〈主〉のものである。ヘーゲルが語った〈主〉、自分の生命を賭けることでその本性が作り出された〈主〉のものである。

4 浪費の意味についての意識の喪失

全体としてみると、生産的でない浪費は、個人的なものとなり、細やかになりながら、栄誉あるものというかつての意味を失っていった。奥方のローブのように滑稽なものとなるか、煙草の煙のように捉えがたいものになった。豪奢の調子が狂ってきたのである。仕立屋の例が拡大鏡のように、大きくしてみせたものについて、数限りなく例をあげることができる——安ぴか物、金ぴか物、衣服の着かた、家具の調えかた、すましかえったプチブルなどである。

ある意味では、喜劇的な浪費はそれ自体が、わたしたちが浪費の必要性をほとんど意識できないでいることに結びついているのである。わたしたちがその必要性を意識していれば、豪奢なまでに浪費するだろう。そしてブルジョワのもったいぶって隠れるようなやりかたではなく、必要であればわたしたち本人が浪費の支払いをするだろう。とくに目立つ例では、非生産的な浪費はわたしたちのうちで、なくすべき時代錯誤のようなものとして生き延びている。生産のための利害が浪費を作り出すこともあるが、愚行や卑しさという姿をとるのである。これはもはや、エゴイストの愚かしさの兆候を示すにすぎない。

一七世紀には栄光について、素朴なこだわりをもって語ったものだが、これはいまのわたしたちにはほとんど理解できなくなっている。少なくとも一七世紀のフランス人にとって、人間はまだ名誉の生き物だった。栄誉を目指し、栄誉しか目的としないように思われていた。しかしアンシャン・レジームの倒壊の後に、こうした考え方は生き延びることができなかった。そしていまやわたしたちはこうした考え方への〈嫌悪の帝国〉のもとで暮らしている。私生児のように生き残っているものは別として、栄誉についての古典的な考え方は、わたしたちが終止符をうったのである。

しかし究極的には、この栄光に対する敵意は必然的なものとはいえ、わたしたちがいま陥っている無意識と結びついたものだ。わたしたちは、自分たちが生み出している余剰なエネルギーを、断固として浪費する必要があるのだが、そのことをもはや、だれも理解できなくなっているのだ。そしてわたしたちが盲目であるために、この余剰が大きくのしかかる。そして余剰がわたしたちを浪費するほどには、わたしたちはこの余剰を浪費していないのである。

たしかに個人の存在のもっとも深い意味は、無意識に結びついている。その微細さと比較すると、「偉大な世紀」という主張など、ありきたりに聞こえてくるほどだ。個人にとって、廃棄されたものは重要ではない。個人は喫煙において、その優雅さを示す。個人が煙草に吸われるのだと言ってもいいほどだ。喫煙すること、とくに自覚なしに行われることの営みは、自己主張からもっとも遠く、すでにごく透明なものになっているのである。

第3節　失業

1　個人的な浪費の袋小路

個人という次元では、浪費を意識しないのは優雅な解決策であり、それなりに価値のあるものだ。熟慮に基づいて浪費しようという意志に反対し、浪費の仰々しさを否定し、一七世紀の栄誉の原則に従うことなく、意識せずに浪費することは、そのまま続けられる浪費に、慎み深さという性格と、本物であるという保証を与える。

浪費することは義務であるという感情が意識されなくなると、個人の浪費は自由になった。そして資本の利益を体現する広告も自由に、こうした浪費を資本にふさわしい方向に導けるようになった。また、浪費は義務であるという意識がなくなったことで、浪費の質が低下し、喜劇的《コミカル》な性質のものになった。ことに共同での浪費は消滅した。

ところで個人の浪費だけでは、過剰なエネルギーを蕩尽することはできない。そして各人の個人的な浪費は商業的なものとなり、資本の拡大のシステムにまきこまれてしまう。個人のいかなる濫費も、いかなる空費も、それによってエネルギーの余剰が生産されるのでなければ、起こりえないのである。

　高価なネクタイを買うとしよう。するとわたしは、自分の所有していた余剰を純粋に失う。それはたしかだ。わたしは自分のために余剰を獲得し、これを貨幣という価値としてうけとっていたのであり、この余剰はなくなる。この経済活動において、わたしはネクタイの製造に必要だったエネルギーの総額以上のものを費消し、わたしはこれを失う。しかしネクタイの製造者は資金を回収する。

　この形式で、この等価のシステムで、製造者はわたしが作り出したエネルギーの総額を、利益として手にいれる。この総額は、製造に必要なエネルギーの量をいくらか上回る。その差額は、製造者の利益となるのだ。この差額の利用における平均額を考慮にいれると、利益のうちのかなりの部分が資本の蓄積に利用されると言えるだろう。だからわたしはたしかにエネルギーを空費したのだが、そのことで企業全般の拡張に貢献することになるわけだ。資本主義のシステムでは、すべての非生産的な費消が、生産された力の総計を増やすのである。

　もちろん、こうして大きくなった企業が贅沢品を製造することができ、わたしがネクタイの購入のために支払った金額は、ふたたび贅沢品の生産に向けられる。破壊されたものの一部を、たとえわずかでも埋め合わせる必要があるとしても、それで浪費の質はすこしも変わらない。ギリシアの神殿やローマの教会の建築は、このような妥協の法則には従っていなかった。当時の人々は、神殿や教会の価値を意識していたからだ。人々がこうした建造物を建築することを望み、肯定していたのである。

これにたいして、ネクタイの購入はたわいのないものだ。生産的でない用途に余剰を使ったとしても、「結局は経済の繁栄に貢献するのだ」といって、許容されるものだ。まさに資本主義はみずからを肯定しながら、誇り高き浪費の代わりに、こそこそした弱みのような浪費を作り出す。これは生産的な力の開発に貢献する限り、容認されるのである。

この条件のもとでは、システムの最初の運動だけは、手をつけられないままだ。資本主義とは富を生産する力の拡張のために、富の利用が是認されるシステムであり、システムが停止することは想像もできない。個人の費消はこのメカニズムのうちに取り込まれていて、もはや出口がない。どれほど非生産的な浪費が続き、さらに拡大しようとも、最初に留保された富の本質的な部分は、そのまま存在し続けるのである。どれほどの繁栄も、これを変えることはない。このシステムは永続的に悲惨の感情を、悲惨の道徳的な習慣とふるまいを生み続ける。

こうして浪費も、貯えを増やすことしかできなくなった。そしてこの貯えによって、生産を増やすことしかできないのである。最終的には、生産が過剰になる。生産が過多になり、生産したものをもはや売り捌くことができない瞬間が訪れる。

2 富の過剰

もしも費消しても、それが生産されるエネルギーの量を絶えず増大させるのでは、エネルギーの余剰を絶えず吸収し続けることはできない。製品が過剰であることがわかった瞬間に、非生産的な費消は縮小する。現実の貧困というものはなく、反対に豊かさがある。しかし貧しさの感情がすべての人を襲う。危機が訪れ、資本主義の魂のうちに最初から存在していたこの感情の深さをあらわにする。

企業は業務を停止し、労働者は失業し、消費はさらに低減する。人々はもはや必要とされる空費の運動を意識できなくなる。そして栄誉には敵意をもっているために、贈与や子供っぽい伝染的な購入に頼ることもできない。計算に委ねられた富は、はるか昔から、蕩尽する能力、濫費される能力を失っているのである。

地上での生存に特別な困難さがあるとしたら、人間の不幸は増大する。わたしたちは動物の生命を破壊しながら生きているだけでなく、複雑さではわたしたちを上回る力をもつ資本主義というシステムに労働を提供しなければ、生存に必要なものをほとんど調達できなくなりつつある。触手を広げるように拡大していくこのシステムは、失う以上のものをさらに獲得するのでなければ費消しない。これが資本主義と他のシステムとの違いである。

動物も人間も、このシステムと同じように吸収するが、誇りをもって費消する。ところが純粋に貪婪な資本は、道徳を知らず、栄光にもかかわりがない。資本がなにかを提供するとすれば、それは販売する価格で利益がえられる場合に限られる。力を吸収する資本の能力は最大になり、提供した以上のものを吸収するのでなければ、なにも提供できない。

このことは、このシステムの外部に、まだシステムにとり込まれていないが、とり込むことのできる力が存在していることを前提とする。この外部の力は、開発の遅れた国や、まだ活用されていない潜在的な可能性のある領域（新しい発見で生まれた領域だ）などの形をとることがある。このシステムが新しい力を吸収するのをやめると、同時に製品の供給も停止する。資本は地上でもっとも貪婪なものとなり、貪婪さを逸脱にまで高めるのである。貪婪や貪欲が痛ましい法則となる。

地上には、まずなにかを手に入れずに費消することのできる存在はない。しかし資本主義は、貪婪さを手段ではなく、目的そのものにした。資本主義は率直かつ厳密に、人間を死なせる必要がある。資本主義は、利用できる製品を人間に供給するという目的を放棄することができない。資本主義の貪欲な目的は、生産的な力を緩めずに、増大することにある。地上のすべての存在は、必然的に貪欲であらざるをえないが、同時に栄光を求める存在でもある。しかし資本は非人称で、固有の存在を欠いているために、この栄光に背を向けることができるのである。[1]

▼ガリマール編集部注1――草稿三はここで中断している。次のサブタイトル以下は、構想Bによっている。

3　国家の公共事業の無力

4　失業の燔祭

第4節　個人主義

栄誉ある目的をうけ継いで、社会と闘う個人[1]

栄誉を求める習慣が退廃した現代において、これを補うためにどのような営みが可能となるかは、わかりにくいところだ。新たな「栄誉ある行動」が登場したのは、これまでのような栄光を求めるあらゆる欲望に敵対するはずの個人主義という領域だった。個人主義は、社会との日々の戦いのうちに成長した。古代の社会は栄光を望み、栄光の必要性に基づいて、権利の基礎を定めた。こうした権利は個人という存在を認めなかったが、個人はある種の激昂とともに、古代社会の基礎づけに異議を唱える。個人主義は、栄光を否定する宿命にあるのである。

しかし個人が敵として戦うのは栄光ではない。独占的に言葉を使い、事物をひとりじめしている社会を敵として戦うのである。個人が社会的な栄光にかかわるのを拒み、そのための費用を負担するのを拒んでも、俗っぽい境遇を求めているものとはみなされない。反対に個人は孤立したままで、もはや社会的な決まりから得られない偉大さを求めるという精魂の尽きるような欲望に呪われるのである。孤独の苦悩のために個人は、あまり欺かれることのない新たな壮麗さを求めるようになる。古い制度のノスタルジーよりもっと深いノスタルジーに応じながら、これを望むしかないのである。

産業[2]の功利主義的な原則が、栄誉を求める経済を破滅させようとしている現代にあって、新しい栄光の根拠となったのは個人である。栄誉を求める古代の経済では、個人というものは知られていなかった。古代の経済ではそれぞれの人は、組織された全体の一部の表現にすぎず、各人は組織に所属していた。ところがブルジョワ経済は、個人に至高の価値を認めた。ブルジョワ経済は、社会から個人の総体を作り出すという考え方と結びついて発展してきたのである。

ブルジョワ経済は、社会の古い形式と、あらゆる栄誉や費消と対立しながら発展してきた。数世紀の長きにわたって、ブルジョワ経済は、暴力的にあるいは隷属的に、封建社会を崩壊させようと努力してきた。ブルジョワ経済は封建社会に個人の自由を対立させ、祖先からうけ継いだ階層とは独立した平等な権利を対立させた。

ところがすべての種類の浪費の生は、ブルジョワ経済の精神とは対立するものだった。個人は弱く、君主は強い。しかしブルジョワ経済は、個人の浪費にも、君主の浪費にも対立する。ブルジョワ経済は個人の需要を測定し、経済の利益に適合させ、経済の規格に従わせることができると考えていた。君主ではこのようなことはできなかっただろう。ブルジョワジーは、個人の自由を熱望する政治活動と連帯した。このような方法で戦いの可能性を手にいれた。そしてブルジョワ経済は、はっきりと自覚的に望んでいないが、成長するために必要な「栄誉ある行動」の可能性を手にしたのである。

ブルジョワ経済はアンシャン・レジームの失墜を加速したが、他方では人間たちの自然な騒ぎのうちに、解決の道をみいだしたのである。ブルジョワ経済は、自分の尺度にふさわしい世界を創造したわけだ。ブルジョワ経済は、世界が生産だけに専念することを望んでいた。この目的のためには、栄誉を求める熱狂的な騒乱を利用することまで知っていたのである。革命のテロルの太鼓は、人間のエネルギーを産業にしっかりと結びつけるために、叩かれたのだ。

個人の権利を主張する闘争は、「有用な行動」の全体的な発展において有利な要素となろうとしたのだが、民衆、君主、司祭の「栄光を求める行動」の代わりに、個人の「栄光を求める行動」を求めるところに進まざるをえなかった。個人がすべての目的となる世界においては、自己の贈与、供犠、世界との融合の機能を保証するのは、孤立した個人でなければならない。

革命闘争や革命戦争のうちでは、孤立した個人もこのような機能を果たすこともできた。しかしそのためには個人は、闘争するために、みずからのほんとうの特権を放棄しなければならなくなる。闘争するためには結合し、党派や軍隊を設立することが、すぐに必要になるからだ。個人は政治という場で、栄光をもたらす活動を展開できることも多かったが、いつもこの場では個人はあいまいな従属した役割に甘んじることになる。政治の世界では、いつも凡庸な解決策に甘んじなければならないことが多いものだ。個人が、自分を超越する大義に生命を賭けることを拒んだ場合には、そこにこそ個人の生が表現されているがゆえに……。

▼ガリマール編集部注1——他に原稿がないので、ここでは草稿箱の原稿を採用する。原稿（草稿箱一四C四二〜四四）、ページ番号一四四〜一四六。

▼ガリマール編集部注2——原稿（草稿箱一四C四五と草稿箱一三C二三五〜二三八）、ページ番号一四四〜一四八。

第5節　国家、理性、科学

第4章　生の贈与▼1

▼ガリマール編集部注1――以下の第4章から第7章までは、草稿一のものを採用している。

自己の贈与

わたしはこれまで経済の側面から、浪費について考察してきた。経済の側面では浪費は、事物の価値を活用するものだ。わたしは浪費についてはまず経済の側面からとり上げるべきだと考えた。人の意表をつくような新しい観念を導入する必要があったからである。ただ、現在の世界ではよく知られていない事実について語らねばならなかったため、どうもやりにくかった。これからは、経済の運動のうちに、どうにか痕跡を探せる運動だけではなく、人間と死を結びつけざるをえない運動、もっと強く、つねに活動している運動についても語ることにしよう。

ニーチェは、「キリスト教の恍惚と恐怖がその徳を失ったいま、想像力を刺激するのは戦争だけである。社会革命は、まだ起こりうる最大の出来事だろう。だから社会革命が訪れるだろう。しかしその成功は、想像できないほど小さなものだろう……」と語っていた[1]。経済的な生に示される浪費の形式は、戦争や宗教のようなはるかに生き生きとした形式と比較すると、ほとんど意味をもたない。自己の贈与は、富よりも人々の想像力を強くかきたてる。宗教の贈与は、すでに消滅した熱意の条件を必要とする——生の運動がみずからのうちで、兵士の贈与をもたらし、聖なるものとすることが必要だったのである。わたしたちからみると、国家の革命は戦争に革命としての意味を与えるのをやめ、革命に戦争としての意味を与えるのをやめた。ニーチェの文章は、この射程の本質をまだ保っている。

[1]——ニーチェ『権力への意志』第四書、六九（フランス版）。一八八〇年頃の断章。

戦争における「献身」と利害▼1

宗教的な生と戦争の生を結びつけること、これはわたしたちの生きている激動の時期を理解するためには、もっとも手近な手段となるだろう。この激動の時期は、自己の贈与と、すべての生を聖なるものとすることを求めることで、宗教と共通したところがある。公けに語られている目的に、死にいたるまでの個人の献身を求めるほどの重要性があるとは限らない。戦争は、戦争を好む人を魅惑する——こうした人が、勝利のもたらす経済的な結果ではなく、危険な攻撃を想像する限りにおいてだが。栄光と戦争が酩酊をもたらす。税金の支払日などが、酩酊をもたらすことはないのである。

戦争でも革命でも、酩酊は必要なものだ。革命を望む者のうちには、理性が動かす世界を冷徹に支持する者もいる。こうした人には、革命の混沌としたエピソードは、たんに不可避な手段にすぎない。しかし革命の大義には危険がつきものだからこそ、革命を選ぶ人も多いのである。叛乱とバリケードのイメージが、こうした人々を刺激する——「キリスト教の恍惚と恐怖」が、人々を刺激したのと同じように。大衆の興奮と怒りは、人々が目指している目的のために必要な手段であるだけではない。栄光のしるしなのである。

自分の生を浪費する貪欲さをもって生まれた人の数は、想像力の貧しい人々が思うよりも多い。そしてこの浪費が決定的な役割を果たすのは明らかである。結局は、自分たちの権利を守ることに汲々としているブルジョワジーの法則に従って、世界を組織できると考えるのは、虚栄にすぎない。生は絶えず新たに生まれ変わる。世界を新しくする生の力は、春の流れのようなものである。年老いた金持ちたちが、自分の節制を世界に長い間おしつけることができると考えたら、大きな間違いだ。

権力はなによりも、栄光の人間、自分の血を浪費する人間のものなのである。もっとも明敏な者が権力を行使することもできる——少なくとも、若者の横溢するエネルギーで征服すべき領地が残っているかぎりで。しかしその重要性は二次的なものである。有用性の意味しか持たない統治者は、衰微する。反対に血の衝動に従ったとしても、こうした統治者は失敗する。生き延びるためには、利益の道筋をみいだす必要があるためである。

しかし決定的な部分は、もはや計算しない運動、死をなにものとも思わない運動に属する。自然な浪費は、力の戯れのうちに、ある剰余をもたらす。この剰余が、利益よりも栄光を優先する者、わずかでも栄光を高く評価する者に、力を与えるのである。

浪費の意味を認識するためには、究極の言葉が供犠へと向かう論争の推移をたどる必要がある。

一見したところ、人間のすべての営みは、資本の活動の法則に従うようにみえる——費消するだけでなく、儲ける必要があるという法則に。平板なみかたをすると、戦争は勝利という恩恵しかもたらさない。戦争にまきこまれたそれぞれの兵士が、幸運を獲得する確率は五〇パーセントである。そして死のリスクと重傷を負うリスクを考えると、この比率はさらに低くなると考える必要がある。

革命で恩恵が得られるかどうかは、さらに疑問である。革命が失敗したときに、死なずにすむ革命家の比率は、兵士と比較するとはるかに少なくなる。革命に勝利しても、戦闘で殺されなかった革命家は、仲間の攻撃によって倒される可能性がある。自分の意思で革命に参加する戦闘的な革命家が、最後に幸福になるとは、とても考えられない。結局のところ、それぞれの人間がさらに快適に生きられるようにするという革命の目標は、目的というよりも、行動するための口実のようにみえることが多い。

▼ガリマール編集部注1――この断章と次の断章（「費消と栄誉の一致の法則」）は、『反キリスト者マニュアル』の断章「いまや戦争がもっとも想像力をかきたてる」にかかわるものである。全集第二巻三九二〜三九九ページと、四五七〜四五八ページの注を参照されたい。

費消と栄誉の一致の法則

ここで、とくに気違いじみた行動について語ろうとは思っていない。わたしが素描しようとするのは一般に、すべての行動についての「率直な理性」の判断である（あまり好きなことではないが）。こうした判断は厳密なものかもしれないが、どうも力のないものに思われる。人間たちは革命と戦争の流れに巻き込まれる。しかしこの流れのうちで涙する者は、ある歴史を作り出したのであり、これは際限のない誤謬などではないはずだ。歴史の判断は、理性の判断よりもおそらく意味がある。

まずそれぞれの戦争、それぞれのクーデターに、ある意味が与えられる。戦争やクーデターに参加した者たちは、自分たちの利益という視点から、参加する根拠を示す。ここで考えられた利益が、行動のうちで作用する——最終的な結果が、失望させられるものだったとしても。戦争に参加することで、後に続く者たちを解放すると信じて死んでいく者にとっては、こうした信念を抱いていれば、自己の生を贈与することがはるかにたやすくなる。

生を失おうとする者にはつねに、その者が死ぬことで、利益が生まれることを教えて、誘う必要がある。こうした誘いは、自己を失おうとする熱意なしには、うまく働かないだろう。利益の計算をしていると、熱狂的な力は失われるのだ。しかし自己を失おうとする熱意は、利益という餌なしでは壊れてしまうだろう。だれもが貪欲なまでに生き続けようとするものだが、人間に法外なまでに自分を喪失させようとする死の運動にとっては、これは大きな障害物になる。それでも希望によって、生への貪欲さを満足させるだけで十分である。熱意は貪欲さを弱らせ、喪失の陶酔は抵抗をもたらす。

生命を賭した戦いで勝利すると、戦う人々の死は容易になる。生を失うという恐れ、生きることを望む貪婪さは、つねに自己の贈与の運動に対立するものだ。しかしこの恐れは、勝利への貪婪さによってとり除かれる。熱狂のときに、この勝利への貪婪さが満たされると、死ぬことはほとんどたやすいものになる。

このように自己の贈与と費消は、一定の条件のもとで生まれる。最初の法則は、「一致の法則」と呼べるだろう。これは次のように表現できる。貪婪さが同時に満たされることで、費消が容易になる。逆に費消によって、利益の獲得、すなわち貪婪さを満たすことが容易になる。

この一致の法則を、等価な支払いが行われる経済的な交換の法則と混同してはならない。経済的な行為では、提供と支払いという二つの動作が行われるが、ここでは交換した事物の価値は同一であり、交換の行為を行う人物も同一であるという原則に従う。ジャンがピエールに馬を渡すとき、他のだれでもなくジャンが、他のだれからでもなくピエールから、馬の価値に相当する金額をうけとる。この金額は、できるかぎり、馬の価値と厳密に一致している必要がある。これが一致しないと、この行為は真の意味での交換ではなく、贈与か、錯誤か、詐欺になる。

しかし満たされた貪欲と費消の「一致の法則」は、この原則には従わない。経済の法則は、事物を支配し、事物の帝国のもとで人間を支配する。費消の法則は、客観的なもので計ることのできない生の運動を対象としたものである。この運動は固定された限度というものを認めようとしない。もっとも重要な費消と代えられる対価物は、計算には従わない。敵に向かって自分の党の名を叫んで死んでゆく者はなにも計算していない。たんに自分の生命を贈与しているのである。この者が満たす貪婪さは、もはやこの者のものではない。この者は死ぬのである。その者ではなく、死の前で躊躇をなくしたこの者が所属する党の貪婪さが満たされるのである。

また他方では、贈与が利益の獲得を容易にする。リスクなしには征服はできない。血や汗を流さずに、獲得することはできない。多くの人々がこのことを語り、反復している。しかしこの種の命題は逆転できるものだ。獲得しようとせずに、リスクを冒すことはできない。費消のために使える余剰が存在する。費消がつねに優位にあることが、社会的な生活を支配しているのであり、それぞれの人の運命を変えるのである。

武器を手にした多様な闘いが、自己の贈与と気前よさに力を与える

費消の戯れのうちで、戦争と革命の深い意味があらわになる。革命、戦争、それは利益の獲得を作り出す力の費消であったり、費消を増やすことのできる貪婪さを満たすことであったりする。多数の人間の生命を奪った後、最初のフランス革命がブルジョワの世界を飛躍させた。生産することでみずからを富ませる必要のある階級が、革命を遂行したのである。

これとは反対に、ローマ帝国では、征服者はみずから費消することを目的として、直接に富を蓄積した。生産する階級、浪費を「眺めるだけの」階級が権力につくと、富を獲得することの利益が支配的になる。浪費する人々が戦争を遂行すると、費消の利益が支配的になる。この均衡を調整する運動が重要になることもあるだろう。その後で〈もの〉の動きは、細かな倹約の過剰と、浪費の過剰を示すことになろう。どちらの方向にも、暴力の介入は行われなかっただろう。ある種のバランスのとれた均衡があるだけだろう。しかし賢明であるとともに、けちくさい人間が権力を握るのはごく稀なことである。均衡という観念には、あまり存在理由はない。

戦争と革命が、すべての意味で極端な活動の瞬間であるのはたしかだ。暴力的な運動が、浪費と対立し、浪費する者を破壊するというのは、ごくありふれたことだ。しかしそのためには特定の条件が必要になる——老人の浪費や退廃的な浪費が行われるか、若者や労働者が叛乱するという条件が。空費の世界から有用性の精神の状態に移行しても、弱い者から強い者へと、生者に向かって運動が行われる。ときには再出発するための時間が必要だ。

危機の後では、退廃の進行を抑えることが必要となる。それでも権力は、暴力的な人々の手に落ちるものであり、それが浪費の保証となる。

ときには都合の悪いことが介入するものであり、すべてが抑制されることもある。しかし基本的な法則に逆らっても無駄である。戦争にせよ革命にせよ、権力を握るための武装した争いは、最終的に権力が浪費の側にあることを望むものだ——自分の生命を賭ける者の側に。戦いは、獲得を優位におき、「正直な理性」を重視する〈もの〉の動きを一掃する。正直な理性にとっては、これは命を賭けるに値しないものだ。

権力の魅力はつねに、人間の生の「無意味な」浪費のきっかけだった。活動的でない大衆は、この浪費をつねに排斥したのだが、これを排斥するには、こうした大衆には力がない。ある政治家は「多数の群衆」を暴漢の群れと呼んでいる。大衆が盲目的に崇拝する理性や権利と同じように、大衆は重さであり、全体において重しとなるものである。反対に力とは、自己の自由な贈与である。[1] 力が黄金に従うときには力は曲がり、腐敗する。奉仕と血を分かつもの、それは栄光によってしか、ほんとうの意味では報われないということだ。

力のゲームは人間の生に輝きを与え、栄誉あるものとする。征服という意味では、自己の贈与に至高の位置を与える。征服そのものも、死の栄誉ある暈《かさ》のうちに置かれている。これは聖なるものであり、征服を聖なるものにしたのは、生者というよりも死者である。死者は自己の生を贈与することで、征服を聖なるものにしたからである。死者は、力と富を増大させただけではない。死者の犠牲によって、生の全体が死の高みに高められた。法外な浪費の過剰という模範的な行為を行ったのである。

[1]――現代の最悪なところは、力と大衆が混同されていることにある。武装した力が大衆で構成されるとき、重さが生まれる。大衆は力となることができるのだが、原則として力となることを望まないからだ。これは合理主義者が陥りがちな誤謬である。

第5章　冬と春

死の次元での社会の存在

死によって発生する身体的な変化には、自然における他の変化よりも、はるかに驚かされるものだ。天と地の間に送り出されるからだ。わたしたちを運び去る運動の速さは、一瞬のうちに測定される。この運動が存在すると感じられると、眩暈が生まれる。そして死者を眺める者たちからも、死者のものからも、現実性が奪われるのだ。同胞が死んでいくのを眺めると、生者は自己の外でしか、存在できなくなる。

死の瞬間に、わたしたちがそれまで手にしていると思い込んでいた確固とした現実が失われる。重く、しかも逃げ去り、激しく、仮借のない現前だけが残るのである。死が、個人を聖なるものとするときに明らかになるのは、わたしたちがいつも生きている現実とは異なる現実が、存在するということである。もっと簡単に言うと、死について、非人称の力のように語るとき、わたしたちはこの現実を思い浮かべる。自分を引き裂くようなこの力を感じると、もはや激しい強度の感情しか残されない。些事にかかわる素朴な利害や、くだらない一日を満たしている気晴らしなどは、もはや意味を失う——強い風の動きのうちに運び去られてしまうのである。この瞬間に、すべての存在は過酷なまでに裁かれ、裸にされる。もっとも俗っぽい人間が、偉大さの宿命のもとにおかれる。

わたしたちはだれも、狭い人格の枠組みから追い出され、同胞たちとの共同体のうちに、できる限り自己を失う。共同体の生が、死の高みに保たれる必要があるのはそのためである。多数の人々の私的な生は、卑小さを宿命づけられている。しかし共同体は、死の強度の高みでなければ存続できないのだ。共同体は、危険に特有の偉大さを欠いた瞬間から、崩壊し始める。人間の宿命が「和らげず」「和らげることのできない」ものを、共同体はみずから引きうけ、癒すことのできない栄誉への欲求を維持しなければならない。

ごくふつうの人間たちは、一日をとおして、ほとんど無に等しい生の強度で生きるにすぎない。こうした人間は、死が存在しないかのようにふるまい、本来の高みではなく、低い場所に存在していることを悔いることもない。［以下抹消　しかし生きることを死で測るのは、国民の仕事である。それぞれの共同体の生は、たんに美しいだけではなく、偉大なものでなければならない。だれかが死ぬたびに、共同体は途方に暮れた近親者たちに応答しなければならないからである」。

それぞれの共同体は、死者の屍の処理を引きうける。そして共同体は非人称的な形で、死が引き起こした混乱に対処しなければならない。「死とはどういうものか、わかっている」。これは共同体が、死の決定的な暴力の次元において、暴力的な生をみずから生きることなしには、言いえない言葉である。

兵士や司祭だけが、死にふさわしい言葉を語る能力をそなえている。兵士は死に直面し、司祭は死後の世界に属しているからだ。死がそこに現存するとき、俗人のような態度は許しがたいものとなる。死を前にして自己の外に滑り出るためには、聖なる世界が必要である。わたしは、恐怖に敢然と立ち向かう力が存在するさらに広い世界のうちに、自己を失う必要がある。カフェや銀行にはなにもない。軍隊のうちに含まれた暴力、古い教会の中での夜、どうにか許容できそうなものはこれくらいだ。

恐怖と栄光、冬の死と春の死

死は完全な費消である。死は人を寒さのなかに打ち捨て、怯《おび》えさせる。冬の悲しさ、冷たくなった**地球**の悲しさが、死のうちに表現されている。人間の死は、死なんとする地球のうめき声である。この惑星は力を発散しなくなった。地表での喪失は、消尽のしるしである。冬の間に地表が太陽から遠くなると、すべてのものが縮こまる。費消はすべて枯渇である。

　春だけが太陽の力をもたらしてくれる。萎れた生は、荒々しく解きほぐされ、植物は施肥と光に陶酔する。しばらくの間は、この惑星の貧しさが姿を消す。巨大な生が、空の青さを謳歌させる。狂ったような植生が、一本ずつの花のうちで、太陽のように輝く。**地球**にはもはやその力はないが、花は焔に酔った**太陽**のように力を発揮し、光輝き、計算することもなく、空虚な富を浪費する。ただし花が咲き誇り、きらめき輝くのは、死ぬためである。気前のよい春は、貪婪な冬と同じように死ぬ。しかし春のうちの死は、春の勝利をおしとどめない。

　すべての費消と同じように死も、豊かさの違いに応じたものとなる。銀河の死や一つの恒星の死は、その輝きの条件である。貪欲な死は苦悩をもたらす。人間の悲惨は、死ぬことにあるのではない。死ぬことは、栄光をもって生きることだからだ。人間の悲惨さは、その運命から逃れようとすることにある。死への恐怖が、貪欲の原則である。人間は、豊かに死ぬか、貧しく死ぬかのどちらかしか選べない。五月に花々に囲まれて死ぬか、一一月の薄暗がりで死ぬかしかないのである。「死ぬべきか、死なざるべきか」という問いは、ジレンマをもたらし、定かでない不滅の幻想のうちに、法外に惑わせる。こうして人間は、けちくさい死を選んだのだ。

しかし人間が死を選ぶのは、さらに勝ち誇るためである。全体としてみると、人間的な事柄の流れには、季節のリズムと同じように、欠如と過剰が交互に訪れるものだ。このように欠如と過剰が交互するために、人間が死に勝利したときの勝鬨《かちどき》は、さらに大きなものとなる。それだけを孤立させて考えると、死とは法外な貧窮である。人間は恐怖を否定するどころか、これを際立たせる。共同体は死を前にして、近親者たちが避けることができない恐怖に全身を捧げる。共同体は、近親たちの意気消沈と悲惨を真似るのだ。しかし生の暴力がすぐに戻ってくる。共同体は意気消沈を真似たのだが、それは過剰のうちに誘い込むためにほかならない。死がその近親者たちを聖なる状況に陥れた瞬間に、共同体が介入する。共同体の機能は、死に襲われた人々に、聖なる喪失から再生へのすべてのサイクルを歩ませることである。共同体はその成員の数によって豊かになるのであり、この数によって、共同体だけがその力をもつ。人間の再生は植物の再生と同じようなものだからだ。生の勝利は、春に無数の花々が咲き誇ることを望んでいる。新しい花々が再びおしよせてくるのだ。

これが人間の生の重要な戯れである。人間は遠回りしながら、大地の冷たさと太陽の熱が定めた道を進む。浪費になしうるのは、これだけである。冬の薄暗い赤貧の状態は、死と同じように、すべての人間のものである。しかし貪欲な人は、悪をできるだけ制限することで満足する。ここで浪費家が登場する。浪費家は恐怖の前でおののくが、尻込みしない。浪費家は勝ち誇ろうとするのである。浪費家は春の栄光を諦めることができない。一一月の靄を通りすぎなければ、五月の太陽は訪れないこと、英雄的な浪費が、すべての栄光の条件であることをよく知っているのである。

神々も、死なずに再生することはない。人々が、忌まわしい状況のもとで諦めたら、浪費は祝祭の狂騒にとどくことができるだろうか——つねに富と幸運を必要とする祝祭に。幸福なる浪費には、恐ろしい犠牲が必要である。あらゆる時代の、あらゆる民の宗教の営みは、苦悩から光の恍惚へと進ませること、地上の犠牲から太陽の浪費へと進ませることにある。宗教の営みは季節のリズムに従い、冬を省略することはない。裸にされた冬の状態で、死が訪れる必要があるのである。

星辰の戯れを受肉したこのドラマの幕を閉じるために、儀礼とともに、武装した戦いが作り出される。これは耐えしのんだ悲惨から生まれる。この戦いは、出会った力を弱めながら、地表の粒子を拡大しようとする法則を実現する。しかし戦う者は、自己を贈与することで大きくなる。戦士たちは、大地の忌まわしい状況を、もっとも重く引きうけたのだ。富を獲得する仕事に専念しているのである。しかし戦士たちが成功する可能性は、営みの極端な厳しさのうちに定められている。

戦士たちは過剰な喪失を経験しなければ、なにも獲得できない。この喪失が、征服の栄誉ある意図の保証なのである。獲得された財は隷属するものではない。戦士にとって富は、輝くための手段であり、新たな戦争をするための手段であり、豪奢のための手段である。血なまぐさい靄の出口に輝く勝利の太陽は、貪婪な獲得のしるしではない——もしそうだとすれば兵士は死に、意味を与えることができなくなるだろう。太陽は軍隊の栄光ある交感を司《つかさど》る。太陽は、引き裂かれた軍旗の輝きを司り、死者たちはふたたびここに存在するようになるのである。

第6章　戦争

軍隊には、活動的な生しかない。「思索する」戦士などは想像もできない。軍隊の活動について「思索される」ことがあるとすれば、それは多くの場合、軍の極端なまでの不条理を告発するためだ。一九一四年から一九一八年にかけて、こうした告発が行われたものだ。戦闘がもたらすのは、勇気と自己の贈与という価値であり、この価値を生きるためには、思案などもってのほかだ。われを忘れる必要があるのだ。しかしこれにも例外というものがある。

ユンガーほど、戦場とその恐怖を過酷なまでに描き出した作家はいないだろう。[1] わたしは、戦争と、儀礼の供犠と、神秘的な生には等価の関係があることを示そうと思う。これは「恍惚」と「恐怖」の戯れであり、ここで人間は天の戯れと一体になるのだ。しかし戦争のこの戯れは、裏切られることが多い。戦争の栄光と戦争への嫌悪を覆い隠してしまうことが多いためである。わたしがいかなるものも避けずに描写するユンガーを引用するのはそのためだ。

「この光景のおぞましさは、あらゆる予測を超えたものだった。この道路の端にひろがる悲しい灰色の姿を前にすると、すべての力が失われてしまう。すでに大きな蝿が輪をなして群れていた。兵士の死体は、それぞれに異なる姿勢をとるが、どれも同じ顔であり、そのあとで絶えずくり返される経過も同じだった。引き裂かれた胴体、陥没した頭蓋骨、青ざめた幽霊たち。思い出しても困惑させられる……。この苦悩の砂漠のさなかを進む夜の長い行進の間、わたしの心は孤独だった。そして凍りついた海で、死者たちの姿の上を漂っているかのように、見捨てられていた。

わたしたちをとり囲む冷酷な罠が、すべての熱意を失わせる。死にゆく者の嘆きが、そのゆっくりとした苦悩のうちで、反響もなく息を引きとったことが、いったい何度あったことだろうか……。何年もかけて、わたしたちはこの荒廃し、見捨てられた土地をかけめぐったのだが、戻ってくるときにはつねに、身体は長いあいだ戦《おのの》くのだった。狂気の瞬間から目覚めた後のように……。わたしたちはいったいどこにいるというのだろうか。月の火山群のどこかにでもいるのだろうか。それとも地獄の奥深くに遺棄されたのだろうか。黄色がかった炎に囲まれたこの土地、死者たちの地獄の踊りが乱舞するこの土地は、地球の風景ではありえなかった」。ユンガーは前線をこう描いている。

ユンガーはさらに描写を続ける。「分解していく死体の匂いは耐えがたく、重く、ほの甘く、吐き気を催させた。そして粘着性のパテのように、どこにでも入りこんでくる。大きな戦闘の後では、平原の上に激しい匂いが漂い、飢えきった男たちも食事をとることを忘れるのだった。戦闘の雲の中に孤立したように、英雄的な兵士たちの群が、数日の間、一つの塹壕や炸裂弾で作られた溝に、がむしゃらにとり掛かるのがみえることも多かった。まるで嵐の最中に、砕けたマットに難破者たちがしがみつくように。

兵士たちのうちで、全能の**死に神**が旗を掲げていた。銃弾でなぎ倒された男たちの死体で覆われた戦場が目の前に広がっていた。兵士たちの死体にまじって、死んだ戦友たちが横たわっていた。唇にはすでに死のしるしが刻印されていた。くぼんだ顔は、恐ろしいまでの迫真の描写で、十字架にかけられたキリストが描かれた絵を思い出させた。英雄的な戦士たちは、栄養失調で死なんばかりで、身をかがめていた。そして鋼鉄の嵐が、死者の悲劇的な踊りを再開し、分解しつつある死体を空中に放り出すたびに、兵士たちを包む悪臭はますます耐えがたくなるのだった。

死体の破片を砂や石灰で覆ったとて、いったいどんな役にたつのか。むくんだ黒い顔をみないようにするために、テントの布で隠したとて、いったいどんな役にたつのか。ともかく死体の数が多すぎた。鶴嘴《つるはし》をふるうと、どこでも人間の肉にぶちあたる。墓場のあらゆる神秘が、むごたらしく白日のもとに暴露されたので、そのあとでは、もっとも地獄的な夢までが、ごくありきたりなものに思われたほどだ。

秋になって樹木が葉を落とすように、一房の頭髪が抜け落ちた。腐敗した死体は、魚のような緑をおび、夜になると、ぼろぼろになった軍服の下で光を発していた。死体を踏んだ脚も、わずかな燐光を発するのだった。石灰質のミイラのように乾燥し、埃となってゆっくりと崩落する死体もあった。肉が赤褐色のゼラチンのようになって、骨から剝がれ落ちている死体もあった。夏の重い夜の間、膨脹した死体は幽霊のごとく目覚めるかのようだった。そして傷口からは、ガスが鋭い音を立てて漏れるのだった。

しかしもっとも恐ろしい光景は、死体に蛆が群れるさまだった……。わたしたちは道の途中で四日の間、戦友の死体にはさまれて身動きできなかったことがある。生ける者も死せる者も、だれもが青蠅の渦に覆われていた。想像できる恐怖のうちで、これほど恐ろしいものはないのではないか。もはや決して眠らない者たちが幾人も、わたしたちの眠れぬ夜、缶にいれたわたしたちのワイン、わたしたちのパンのかけらを分かち合ったのだ……。このような戦闘のあとで、襤褸《ぼろ》をまとい、身をかがめた兵士たちが、休息のために前線からさがり、灰色の沈黙した隊列で歩んでいるのをみると、ごくきさくな人でも、心が凍りついてしまうのだった。通りすがりの者がつれの娘に、〈まるで柩からでてきたようだ〉と語っていた」。

これは神秘主義の言葉だ。この恐怖に対する強い関心は、悪徳でも鬱病でもない。これは教会の入り口なのである。

ユンガーは次のように語っている。「兵士が自分の勇気を全身で感じながら戦場を前進するとき、血が聖なるきらめきとなって、動脈のうちで脈打つ……。このような個性の頂点に達したものは、自己への尊敬の念を感じるものだ。兵士ほどに聖なるものがあるだろうか。神にも近く……」。

ユンガーはさらにこうつけ加える。「勇気は、各人がみずからを賭ける限度のない賭だ。戦闘の場に進む真の理由を理解したならば、ヒロイズムを称えずにはいられないものだ。あらゆるヒロイズム、とくに敵のヒロイズムを称えずにはいられないのだ……。兵士は自分の大義をできる限り尖鋭に守りぬく。わたしたちはあらゆる場所で戦いながら、バリケードのこちらでも、バリケードの向こうでも、これを証明してきたのだ……。わたしたちは世界の石化した船を打ち破ったのだ……。わたしたちは大地に新しい顔を刻んだのだ。うべなわれた供犠の巨大な大きさが、わたしたちのすべてを結ぶ唯一の燔祭となる」。

一九一四年の戦争の恐るべき「中だるみ」があったからこそ、恐怖と自己についてのユンガーの「思索」と、神秘主義が生まれる余地があったのだった。神秘的で、逆説的な思索だ。もしもこれが思索だとしても、これは行動について思索するのである。古典的な戦争では、リズムが速すぎて、こうした思索を深めることができなかった。ユンガーは、ここに描き出した地域に四年も滞在していたのだが、読者はここにとどまることなく、描き出されたさまざまな場所を全速でかけめぐる。ユンガーは不可能なことを克服し、制御したことを読者に伝えるが、これは決定と断絶の瞬間である。[1] しかし事物の自然の法則に逆らえる者はいない。戦争は深められることを望まないから、恐怖の叙情は、戦争とはなじまないのである。戦争はすばやく、周知の条件を復活させる——「沈黙だけが残る」のである。

一九一四年以来、わたしたちを悩ませている深刻な危機がなければ、ユンガーの反応は理解できないし、かえって場違いなものとなるだろう。この書物の表現は、許しがたいものにみえただろう。軍は、みずからを表現することなく、行動するからだ。この書物は、事物の背後にあるものに慎重な姿勢を示しながら、洞察力のある側面と、けたたましい側面を兼ねそなえている。十字架につけられた者のしかめ面と不吉な恐怖は、兵舎ではなく、教会に属するものだ。軍人は恍惚ではなく、行動を望む。

ユンガーの叙情は、すべてが決定に向かった意志の瞬間的な無能力を利用したものだ。ユンガーはこの一時的な喪失と停滞を糧としている。しかし映画のスローモーションが馬のギャロップを分解して映しだし、その力学を理解させてくれるように、遅延した戦争と、これによって生まれた表現は、奥深くで働いている動きを発見させてくれる。教会でも戦闘でも、だれも「恐怖」や「恍惚」を求めたりはしない。行進ラッパはこれを否定する。しかし輝かしいまでに否定されたことで、これは実際には運動の組織的な低減となり、突然の激昂となる。

ユンガーの証言は、いかにも重いものだが、それでも読みとることができる。「恍惚について一言。聖人、偉大な詩人、偉大な恋愛者に固有の恍惚の状態は、ほんものの勇気と類比できるものだ。どちらも熱狂がエネルギーを高め、血管のうちで血が沸き立ち、心臓に向かって押し寄せながら、泡立つ。これはあらゆる酩酊を超越した酩酊であり、すべての絆を引きちぎる力を、鎖から解き放つことだ」。

行動と決定は、戦争のすばやいリズムを生み出し、すべての恐怖を瞬時に忘れさせる。征服者はすばやく前進しなければならないのだ。その結果がどうなるかは、副次的なことにすぎない。恐怖と恐れは恍惚を強める。これは敵を破壊する機会を減らすのだ。だから恐怖を気にかけず、あっさりと否定しなければならない。恐怖を前にした兵士たちは、宗教者とは反対の姿勢をとる。兵士たちにとって、恐怖はそこにあり、過剰なものとなることはない。ところが宗教者は恐怖を作りださねばならない。戦《いくさ》は立ちどまらないが、供犠を捧げる者は犠牲者に時間をかける。犠牲を掲げ、栄誉を与え、次にこれを饗《あ》えて、供犠に陶酔するのである。

戦争と比べると、供犠は逆説的なものにみえる。戦争は征服で説明できる。しかし供犠はさまざまに説明されている。戦争と供犠では、手段は同じなのに、結果が異なるのだ。一言で供犠と戦争の違いを言えば、供犠は結果を追い求めるのだが、その目的を実現するために、どのような行為を、どう進めるか、手段の豊かさが限られないことにある。ある意味では供犠は自由な活動である。いわば擬態のようなものなのだ。

人間は**宇宙**のリズムに従う。そして**宇宙**を模倣することだけが目的なのだから、狭い場所をすばやく通過したりすることは重要ではない。供犠は逆に、苦悩を際立たせることもできる。苦悩を通過する必要があり、急ぐ理由はないのだから、事柄を極限まで推し進め、そこで待ちながら、すべての生がゆっくりと引き裂かれるようにすることだけが求められる。宗教的な生は、人間の生の条件と痙攣を深めるのだ。

そのために必要なのは、あまりに恐ろしい現実を、どうにかして〈遠ざける〉ことにある。少なくとも段階的に〈遠ざける〉のだ。兵士たちは、勝利するために敵を殺す。ところが近親者を生け贄として捧げる者には、このような口実はない。深めたいという欲望があるだけなのだ。生を共犯にすること、生のうちに、もっとも恐ろしいものが生まれるようにすることで、供犠は生を共犯にする。もっとも恐ろしいものを通過することで、栄誉にいたることを、生は求める。

このような供犠がほぼどこででも実践されてきたというのは、驚くべきことだ。しかし事実を否定することはできない。現代でも、もっとも文明化された都市において、供犠が祝われている――象徴的な意味の供犠ではあるが。人々は、イエスという人・神を殺し、その肉を食べ、その血を飲んでいる。たしかにこの儀礼は穏やかな性格のものになり、供犠の実践としては無にひとしいものになっている。しかしこれは逆に、この儀礼の意味についていて、想像できる限りでもっとも明確に語るものだ。この供犠は普遍的な性格のものであり、無限に続き、しかも許しがたいものであるために、これにこだわるにしても、逃げ出すべきなのだ。

原則として、供犠は人間の犠牲を求める。できれば王や神々を犠牲にしたいところだ。人間の犠牲の身代わりに、動物が犠牲にされることも多い。ごく古い時代から、人間を犠牲にすることは恐ろしいことと考えられるようになった。古代文明では、人間が犠牲になることはほとんどなくなった。それでも、供犠の神話が例外的に人間的な意味をおびているときは、人間の犠牲が語られているのは明らかだ。この生け贄は人間であるだけでなく、同時に王でもあり、**神**でもある。しかし人間を犠牲にすることが耐えがたいことだと考える傾向も、はっきりしている。

最初は供犠は象徴的なものだったが、いつでも象徴的なものだったわけではない。聖なるイエス、ユダヤ人の虚構の王が、かつて本当に殺されたのである。この殺害をよく理解しなければならない。この殺害がなぜ行われたかを語る必要がある。イエスは、栄誉を与えられるために殺されたのだと言うべきだろうか。そうかもしれない。しかしその場合には司祭たちは、イエスに栄誉を与えるために殺害したことの責任を、意図的にひきうけることになるだろう。そこには象徴的な供犠の問題もあるからだ。

現代の司祭は、自分のことを真の供犠を捧げる者だと考え続けてきた。それでいて、その責任を引きうけることは拒むのだ。責任をとるとしても、あらゆる代価を払ってでも、惨めな罪人にならないですむ範囲においてである。イエスを十字架につけたこと、それは世界の罪だからだ。

このように考えると、どうしても理性が問われるようになってくる。理性は、本書で対象としているような事柄について考察することができないからだ。本書で考察しているのは、喪失が必要とされるが、それはなんらかの目的を満たすためではなく、なにかを喪失し、みずからを失うという栄誉のためであるという事実である。そして失うことがまず恐ろしいものでなければ、栄誉あるものとはならないということである。

世界にこれほど奇妙なものが必要だとすれば、世界には法則というものがないのだと理性は考えるだろうし、これはたしかに理に適った考え方だ。理性からみると、世界にはなにか、根本的な正義のようなものが必要とされるからだ。

しかし挑発された死でなく、たんなる死だけでも、この正義に疑問を抱かせるのは明らかだ。いずれにせよ、自分の近親者を意図的に死なせることほど、正義に反することはない。しかし被造物が過ちを犯すから、いつでも世界の理性的な原則が損なわれるというわけではない。この過ち、この罪を正し、これを罰することができる。罰として、人間という被造物のすべてに死を与えることができる。そして贖いを求める正義により、人間の罪の究極的な結果として、人・神であるイエスが殺された。しかしこのイエスの死が、救済の道となり、罰を、死そのものを聖なるものとしたのである。

人間の宿命を究極までおしすすめようとすると、人間は障害にぶつかっていることに気づく。明らかに、軍事的な生は現実の行動の必要性に従う。しかし宗教的な生には、議論の余地のない必要性がないために、一貫性がなくなってしまう。宗教の原動力であった「恐怖」を、規約や儀礼の力を、宗教はふたたびみいださねばならない。しかしこうした規約や儀礼の幻想や残酷さは、異議の対象となるものだ。宗教は厳密さに欠けるために衰えるのであり、自由のうちに獲得したものが揺れ動くために、衰える。宗教の領域に入る者は、疲労から、足元にあるものをすべて変形してしまうかもしれない。宗教的な生には燃えるような消耗するものがあるが、こうしたものはふつうはごまかしのうちに、逃れ去ってしまうのである。

供犠は巨大な力のもつ魅力を発揮するが、これは失うことを求める激しい欲求のあらわれである。こうした供犠はまず、供犠を捧げる者にとって脅威となる。神を体現する司祭は、失う欲望にとり憑かれ、神のように、みずから供犠の執行者を犠牲にすることができるだろう。しかし神話が神々に求めることを、司祭がみずからに求めることは稀である。燔祭は神を焼き尽くし、神を殺すが、儀礼を執り行う者を焼き尽くすことはない。血なまぐさい供犠のうちで自由に発動する要求に応じられるのは、宗教的な自殺だけだろう。

宗教的な自殺の実例は、想像するよりもはるかに多い。ジャガノートの像を乗せた山車に轢き殺されると、天国にいけると信じていた敬虔なヒンドゥー教徒は、山車に身を投げて自殺する習慣があった。インドを征服したイギリスは、警察にこの宗教的な自殺を禁じさせたほどだった。

また、植民地になる前にモロッコに暮らしていたあるフランス人の旅行者は、自分が立ち会ったある光景についてこう語っている。狂信的な宗派の若い踊り手が、老人の裸像に近づく。この像は、尖った短刀を体の前にしっかりと握っている。神懸かりになった踊り手は、この短刀の先端を胸にあて、そして短刀がゆっくりと心臓を貫く……。

古代には、王殺しは頻繁に行われたようだが、これは厳密には、自殺に近い営みと考えることができるだろう。慣習により、王は壁を塗り込めた墓の中に、みずから入らねばならないことになっていた。王がみずから進んで死ぬことはなかったにせよ、民の運命を決める王が、ほんとうに民に殺害されるのだとすると、もはや身代わり犠牲や、ごまかしについて語る必要はなくなるのだ。しかしこれほど明確な決定にもとづいて、こうした意味で、王殺しが行われたことは少ない。いつもうまい逃げ道をみつけだすのだった。


ところで軍事的な燔祭は、たがいに力を振るう場で行われる。こうした燔祭は現実のものであり、充実した価値がある。実のところ兵士たちは司祭のごまかしにも、司祭の実際の行動にも、がまんできないのである。兵士は司祭のごまかしに、みずから行う自己の贈与の真理を対立させる。司祭の殺害のみぶりには、兵士たちの行動と密接に結びついた効率的な行動原則を対立させる。宗教的な供犠ほど、軍の精神にそぐわないものはないのだ。

神の供犠をまったく認めず、供犠のための聖なる死が神話に含まれていない唯一の宗教は、イスラームのような、兵士たちの神秘的な共同体である。軍隊は、司祭のみせかけにも、その過剰にも、ほんもののまともな供犠を対立させる。別の意味では宗教者たちは、軍事的な生は行為に従属していると指摘し、宗教が望むものをまったく与えないと主張することができる。

軍が兵士を選抜するのはごくたやすいことであり、軍隊は兵士にとっての真の生ではなく、効率的なみぶりだけに気を配る。兵士たちは戦場で、複雑なかかわりも「神秘」もなしに、突然の事故で死ぬように死ぬ。兵士たちの死を、その深みで豊穣なものとしてくれる準備もなしに、兵は死ぬのである。この寡黙な死には〈徳〉がない。しかしこの〈徳〉がなくては、宇宙の戯れに向けて人間の戯れを投射できないのである。これを実現するには、行為を切り離し、限りなく宗教的なやりかたに配慮する必要があるのだ。

「銃弾によって破裂した頭部が長く、鋭い笑いを響かせた」ユンガーの戦友だけでなく、恐ろしいほどの孤独な山奥に、一人で隠遁するチベット人の隠者のことも考えてほしい。隠匿の場所に選ばれるのは、「死体が粉々になり、狼や禿鷲にひきわたされるところ」である。隠者は、供犠の「喜劇《コメディ》」に身をゆだねる。隠者は死ぬのではない。長期間にわたる瞑想によって、自分の身体が「死んだ餌食《えじき》、脂肪が多く、滋養に富む巨大な餌食となり、宇宙を満たすまでになる」のを、ますます強く感じられるようにするのである。

次に隠者は視線を逆転させて、頭蓋と短剣をもつ「苛立った女神」の姿で、自分の知性が光を放つのを「見る」のである。この女神は死体から頭を切りとる。隠者自身であるこの「女神」は、怒りにかられながら、隠者の皮膚を剝ぎ、剝いだ皮膚の上で骨と肉を細かに切断し、皮膚を丸め、「腸と蛇をロープのように使ってくりあげ、頭上で回転させ、力をこめて地上に突き落とし、皮膚に包まれた中味を、肉と骨でできた果肉状の塊にしてしまう」。瞑想者は、野獣の群れがこの塊に飛びつき、最後のひとかけらにいたるまで、貪欲に食い尽くすのを「見る」のである。

この訓練には、現実的なものはなにも伴わない。このように扱われた身体は、まだ無傷なままである。しかしこの隠者には、内的な瞑想が示すものを、現実の世界と同じように感じとれるようにする能力があるのはたしかだ。この苦悩を伴う幻視の恍惚のさなかに、隠者にとって、古い人間がほんとうにおしつぶされたかのようである。狭い人間の生が、はるかに広大な現実のうちに失われたのである——砕ける波が、周囲の波浪のうちにふたたび落ちながら、みずからを失うように。

わたしたちのだれもが同じような状況で、このチベットの隠者と同じことを遂行できるかどうかを問うべきだろう。眩暈とかすかな笑い、広がりながら、苦痛とともに失われ、人を苦しめる持続に達する力——供犠の行為のうちにあるかのように、沈黙に服することで巨大になるもの。歓喜の過剰をもたらすことができるのは、自己の内部において、殺すこと、道徳的に残酷になること、存在するすべてのものと対立する運動と同調すること、死と同調することだからである。

自己の内部において、まったく内的な暴力の運動のうちで、自然は中途半端なことはなにもしないこと、中途半端に殺したり、中途半端に生の喜びを享受したりしないことに気づくのは、幸いなことだ。死者の仮面をかぶる人間を、過剰な勝利の感情が強く動かす。この感情は明晰であるから、酩酊ではないし、幸福なものであるから、恐怖ではない。これは狂気の笑いから（これは苦しいものだ）、もはや抑えることのできない嗚咽から生まれるものである。

▼ガリマール編集部注1――ユンガーについては、全集第五巻『有罪者』二四七ページを参照されたい（邦訳『有罪者』出口裕弘訳、現代思潮社、一九九二年、三三ページ）。
［1］――わたしが引用したユンガーの文章は『戦争、わが母』の抜粋である。前回の戦争の後、この書物が数週間のうちに売り切れたという事実は、ニーチェの明晰な判断を思い出させる。「キリスト教の恍惚と恐怖がその徳を失ったいま、想像力を刺激するのは戦争だけである」。この事実とこの判断から、わたしたちが生きている世界がはっきりとみえてくる。

第7章　供犧[1]

　ここまでついてこられた読者のために、長い説明が必要だろう。わたしは人間に非人間的なイメージを与えてきた。ほとんど息もできないような緊張した雰囲気を作り出したことはよくわかっている。供犧の血なまぐさい幻想には意味があることを主張することで、子供の生け贄を要求する暗いモレク神にも、正当性があることを示してきた。時代をさかのぼっても、わたしの声は無数の合唱と響きあう。ただ、わたしの声が聖なる祝祭の反響だったとしても、わたしの言葉がひどい印象を与えるのは、疑いの余地がない。

　しかしわたしが、新たに燔祭を始めようとしていると主張される方はおられないだろう。わたしはたんに、昔からある習慣の意味を示しただけなのである。過去の残酷な出来事は、それなりの必要性に応じているのであり、現代ではこの必要性を、野蛮な方法で満たさなくてもすむようになっただけなのである。

　ただ、人間の生は自己の贈与を望むものであること、この自己の贈与は死の苦悩をもたらすものであることは指摘しておきたい。わたしは人間とは、絶えず増大しつづけるだけの生産活動とは異なるものに向かう存在であり、聖なる恐怖のもとで、こうしたものをあらわにする存在であらざるをえないと考える。人間の常識に反するこの自己の贈与の呼びかけは、星辰についてのあいまい観念とは別のやりかたで、根拠づける必要があるのだ。

ところでわたしは立場を逆転させることもできる。わたしには常識が欠如しているとしても、そしてわたしには説明する義務があるとしても、こんどはわたしが「穏健で合理的な人」を疑問にする番である。わたしが狂者だとしても、わたしが進もうとする方向は、かつて供犠を捧げてきた人々が向かっていた方向なのである。それがわたし一人だとしても、わたしは説明をする最初の人になるべきだろう。

しかしこの「穏健な人」も、祖先のころには供犠を捧げていたのだ。そして人間と動物を殺すことは、実際に行われてきた事実であり、穏健で理性的な人は、理性的であり続けるためには、この事実の謎を解決する必要がある——あらゆる場所で、合意したわけでもないのに、人間がまず謎のような行動をしたのはなぜか、人間が儀式において生けるものを殺す必要があると感じ、殺す義務があると感じたのはなぜかという謎を。

この問いに答えるには、「穏健な人」も、わたしに耳を傾けるしかない。「穏健な人」は、わたしと同じように、この謎の重みを感じる必要があるのだ。そして「穏健な人」は、わたしとともに、死と悲劇的な恐怖と聖なる恍惚が自分に結びついたものであることを認めるべきなのだ。そしてこの問いに答える方法がわからなければ、すべての人は、自分はだれなのかを知らないという無知のうちにとどまるのである。

　この問いには、これまでもいくつかの回答が示されているが、これにはあまりこだわる必要はない。たとえば、古代の人々は、支払いや贈与によって、聖なる世界の幸《さち》を獲得できると考えていた。キリスト教徒もかれらなりに、この見方をうけついでいる。またオクスフォード大学のジェームズ・フレーザー卿は、豊かな収穫を確保するために、生け贄が捧げられたという考え方を提示した[1]。フランスの社会学者たちは、供犠の儀礼は、人間たちの間の社会的な絆を強め、集団の共同体的な統一の基礎となったと考えた。

　こうした説明はたしかに、供犠の効果を説明するものである。しかし人間が宗教の儀礼で、同類の人間を殺さざるをえなかった理由については、なにも語っていない。ただし最後の社会的な説明は、謎の正確な位置を示していることを認めるべきだろう――これは人間のすべての実存の〈鍵〉なのである。

　ある事柄の理由を、その偶発的な条件だけで説明するような二次的な説明は、どれも無視すべきである。供犠の問題については、供犠は究極の問題であることを指摘する必要がある。言い換えると、この究極の問題に答えようとするすべてのテーゼは、供犠の〈謎〉も同時に解決する必要があることは明らかだ。生が死とともに戯れることを強いられるこの〈戯れの問題〉を無視するならば、存在についての思索の営みである形而上学は、意味のないものになる。

宗教的な儀礼で人を殺すのはなぜかという問いは、宗教的な儀礼の構造と結びつけて考える必要がある。難しいのではないかとか、不愉快なのではないかなどと恐れることなく、事柄の根底にまで進むべきだ。わたしは十分に配慮しながら「フランスの社会学」の知見に基づいて考察を始めよう。

フランスの社会学は、供犠の研究と解釈をとくに重視してきた。そして供犠を社会的な存在の概念と結びつけている。この概念は一見すると意外なものであるが、存在が複合的なものであることを認めるならば、これはすぐにうけいれられる考え方になる。ある氏族、ある都市、ある国家は、人間と同じ資格で、単一の意識をもった存在である。「集団的な意識」という概念は、分割できない道徳的な単位を、人間の意識から作り出そうとする原則とは一致しないが、こうした原則はほとんど擁護できないものである。

意識とは、集中の場にすぎない。これはつねに未完成で、決して閉じることのない場であり、その境界はうまく限ることができない。これは生の多数の鏡が照らし出すものを集めたにすぎないのである。さらに正確に表現すると、意識とは鏡の戯れである。思考・反射が複数化されたときに発生するものである。この複数の思考・反射は、ある点から別の点へ、この人から別の人へ、そして一つの感覚細胞から別の感覚細胞へと、思考・反射が移行する際に生まれるものである。この戯れが停止した状態は決して把握できない。つねに運動が、活動が、移行が、行われているのである。

人間のような存在者は、意識をこのようなものとして定義しながら把握してきた——川の小石のように存在するものではなく、水の流れのように、あるいは電流の通過のように考えてきたのである。現在のうちになにか統一のようなものが存在するとすれば、それは乱流として、安定化し、自ら閉じる傾向のある回路のようなものとしてである。わたしが他者と交流するとき、わたしが語り、笑い、騒がしい集いに没頭するとき、わたしは自分のうちで変化するものをすぐに把握できる。愛する女性を抱擁する人なら、だれでもそのことを理解できるはずだ。

この変化は、ある人から別の人に、生の電流が通過するために生まれるものだが、氏族や都市や国家など、多くの場合、この通過は安定した回路を形成することがない。多数の個人を集めた社会的な組織の場合のように（これは多数の細胞を集めた動物とほぼ似たようなものだ）、存続が時間のうちで保証されているときにしか、存在について語られることはないものだ。

この一般的な考察は、フランスの社会学が拡めた考え方に基づいたものだが、わたしはこれをさらに発展させて、存在の究極の問題を際立たせたいと思う。社会学者はこうした考え方を宗教的な事実の分析に結びつけて、宗教的な事実を外側から考察しようとする。社会学者は、みずから導入した問題を調和させる技を知らないのだ。しかし存在の状態の変化を追跡してみよう。そして、こうした変化を形成する全体が分解し、失われる様子を調べてみよう。そうすれば、宗教的な行為がたどった道を発見することができるし、その決定的な瞬間が、供犠にあることがわかるはずなのだ。

そして宗教的な行為の道を理解できるだけではなく、他の場所ではなく、なぜこの場所を通過しなければならないかを理解できるはずだ。これほどあたりまえなことはない。自分自身と世界についての人間の省察が、極限にまでとどくと、安全ではあるが、盲目的な進みゆきをみいだす。人間の省察の複雑さは、この進みゆきを見誤ることはないのだ。人間は遠い祖先のうちに、豊富な知識がすでに存在していることに気づくのである。

わたしたちが知っているすべての存在は、複合的なものであるという事実から出発する必要がある。わたしたちは単純な物体（電子や他の粒子）について語ることがあるが、厳密に考えると、こうした物体の性質については、ほとんどなにも知らないのである。こうした粒子で説明される現象は、明確に異なるエネルギーをもつ粒子や粒の効果であるとされたり、連続した波の運動であるとされたりするだけなのである。

こうした粒子について、これまで知られているわずかなことを考えてみれば、単純な存在がますますわかりにくいものになる。ほかのものではなくこの粒子が、他の類似した粒子とは絶対に同一のものではないことを、わたしたちが確認することができるようになるのは、粒子がある際立った複雑さをおびてからなのである。とくに電子については、特有の波として存在するということのほかには、なにも語るべきものがないのは明らかである。

昆虫たちは、たがいに異なる孤立した存在であり、一般的な確率の法則にしたがう。同じようにみえる二匹の蝿を、移動する仕切りのある箱の中に閉じ込めてみよう。一匹の蝿には青い斑点があり、もう一匹の蝿には緑の斑点があるとしよう。蝿をある特定の望む場所に引き寄せる要因がなにもない状態で、仕切りを操作して、中央で箱を二つに区切るとしよう。すると四つの配置が同じ確率で発生する。二匹の蝿が箱の左の区切りにいるかもしれない。二匹とも右の区切りにいるかもしれない。緑の蝿が左に、青の蝿が右にいるかもしれない。あるいは青の蝿が左に、緑の蝿が右にいるかもしれない。

しかし電子はこのような法則にはしたがわない。同じような実験をしてみると、等しい確率で三つの配置しか起こりえない。二つの電子が左の仕切りにあるか、二つの電子が右の仕切りにあるか、一つが左、一つが右にあるかである。ということは、二つの電子には、論理的な区別すべき差異がないということだ。電子Aが右にあり、電子Bが左にある状態と、電子Aが左にあり、電子Bが右にある状態を区別できない。これを区別できないということは、AとBを区別しても有益ではないし、二つの波を区別することもできないということだ。波Aが通過して数瞬間の後に通過する波Bが、同じ量の水を持ち上げるとすると、波Bは同じ瞬間に、波Aのアイデンティティを維持しているのだろうか、それともこのアイデンティティは、続く波の運動に所属するのだろうか。

一〇―五―四〇▼2

この問いに精密に答えても、意味がないだろう。しかしこれを考えることで、長らく続いている混同の可能性がなくなる。ある組織や固体の断片は、決定的に孤立させることのできる要素を代表する。電子や波は、たしかに孤立させることはできるが、決定的に孤立させることはできず、ある限られた時間しか孤立させられないし、そのほかでは、まったく区別できないのである。組織や固体では、分離や孤立が支配的であるが、電子や波では合一と融合が支配的になる。電子や波は、つかの間しか、たがいに区別できないのである。

電子の位置の確率を決定する法則に基づいて、人間は基本的な真理の道を進めるようになった。人間は厳密な省察の際には孤立に閉じ込められるが、これは自然全体の法則ではなく、この自然の限られた一つの側面の法則にすぎない。「わたしは考える、だからわたしは存在する」と断言するとき、わたしはこのわたしを、還元することのできない思想の粒子として、思想に結びつけるのだ。

もう少し考えてみよう。

粒子の世界では、粒子を孤立させるのは困難であり、孤立よりも合一が優先されるのだった。ところが、人間の思考が形成されるのは、固体と安定した有機的な単位の世界であり、この世界では状況がまったく正反対になる。活動の大部分は、人物や力など、明確に異なる中心に還元され、これが活動の原因となる。

交流が限りなく行われる世界は、すでに要素の分離によって刻印されている。それと同じように、個人という仕切りで区切られた世界は、仕切りを維持しようとする願いから、交流しようという願いへと、たえず動かされている。他者と交流するということは、みずからの一部または全体を失うことであるが、わたしたちはだれもが、この他者との交流に熱中しなければならないのである。

最初にある対立は、光や電気的な力の世界と、人間や固体の世界という二つの世界の対立である。次に、それぞれの世界の内部で第二の対立が発生して、さらに複雑なものとなる。しかし人間や固体の世界のうちで生きるわたしたちは、抽象的な対立に直面しているのではなく、この対立そのものを生きているのである。わたしたちの存在とわたしたちの死の戦い、濫費と貪欲、征服と自己の贈与の戦いなのである。[2]

わたしたちはだれもが、狭苦しい孤立のうちに落ち込んでいる。人間にとって、自分よりも重要なものはなにもない。外から訪れたものについては、その感覚をうけるとともに、幸か不幸の印象をうけることが多い。強制されたこの孤独には、ただ一つの根源的な限界しかない——死である。幻想が経験する唯一の深刻な失敗は、死である。もしもわたしが死ねば、世界について考えるわたしの魂に、世界を還元できなくなるからだ。わたしにとって重要なのはわたしだけだと、あらゆることが物語る。しかし死はあらかじめ、それが〈嘘〉であることを告げている。わたしは無にひとしいものであり、重要なのは世界だけだからである。わたしが重要な意味をもつのは、わたしが孤立し、内閉した異邦人として世界に存在するのではなく、光のうちにみずからを喪失するエネルギーの粒子のように存在する場合だけだ。だからわたしは、次のような悲劇的な条件のもとで生きなければならないことを自覚する。

わたしは自分のものである生を失うことで、わたしを知らないものに、わたしの外にしかないものに自分を与える。わたしは同時に、喪失の不条理さを感じる。わたしの孤独からして不可避なものであるこの喪失は、わたしにとっては宇宙全体を無化するようなものなのである。

こうしてすべての人間は、孤立のうちに閉じこもると同時に、この牢獄から抜け出すことを目論まねばならないわけだ。一方では基礎となるもの、これなしにはなにも存在することができないもの、すなわち固有で、エゴイストで、空虚な存在がある。他方には世界があり、その壮麗さは、交流し、暖炉の炎のように、海の波のように、たがいに溶けあう要素から生まれる。そのごく内部の場所には、静止した意識がうずくまって潜んでいる。外部に向かって、盲目的な運動と、生の過剰が突進する。人間は、この和解しえない二つの極の間に引き裂かれざるをえない。どちらの方向に進むとも、決められないからだ。

人間は、孤立した実存を放棄することはできない。孤立した人間の実存を嘲笑し、これを絶命させようとする世界の豊穣さを放棄することもできない。閉じ込められた微細な粒子と自由な空間の間で、日々の対話が続けられる。なによりも他の人間と自己の間で、気前のよさと貪欲の間で、対話が続けられるのだ。しかし内部から外部に進むためには、**苦悩**とよばれる狭い通路を進む必要がある。

孤立の圏は、人を監禁すると同時に、外部の危険から保護する監獄にたとえることができる。この監獄は完全に閉じているわけではない。壁にこっそりと、狭い通路が作られるだろう。しかしこの通路はほんとうの出口につながっていない。この通路はほとんど使いようのないもので、囚人がここから抜け出そうとすると、むごくも引き裂かれるだろう。外には武装した歩哨が見張っていて、逃げ出してきたら殺そうとしているし、おまけに外は激しい嵐だ。中にいる囚人が自由な空間と連絡する隘路は、ごく稀な死しかないことはたしかだ。それでもそこにはつねに萌芽があり、イメージがあり、端緒がある。しばらくすれば生の決定的な勝利として現れるものが、最初は孤立した存在を脅かす恐怖として現れる。孤立した者は、孤独の奥底で、それが必要な条件だと信じ込んだのである。

▼ガリマール編集部注1――この第7章の全体は、一九四〇年四月から五月の日付のある『内的体験』のうちの「交流」の部分と（全集第五巻、一〇九〜一一五ページと注を参照）、全集第二巻の『反キリスト者マニュアル』の「アフォリズム」（三九〇〜三九一ページと注を参照）の部分にかかわるものである。

［1］――この見解のために、フレーザーの『金枝篇』の価値が失われるわけではない。この書物は供犠の豊かさ、豊穣さ、普遍性を示しただけでなく、供犠を季節のリズムと結びつけた点で優れている。

▼ガリマール編集部注2――この一九四〇年五月一〇日という日付は、『有罪者』（全集第五巻、二八九ページと五二〇〜五二一ページ）の次の文章にかかわるものである（五月二〇日の記述）。

五月九日から一〇日にかけての夜、わたしはなにも知らず、予感もしていなかった。わたしは絶え間なく目を覚まし続けていた。かつて例のないことだが、わたしは呻き、惨めにも枕に向かって独り言を言い続けていた。なんと哀れなことだろう。［わたしの呻き声で、隣に寝ていた女性が起きてしまい、彼女はわたしをやさしく抱き締めて、落ち着かせてくれた。不安の思いがわたしたちを目覚めさせたのだ。それから二人で長い間、抱き合っていた」。朝になって、陽の燦々と照る庭に出ると、垣根の格子の向こうに、老人の姿がみえた。このあたりで、「司令官」と呼ばれている老人で、庭師の青い前掛けをしていた。生粋の農民らしい人の好い話し振りで、動揺しながらもあっさりと、ラジオのニュースを知らせてくれた。ドイツ軍がベルギーとオランダに侵攻したのである。

［2］――原則として、科学の所与から出発した検討は、知識になんらかの土台を与えるものではなく、彷徨するユダヤ人が赴く新しい空間を提供するのに役立つのである。厳密にいえば、思考が環を形成し、誕生の場に戻ってくると、思考の対象の裸性から思考を遠ざける固有性から、一瞬だけ逃れる機会が与えられるのである。「科学の所与」に触れるとき、自然性を失った要素から出発しても、思考はそれ自体では対象との裸の接触をみいだすことができないのは明らかだ（思考はこの接触を求めつづけなければならないのだが）。

その理由は、思考とは対象に充実した意味を与える操作であるが、それ自体がすべての対象の自然らしさを失わせるものであるからにほかならない。思考がその裸性をふたたびみいだすことができるのはたしかだが、思考とはまずは、わたしたちがそれぞれの対象を包む服にすぎない。

思考の発展と回帰は、思考が衣服をまとわせたあとで、それを脱がせることを前提とする。なんらかの偶然から、「科学の所与」が衣服を脱がせることがあり、対象に欺きの外見を与える衣服を引き裂くこともある。だとすると、科学そのものの目的ではなく、長い間たゆまず忠実に推進してきた目的のために、科学を利用することができる――人間をその真理である外部の世界から隔てるもの、すなわち対象の思考を破壊するという目的のために。

科学を利用するということと、科学が発見したものを利用するということは、この営みに回帰することにほかならない。この迂回がひとたび行われると、あるときからそれを実行できなくなるということは、それほど重要なことではない。まだ不安定な人間科学が、その変化のさなかにおいて利用できる可能性を活用すること、それが重要なのである。

孤立ではなく、交流のもとにある生

内的にみると、わたしはどのような存在だろうか。交流は、わたしを構成する内部の多数の要素を統合する活動であり、交流《コミュニカシオン》がこれらの多数の要素をたがいに連続させる。わたしの有機的な生は、エネルギー、運動、熱が〈伝染〉することで作られる。これは一つの場所に存在するものと考えることはできない。ある場所から別の場所へと迅速に動きながら形成される。いわば電力の網の目のようなものだ。多数の場所から、同じく多数の場所へと動くのだと考えることもできるだろう。わたしは自分の実質を捉えようとしても、ある〈滑り〉しか感じないのだ。

いまこの瞬間に、わたしのすべての生を見通してみると、わたしの生はこの内部の運動性だけに限られないことに気づく。わたしの生をかけめぐる流れは、内部だけで流れるのではなく、外部にも流れるのだ。わたしの生は、わたしに向かってくる力、他の存在から訪れる力にも、みずからを開いている。わたしのものであるこの生は、どうにか安定している渦巻のようなものなのだ。この渦巻はたえず、同じようなほかの渦巻と衝突し、その運動を変えるが、同時にほかの渦巻の運動も変えるのだ。

わたしからわたしに似た存在へ、あるいはわたしに似た存在からわたしへと通過する力、あるいは光は、存在の内的な痙攣におとらず重要である——いや、たしかにそれ以上に重要である。言葉、運動、音楽、象徴、笑い、身振り、態度などは、存在の間で〈伝染〉が起こるための通路でもある。孤立した人物は、多数の人間にとって意味をもつ運動と比較すると重要ではないし、こうした人物の見解は、他者から認められない。わたしが著す書物と比較すると、わたしという人物など無にひとしいものだ。

わたしを燃え上がらせているものを書物が交流させることができれば、わたしは書物を書くために生きてきたといえるだろう。しかし書物が、政治、科学、芸術などの孤立した分野だけに限られたものであれば、書物だけでは、どれほどのものでもない。交流は生のすべてを巻き添えにすることができるのであり、これほど巨大な可能性のもとでは、小さな可能性など消え失せる。

とくに二人だけの存在を結びつける交流を考えてみよう。トリスタンとイゾルデの愛において、二人を結びつける情熱の外部にある他の存在と比較すると、愛する二人のどちらも、とるに足らぬものとして現れる危険がある。二人の愛がなければ、二人は存在しないということはないが、この愛によって二人は名高くなったのであり、すべての人の心に触れる力がある。

しかしたがいの存在の間で行うこの交流に、二人がその生のすべてを賭けて、死にいたるまで消尽しつくすのでなければ、わたしたちにとってはこの交流は、それほど大きな意味をもたないだろう。二人の交流が限られたものであれば、重要性を失う。たとえ痙攣的なものではあっても、トリスタンとイゾルデの間の交流は、孤独な者の恍惚や、人々を結びつける情熱と比較すると、狭いものに思われてくる。

わたしたちは世界の無限の運動の一部であり、だれもが、飛散する運動にとって好ましい〈停止点〉であるにすぎない。わたしたちは、孤立しているから停止することができるが、この停止が意味をもつのは、動きだしたときに、運動の強度が高まる場合だけだ。孤絶した存在は、あとから行われる爆発的な交流の条件にすぎない。とどめようのない交流しかなければ、あまりに急激な流れを結びつけ、遅くする渦のようなものが作りだされなければ、わたしたちは意識をもつことができないだろう。この事物の秩序は、ほぼ安定したものだが、孤立を決定的な形で作りだすことが、思索する意識の形成に必要なのである。運動について考えることができるのも、いわば〈鏡〉が相対的に固定されているからだ。

この思索する意識が、特定の状況で生じた短い休息の時間を重視し始めるときに、誤謬が始まる。この休息の時間は、充電の時間にすぎない。意識は交流されなければ意味をもたない。ふたたび動きだすときの交流の運動の強度は、孤立の瞬間的な障害によって生み出された爆発的な形式だけから生まれるものだ。

停止することで、交流は深い意味をもつようになるが、これは人間の苦悩の意識だけがもちうる意味なのだ。遅れをともなう意識と死の苦悩は、わたしを同類の人々に結びつける交流の要因だ。交流が存在の全体を巻き添えにするとき、ひとつの国民の生そのものと宇宙の存在が結びついているとき、交流は究極の鋭さをそなえるようになるのである。

笑い

笑いは、すべてを暴力的に疑いにさらす重要な交流の形式である。どう考えても、生が極限にまで白熱した光をみいだすことができるのは、死がかかわってくるときである。しかしこうした瞬間の模索はつねに狭く、つねに張り詰めたものであるために、精神が重くなる。なにかにこだわることは、みずからを失うことで軽くなろうとする欲求に反したものである。

わたしの生において、恍惚を求める気持ちが、偏執的なまでに支配的になることがあるが、そのときわたしは、自己を失わなければこの恍惚に到達できないのではないのかと自問する。わたしは、人々が賞賛するような権力を所有するような形で、恍惚を所有することは望まない。

自らを失いながら交流するという欲求が、さらに多くを所有するという欲求に還元された場合には、いかなる至高なものも、それを笑うことなしには、人間のうちには存在しえないことを、理解すべきなのである。ところですべての種類の激しい交流のなかでも、笑い以上にわたしたちの全体を動かす交流はない。笑うことで、わたしたちの生はつねにたやすく交流できるようになる。反対に、至高な交流を望む心は、わたしたちを不条理のうちに孤立させる危険がある。

供犠の謎を解くためには、いわば〈もっとも遅い賢さ〉とでもいうものが求められる。しかしこれほど危険な謎は、専門的な方法では解決できない。聖なる神秘には、大胆さと侵犯する力をそなえた狡猾なやりかたでなければ、手がとどかないのである。わたしはこのことに、一瞬でも疑問を感じたことはない。

謎を解くためには、彌撒《ミサ》で司祭たちが動き回る次元に移る必要があるだろう。わたしが望んでいるのは、この謎を科学の歴史として考察することでなく、供犠の歴史として考えることだ。わたしが、笑いながら謎を解こうと言うとき、わたしの行動を説明してくれるのは、原則的には供犠の歴史として謎を解く営みだろう。ところがそのとき、わたしは第二の謎をもちこむことになる。「他者が倒れるのをみて、笑いだす者にはなにが起きるのか。親しい者が困っていると、それが楽しさをもたらすのか」。

わたしの考えでは、第二の謎は最初の謎の条件を移動させたものだ。粗忽《そこつ》から倒れる者が、殺される犠牲者に代わるのであり、みんなで笑う楽しみが、聖なる交流に代わるものとなる。古代メキシコのアステカ族の男が、神官の手にかかって死ぬときの気持ちは、わたしたちにはわからない。それでも同胞の一人がころぶのをみると、わたしたちはだれもが笑ったものだった。

「なにも笑うべきものはない」というかもしれない。しかしこれは子供っぽい物言いなのだ。それでもわたしたちはみんなそろって笑いだすからだ。古代メキシコ人が供犠においで感じる満足感についても、わたしたちが感じる楽しさの理由についても、これといったことを語ることはできない。はっきりしているのは、わたしたちが交流できる歓喜に支配されるということだけだ。

このとき、わたしたちは後悔の気持ちなしに、一つの十全な笑いを笑ったのだ。そこでわたしたちはいっしょに、事物の秘密の場所に到達したのである。わたしたちは笑いの喜びを、生の喜びとまぜ合わせていた。爆発する笑いの魔法にかけるようなきらめきが、ある種の曙のような意味を、栄誉の奇妙な約束のような意味をおびたのである。ひとが笑うとき、人々はどのような魅力的なものを発見するのか——これをいつまでも問い続ける必要があるだろう。その酩酊が、喜びの声をあげている世界に面した光の〈窓〉を開く。じつのところ、この世界はあまりにも輝きに満ちたものであるために、人々はあわてて目を背けるのである。

この眩暈をもたらすような滑走の点から注意を背けないでいるには、大きな力が必要だ。笑いが考察の対象となることもあるが、それは笑いのメカニズムを考察するためだ。疲れ果てた学者たちは、笑いを際限もなく、小さな歯車にいたるまで分解する——まるで笑いが基本的に、学者の精神には異質なものでもあるかのように。自分の笑いが、事物の性格と自分の生をそのまま解明するものであることを理解しようとしないのだ。

老いた学者の精神でも、素朴な子供の精神でも、笑いの〈門〉はたえず開いている。たしかに笑いは声をしわがらせ、疲れさせる。ひとは自分に腹をたて、自分自身を苦々しく感じるほどだ。しかし笑う者は、あまりに唐突で、落ち着きを失うほどの交流の運動のうちにいることを自覚する。

わたしたちは笑うとき、魔法にかけられたような発散のうちに自己を失う。それでいてこの発散は、正確にはどこにもない。ある特定の場所から訪れるものではなく、どの方向に進むのでもない。しかし笑いが起こると、内省していた存在が突然に、きらめくような瞬間的な運動のうちで、世界との分離を失う。そのためには、あるひとが倒れて、安定性という性格が幻にすぎないことがあらわにされるだけで十分なのだ。

一人の女性がころげるのを見た人々は、その女性と同じように、すべてのものが安定している世界から、滑る世界に移行するのである。すべての仕切りが倒れ、笑う者たちの痙攣するような運動が解き放たれ、反響して、ひとつのまとまった笑いになる。だれもが宇宙の無限のきらめきに参与するだけではなく、他者の笑いに混じりあう。部屋のうちにもはや、たがいに独立した笑いがあるのではない。ただひとつの哄笑の波が生まれるほどだ。笑う人は、自分のよそよそしい孤独が奪いとられたかのように、だれもが急流の中でさざめく川の水のような生の一刻《ひととき》を過ごすのである。

笑う人が、これほど露骨な恍惚のうちにはっきりと伝えていることがある——もっとも人間的な人でも、これほど逆説的で、これほど深い形で行動することはできなかったはずだということだ。笑う人々はだれもが、あいにくと転んで滑稽な姿をみせてしまった女性と、これほど奇妙な興奮を結びつけたのは、自分たちの運命だということを知っている。笑う人々にとってこの転倒は、彼らを有頂天にさせた輝ける聖性のようなものである。笑う人々は議論もせず、説明しがたい内密な形で、いっしょになってこれを称えているのである。そして男と女のふたりだけで交わす笑いとは違って、ほんとうはなにを笑っているのか、もはやわからなくなる。

遅れて到着したために、転倒を目撃しなかったひとにも、笑いは感染する。笑いは笑いを挑発する力があるのである。人々の哄笑が、起きたばかりの転倒をあばくか、同じような楽しい原因をあばく。間違いなく、精神を解放するような視点が存在することを示すのだ。笑いに誘われると、抵抗するのはなかなか難しい。孤立は、陰鬱な気分の効果や、疲労や、重さの効果によるものにすぎない。「狂ったような解放のダンス」に加わるように促されれば、精神は一気に駆けつける。

ある日、めったに会わない知人に突然出遭っても、たがいに相手に気づくものだ。急に孤独から解放されて、相手に気づいたことで笑い出し、わたしたちの間で交流が生まれる。それまでは、交流したことのない多数の他人に囲まれて孤独だったのである。

ところでわたしが子供だった頃に、おなかをくすぐられたことがある。くすぐられておなかが急に運動し始めたが、この運動はわたしにはどうすることもできなかった。自分で制御できない運動のために、わたしはけたたましく笑いだし、内省から解き放たれた——笑いがわたしから解き放たれたかのように。子供のわたしの小さなおなかが、それまで思い込んでいた安定性から逃れだした瞬間から、わたしと、わたしをくすぐった人は共通の痙攣にとりこまれた。くすぐることそのものが、二重になったかのように、笑いは二重になり、わたしは気分が悪くなるほどに笑った。そして苦悩に近づけば近づくほど、わたしはさらに笑いを強めていった。

笑いが解き放たれる瞬間は、笑いが生まれる瞬間というよりも、二重の笑いが奇跡的な強度に達する瞬間である。この瞬間から、ふつうなら活動を麻痺させる苦悩が、騒ぎの暴力を拡大させ、もはやとめようがなくなる。しかし相手を知人と気づいたときの笑いの場合には、このように笑いが跳ね返ってくることはない。

心地よい出遭いが、笑いを二重にするような明白な不快感を生み出すことはほとんどない。友人に遭遇して笑うのは、不安に近い緊張が高まることとは逆の事態だ。ほんとうの不安の後にこうした出遭いが起こるならば、かなり激しい笑いが起こることもある。長いあいだ危険にさらされた後に、もはや危険がなくなったときなどだ。この場合には、不意の出遭いがあるかどうかは、もはや重要ではない。笑いが解放するもの、それは不安ではないが、ある形式の不安が必要であるのはあきらかだ。笑いが始まるのは、不安が起こる瞬間である。

不安を起こすためのどのような「手続き」でも、笑いが複雑なものとなることはない。高速で自動車を運転しながら笑うとすれば、それはわたしのうちで、高速で運転する楽しみと、捉えどころのない危険への懸念がまざりあい、しかも楽しみがこの懸念よりも強いからだ。いつも高速で運転しているか、危険をまったく恐れていなければ、きっと笑ったりしないだろう。

危険なまでの高速を怖がっているのがわたしでなく別の人物、たとえばとりすました老婦人などで、わたしが好む激しい運動の世界から、きわめてかけ離れた人であれば、わたしはもっと笑えるだろう。ドライバーは、こんな女性が叫べば叫ぶほど、スピードをあげるものだ。そこにあるのは、自分の苦しみではなく、他人の苦しみだからだ。老婦人はわたしを抑えようとするだろうが、わたしが敵意をいだいていたら、抑えられないだろう。

ふつうの状況であれば、気づかないほどの不安は、楽しみでとり除かれるものだ。子供たちは、いつも怖がっている人物が転んだりすると、腹をかかえて笑う。たとえば、子供たちがリンゴを盗んで、持ち主が叫びながら子供たちを追いかけているとしよう。そして子供たちが、追いかけてくる人物の足元にリンゴを転がして、その人がこれにつまずいて転んだとしたら、大笑いするに違いない。ここでとり除かれたのは、ほんとうの意味で人が苦しめられる不安というよりは、不安のリスクである。しかし転ぶ人物の権威の失墜という意識がなければ、子供たちも笑わないだろう。生の贈与について検討した際に指摘した、、、、一致の法則は、笑いにもあてはまるのだ[1]。

転んだ人物の権威の失墜で、転んだ当人が笑い出すことはめったにない。笑っても利益はないからだ。反対に子供が他人の転ぶのをみると、自分は転ばずに立っているという優位を感じることができる。転んだ人は、自分と同じような人間であり、あるいは自分が転んだかもしれないのだという感情から、不安がとり除かれやすくなる。無関心や敵意が必要なのだ（転倒が重大な結果を引き起こさないことが明らかであることも必要だが）。転倒した人物を自分と同じと考えることと、権威の失墜のあいだで、失われた価値と利益のあいだで、バランスが必要になる。失われるものが大きすぎて、利益がないかごく小さい場合には、不安はとり除かれない。すると喪失との一致が不可能になる。

ふだんはとても人間的で、善良なあるイギリス娘が、知人が死んだというしらせを聞くたびに病的に笑い出すという症状を示したことがあった。[1] その娘が高い教育をうけ、優しい人物であったことを考えると、これは異常なふるまいだが、わたしたちの笑いが明かすものを、はっきりと示してくれる。事柄の根底において、笑うときはわたしたちを破壊する運動と、わたしたちの喜びが一致しているということである。しかしこれは珍しい症状であることは、この一致が困難なものであることを強調するものだ。

この娘は、自分では笑わずにいられない状況で、どうしても笑ってはならないと考える。これが第二の不安をもちこむために、人が死んだというしらせを聞くと笑い出すのだろうと思う（これは、笑うことが許しがたい場面で、しばしば思いがけずに笑ってしまう俳優と同じような状況なのだ）。この第二の不安は、笑いを無理やりに抑えることで、逆に笑いを強め、すぐに最初の不安よりも大きくなってしまう。

まずこの娘は、人を押しつぶすような死の意味をうまく理解できないのだ。そして娘が死の意味を把握したときには、すでに笑い始めている。そして始まった笑いは、これから生まれようとする笑いよりも、不安を抑える力がある。笑いとは、不安がとり除かれる運動だとすると、笑いはさらに続いて二重になる。抑圧された笑いの存在理由は失われることがなく、場合によっては大きくなる。この笑いの運動によって、たえず再生し、回帰する不安を、たえずとり除く必要があるからだ。

このような状況は、知人と出遭った場合には起こりえない。こうした出遭いは倦怠を一挙になくすものであり、笑いが長引く可能性は一挙になくなる。ただし、くすぐられて笑う場合には、長引く状況も起こりうる。最初のくすぐりはかなり軽いもので、これが掻き立てる不安は小さいものだし、すぐに除去できる。しかしこうしたくすぐりは、すぐに攻撃的なものになる可能性も秘めている。

訃報を聞いて笑う若い娘についてのわたしの解釈では、笑う娘の気持ちのうちで不安が高まっていく。駄洒落やコミカルなシーンでは、人々を楽しませるためにさまざまな仕掛けが工夫されるものだが、この場合にはこうした状況がさらに複雑で、明確なものとなっている。

ここまでは、自然な笑いについてだけ語ってきた。ところで人間は笑いを人生に不可欠なものとして育ててきた。人生にとって笑いは、植物にとっての花のようなものだったのである。わたしたちは、次々と笑いをはね返らせながら、笑いを増幅し、笑いを作り出すために、ありとあらゆる機微や仕掛けを利用してきた。

そのための手続きは原則として、火を焚くのと同じだ。笑いの源泉を注ぎ直し、維持するのである。燃えている火の中に、新しい〈糧〉を足す。〈糧〉がすばやく燃えるほど、熱も高くなる。追加される笑いの〈糧〉は、同じ種類のものであることが多く、その場合にはたんに新しく追加されるにすぎない。

しかしときには、狂ったような笑いの痙攣のために、これを引き起こす者が極限にまで進んでしまうことがある。眩暈を起こすまで、吐き気を催すまでになるのである。このような状態を考えるとある映画のシーンを思い出さずにはいられない（『黄金狂時代』）。こうした状態をひき起こすものを正確に理解するためにも、このシーンについて考えてみたい。

山中の場面で、信じられないほど子供っぽい二人の人物が、木造の小屋の中で殴りあっている。その様子があまりにグロテスクなので、笑わずにいられる人はいないほどだ。ところが、材木でどうにか支えられていた小屋が、急に傾斜した雪原を滑りだし、崖の突端で揺らぎながら停止する。転落寸前のところで、古い切り株にぶつかって、宙吊りになるのである。

これはそれだけでも眩暈を引き起こすような状況であり、極端な不安を感じずにはいられない。しかし死に直面したこの二人は、そのことを知らない。なにも知らない二人は、小屋がしっかりとした大地の上にあるのと同じつもりで騒ぎ続ける。この二人の犯している過ちも、足元に深淵が口を開けているのに安定しているという幻想を抱きつづけているのも、それだけが他の多くのシーンと同じようにコミカルで、すでに生まれつつある笑いの糧になる。

しかしふつうに笑いを掻き立てる状況において強調されるのは、不安の要素ではなく、過ちの要素である。これは死の脅威があることを考えれば、当然のことだろう。この脅威が、想像できるかぎり強調されながら、再生され続け、耐えがたい眩暈を伝える。そして眩暈が高まり、恐ろしいまでに動転するため、笑いの痙攣が限度のない強度に達する。

この危機で命を奪われる者にとって、死ぬ瞬間に、世界の法外な可能性が開かれる。この瞬間は、その人にかかわりのない形でしか生じないものであり、この瞬間の彼方ではその人は、きわめて恐ろしいものと見分けがつかなくなっている。この人はもはや死と、自分を殺すものとを、分離していない。この人を引き裂くとめどのない笑いが、一歩を踏み越えさせて、おそろしいまでのユニソンをもたらしたからである。

事態が正確にこのように進まないとしても、もう少しで、そうなるところだった。たしかに正確には、事態がこのように進むことはない。というのは、不安をとり除くためには、ある〈手管〉が必要だったからである。そのためにここで脅威が導入されるが、この脅威が〈手管〉となるのは、小説の世界だけではない（他の人々にとっては、どんな効果も発揮しないかもしれない）。小説よりも低く評価されることの多い喜劇の世界でも同じなのだ。この脅威は、真面目でないさまざまな人々にのしかかる（喜劇を観ながらわたしは登場人物を笑うが、そのためにも、登場人物が脅威に怯えることを望むのである）。しかしわたしが二重になった笑いの発作に襲われたとき、この笑いがあまりに遠くまで進んでいくと、こうした違いは意味を失う。このときわたしはなにも明確に知覚していない。ただ、わたしのうちで享楽的なものと苦痛なものが一致し、笑いと眩暈が一致することを感じるだけである。

この笑いと眩暈の二重性においては、喪失と利益の間のバランスに従って、不安がとり除かれることはない。躍動の力を借りて、喪失する方向へ、かなり遠くまで進むことができるようになる。ある種の喪失につながる痙攣が生まれると、利益が介入する必要がある（優位にあるという意識だ）。しかし痙攣が狂気のような強度に達すると、この優位の意識がもはやその役割を果たせなくなる。

もちろん、この映画で死の脅威にさらされた人物は、「問題もなく」生き続ける。それでないと、笑いは麻痺してしまい、眩暈と不安が笑いを奪い去るだろう。この人物は最初は高みから眺めていたが、やがて「法外なまでの彼方」のうちに運び込まれる。しかしこの人物が聖なる圏域に侵入し、みずからは死ぬことは、わたしが語ってきたのとまったく同じような形で起きるのではない。笑う人が、真面目な世界のうちにいなくなるために、これらは十全な意味をもてなくなるのである。たしかにこうした事態は、まさにわたしが説明してきたように起きたのだが、最初からすでに劣ったものという刻印をおされていたのである。笑う人はやがて真面目な人に戻るのだが、この真面目な人にとっては、こうした事態は空虚なもので、実際には起こらなかったものなのだ。

[余白に 神になること、傘をさしての笑い▼2]

ここで、この笑いの反応が進展することには、自動的で制御できないという性格があることを強調しておく必要がある。わたしたちが制御でき、気の向くままに変えることができるものは、それほど重要な意味をもたない。狂った笑いのうちにある反応を、もはや劣ったものと考えなくなると、わたしたちの状態が変化し、別の世界を構築しようとするが、そのための力がわたしたちには欠けているのである。わたしたちは縛られているのだ。

わたしたちは重さをなくすことはできないし、笑う条件を変えることもできない。規則があまりに明確に定められているので、だれかが規則を修正することに成功したとすれば、規則

わたしたちはその者をもはや人間とは呼べなくなるだろう。鳥が蛇とは異なるように、この者は人間とは異なるのである。

少なくともこうした瞬間を記憶のうちで思い浮かべながら、笑いが二重になるこの瞬間について、勇気をもって注目しないかぎり、わたしの言いたいことを理解するのは困難だろう。このような瞬間を保つことができれば、その瞬間には人は自分が神になったと感じることだろう。しかし正確に言うと、人間は決してこうした瞬間を捉えることはできない。この瞬間に到達できると信じていても、それは空頼《そらだの》みなのだ。

狂ったように笑うということを、劣ったあり方であると考えるのをやめるには、笑いを真面目に捉えることが必要になる。ところが笑いながら、同時に真面目でいることはできないのだ。笑いとは軽みである。人間が真面目になり、笑いを笑いものにしなくなるとともに、笑いを失うのである。

この宙吊りの状態で、笑いの限界で、不安の奥深い真面目さの限界で、無理にでも、供犠の謎の中に入るべきだと思う。少なくとも、もはやとどめる力のなくなった笑いというものは、あたかも夜の闇の中で、暗い場所でものを見るには適さない眼が、黄昏の眩しさの中にとどまるようなものだ。しかし供犠の意識は、もはや手遅れなのに、死に固執するようなものである。これは精神を打ちのめすことしかできない。勇敢さと無邪気さがあまりに強く、不安にかられた沈黙が始まる。

わたしが笑うとき、他の笑う人々がわたしに交流するのは、すべての不安がとり除かれたということである。反対に供犠に近づくとき、たしかに笑う者に囲まれた時と同じように、他者の感情に依存するのだが、供犠の参加者は、不安をとり去ることなく、不安そのものしか交流しない。犠牲を捧げる者と供儀の列席者は、意味のある唯一の価値、重要であるとみなすことのできる唯一のもの、それは不安であるかのようにふるまう。

供犠の不安はおそらく弱いものだろう。ところが状況の全体を調べてみると、実際にはこの不安は可能な限りでもっとも強いものだ。あまりに強いために、あとわずかでも強くなると、列席者はもはや集まっていることができず、供犠がもはや意味を失って、供儀が行われなくなるほどだ。

不安はさまざまな余裕度で維持される。笑いが不安の除去を交流することであるように、供犠は不安の交流である。そして交流された不安の総計は、原則として交流可能な不安の総計に近い。あまりに強すぎる反応は、儀式の効率を低める。これを感じる者が、供犠の儀式から逃げ出すからだ。

供犠の歴史を調べると、さまざまな変形が生じていることがわかる。これは、ある余裕度で不安を維持することが、ますます困難になってきたことの痕跡なのだ。人間を生け贄にすることの恐怖は、時とともに強くなった。イフィゲネイアやイサクのような人身御供を捧げる代わりに、チャルカス族やアブラハムは雌鹿や雄羊の喉を掻き切った。[*1] これは、人間の燔祭がついに耐えがたいものになったために、犠牲を捧げる者は人間そのものではなく、人間の意志だけを神々に、象徴的に捧げざるをえなくなったことを意味している。はっきりと語られていないが、聖書はこの問題の悲劇的な大きさを表現している。

後には、不安の総計を処理する望ましい方法としては、動物の生け贄も使われなくなった。血なまぐさい供犠を中止したいという願いを退けることができなくなった瞬間から、供犠を認めない習慣が始まった。人間は、これほど衝撃を与えない宗教的な態度を模索したのである。血が流れるのを目撃することは、吐き気を催すようなことだと感じる人がでてきた。

ある意味ではこうした人々の不安は、過剰というよりも、不十分なものだ。人々は、神をあまり人間的でない形で想像するようになってきたのである。旧約聖書の神が、焼いた肉の匂いを楽しむということが、ついに下品に思えてきたのである。キリスト教の源泉には、交感のための共饗があるが、ここでは供儀はもはや死者の追憶にすぎず、生け贄にされた動物が引き起こす不安よりも、かなり大きな不安に満たされたのである。

この血なまぐさい行為を放棄した瞬間に▼3……。

［1］──貪欲さが同時に満たされることで、浪費が容易になり、反対に浪費が獲得を容易にすること（貪婪が満たされる）を指摘すること。ただし笑いのうちには、喪失はなく、喪失との一致があることを明らかにすること。

▼ガリマール編集部注1──これについては全集第二巻二八七ページの次の記載を参照されたい（一九三八年一月一七日の集団心理学会での発言）。

ヴァレンティンは最近の『心理学会での発言』で、ふだんはごく人間的で、善良な若い娘が、訃報を聞くたびに、笑いを抑えることができないという症状を示したことを報告している（さらに全集第二巻の三一二、三一四〜三一五ページと、『社会学研究会』での一九三八年一月二二日の発言を参照のこと）。

▼ガリマール編集部注2──この笑いについては、全集第五巻『内的体験』四六〜四七ページ参照（邦訳『内的体験』出口裕弘訳、現代思潮社、一九七八年、八三〜八四ページ）。

＊訳注1──イフィゲネイアは、トロイアを攻めようとするギリシア軍の首領のアガメムノンの娘。風がとまって船が進まなくなったために、生け贄に捧げられる。イサクはアブラハムとサラの間に生まれた一人息子。旧約の神は、イサクを生け贄にするようアブラハムに命じ、アブラハムはこれに従おうとするが、最後の瞬間に神がとめ、牡羊を犠牲にするように命じる。チャルカス族はマヤの一族。

▼ガリマール編集部注3──草稿は、ページの半ばで中断されている。ここで、第二部の断章からいくつかのメモを抜粋しておこう（草稿箱一三E六四〜六七）。

［余白に　街の歌い手──シャンソン。原則として、理性の世界では、交流が容易であるが、中身がない。贈与の世界では、交流は困難であるが充実している。ほとんど話せないので、歌う必要があるのだ］。

笑いでは、交流が行われ、不安はとり除かれた。供犠も交流だが、これは不安を交流するだろう。供犠は不安をとり除くのではなく、不安を静める。供犠は不安に手間をかける。犠牲者は真面目でない世界に棄てられるのでなく、聖なる世界へと棄てられる。この世界はまちがいなく彼岸であるが、劣ったものではなく、人間よりも優れた世界である。この条件のもとで、不安はとり除かれるのではなく、制御される。他のすべての人々に、不安が交流される。

［余白に　こうして、人間をもてあそぶ神々は終焉する。しかし神々は神話の作り物などではない。わたしたちが神々であることもできるのだ（最後に、優れた世界と劣った世界が同じものであるのを示すこと）］。

人間はその不安により、この優れた世界に入る。笑いの猛り狂った痙攣によって、人間は全身で、この劣った世界に入る。人間は自分のすべてを捧げてこの劣った世界にはいるが、今回は現実の死をみいだすことになるだろう。死の問題が、その散文的な真理において取り上げられる。ところが狂った笑いでは死の問題ははぐらかされており、現実の世界の真面目さを欠くときにしか、その彼方に進まない。

死、供犠または見世物は、その不安において、不安を不可避なものとしてうけとる。望ましいものであると同時に、優れた世界の仮借ない要請として、不可避なものとして、不安を感受するのである。しかしそれぞれの不安は、まさに欲望が作り出したものであり、欲望が不安を高める。

欲望は、死が実現されることを望んでいるが、他者のもとを迂回する――神、人間の生け贄、動物の生け贄、あるいはたんに神の象徴を。［余白に　そもそも人間を超えたものには、儀式でなければ到達できないのだろうか。原動力として、栄誉と贈与をふたたび導入すること。関連づけのためにすべてを読み直すこと、カイヨワも読み直すこと］。

一、これまで書いてきたすべてのことは、それだけで自動的に進むという性格がある。個人の特異な反応はほとんどない。だから出遭いで生まれるものは、ほんらいの意味での人間の枠組みから外に出てしまう。

二、わたしが導入した簡単な差異も（わたしは狂った笑いをまるで真面目なものであるかのように記述してきた）、他なる存在を通過することを想定している。これは人間的なものではなく、神的なものである。もちろん人間はさまざまな方法で思考することができるが、新しい思索によって、真の意味での神性が作り出されるだろう。

三、それが、わたしが導入しようとしたものであり、そのためにわたしの態度は、たんなる学者ではなく、供犠を捧げる者の態度と同じようなものとなる。わたしは思考の次元ではなく、行動の次元でこれに導入しようとしているからだ。わたしにできることは、戸口に、限度に位置づけることにすぎず、その彼方ではない。

四、さらに別の本質的な困難がある。狂った笑いを真面目にとるべきではない。真面目にとると、ある意味でこの笑いを殺してしまうからだ。笑いは物事の軽みと結びついている。これに重みをつけると、もはや笑いではなくなる。だから事物を宙吊りのままにしておくべきなのだ。笑いと真面目さの極端な軽みの限度で、精神が宙吊りになった状態でしか、供犠の謎にとり組むことはできない。

供犠の謎に答えを示し、わたしのやった方法でこの答えを提示したことで、わたしは息苦しくなるほどの誇りを感じた。

しかし同時に、わたしが執り行ったこの営みは、不可避な聖なる恐怖、泣こうとしてくいしばった歯、これを執り行う者の深い屈辱を伴う。

（カイヨワと祝祭の理論。それを超えた批判の虚栄）。

（『マニュアル』における転向の側面）。

第二部　構想と断章

［ガリマール編集部］　最後に、この『呪われた部分　有用性の限界』を補う多量の断章と構想がある。これは次のような構成である。

1　アフォリズムと一般的な断章（一九三九〜一九四三？）
　『内的体験』と『有罪者』にかかわるもの
2　一九三九年から一九四一年の断章
3　一九四一年から一九四三年の断章
4　一九四四年の断章
5　一九四五年の断章

第1章　アフォリズムと一般的な断章

（恐るべき仕事）[*1]［草稿箱一三C二四八～二五〇］

詩人でも学者でも（哲学者でも）なく、詩や科学の名に値するいかなるものにも疎遠ではない人間に、恐るべき仕事が委ねられる。この人はたとえば、こっそりと自分だけの誇りをもっていて、しかも自分の誇りをまったく諦めようとしない人の吐き気のするような趣味については、ほかの誰よりもよく知っているような人だ。ただしそのためには、この人がたどりついた眩暈のするような悲惨の頂《いただき》で、守るべき条件がある——この場所でみいだすものについて、なにも忘れないこと、そして苦悩に導かれて、さらに遠く、さらに高くまで進もうとした後でなければ、この頂から降りてこないことだ。やっとのことで頂にたどりついたのに、その後で低いところまで降りて来る人は、呪われてあれ（というよりも、呪われているのだ）。

わたしの気前のよさ。すべてを失い、不毛なままにありながら、望みを捨てずに生きている人々には、まず厳密な絶望を与えることが必要なのだ。

最大の悲惨、それは個人の境涯、人々の境涯を攻撃しておきながら、それでもまだなにかを待ちつづけることだ。

＊訳注1――第二部の断章で、（　）で囲んだタイトルは、訳者がつけたものである。

（十全な人間）［草稿箱一三C二五七～二六二］

ここで地下にもまた、天のようなものがあると考えてみよう。ここにゆっくりと身を沈めていくこと、ここで溺れることができるだろう。この場所では、あらゆる感覚がくまなく気化されていることだろう。沈んでいく瞬間に、助手が「どんなに感じますか」とか「心臓がいたくないですか」「どうなんですか！　叫んで！　怖いですか」とか「なにか言ってください！　安心して！」とか言っても、笑ってやるしかない。すべての問いを残酷なまでに迂回しながら、次のように言うのでなければ、どんな答えにも意味などないのだ。

「遅すぎる！　わたしのうちで、すべてが旋回している。まるで眩暈を起こしそうだ。質問などうんざりだ。あなたもうんざりだ。あなたの渇いた好奇心をいやすには、また呼吸を始めなければならないだろう。そしてふたたびすべては、あなたのように動かないもの、愚かしいものになってしまうだろう。人間に思考が与えられたのは、世界を自分の基準にあわせて配置するためなどではない。自分の基準のもとで、この世界に惑うためだ。尽きることのない神々の笑い？　あなたにとってはしかめ面にすぎない」。

生の事柄の真理を見抜けるようになるのは、最大の和らぎと凡庸さが訪れる瞬間においてだ。生がすべての光輝を放っているときに、この光輝から目を背けずに、意識をもてる人はいない。これに耐えることはできないのだ。その意味では、意識というものは生への恐怖に、この恐怖を和らげようとする意志に、結びついているのである。抑えようのない生がもたらす無数の混乱を考えてみれば、これは十分に人間的なことと言うべきだろう。しかし生に光輝がないとき、研ぎ澄まされた意識は欠如についての意識になる。抑えようとする意志では、これを歪めることはできない。これが、人間が自分の栄誉ある運命について、十全な意識をもつための条件なのである。

十全な人間。情熱の極限によって支えられていない限り、冷静さとか、よそよそしい明晰さなどには意味がないのだ。

猛り狂う嵐と弛緩を結びつけること、精神の錯乱と力を結びつけること、骨張って、むっつりして、渇望した意識の集中を、動物の無垢と結びつけること、どれも困難なことだ。笑い、とっつきにくい残酷さ、優しさに耐えられるのは、冷えきった砂漠の崇高さだけなのだ。壮大なものにはすべて、子供っぽいところがあるものだ。ただしわたしなりのやりかたでは、その逆も言えるのだ。

ある可能性がわたしをしばし考えさせるが、忘れることで、これをいちど追い払う必要がある。この可能性には、滑るように小川を流れてゆく漂流物のように、やがて出会うことになるだろう。出会ったら、これが気に入ることだろう。そしてこれは見捨てられたままにとどまり、わたしはそこに生と力をみいだすだろう。

コロンブスの卵［草稿箱一三E二四〜二九］

多くの哲学者の誤りは、単純な要素から出発することにある。ところがわたしたちが真理を、どこかに置き忘れたかのように、すでに持っているのでなければ、これを探求することはできないものだ。哲学の思索において実際に〈見る〉ことができるのは、自己の内部で、あるいは外部で「すでに見たことのあるもの」だけである。必要なのは、わたしたちが自分の真理を、複数の遠近法のもとで見るということだ。真理の探求は、遠近法の誤りを探ることにすぎず、説明する原則の探求ではない。たしかに「わたしたちが見ること」は、間違っているかもしれない（ほんらい、わたしたちには理解しようのない意味で）。その場合には、遠近法の誤りを探求することは、わたしたちの生にはさらに基本的なものとなるだろう。この書物のなかで、こうした原則を適用する哲学者は、それは軽さなどではなく、解き放たれた暴力であることにすぐに気づくだろう——グノーシス学的な側面は別としてだが。

そしてわたしがアイデアや内容についてなにも提示しなくても、わたしが原則や第一原因を愛好する人よりも、雨を愛好する人の考えていることに関心を示しても、この哲学者は驚かなくなるだろう。

もしわたしがあることについて、特定の人に向かって語るとき、別の人に語る場合と同じ話し方をすることはないだろう。同じようにある特定のときに書く場合、別のときに書くのと同じ書き方をすることはないだろう。どちらの場合にも、わたしは同じことを言うのだが。

対話の相手としては、わたしが提示する事柄にもっとも厳しい姿勢を示す相手が好きだ。

そしてとり上げる時期としては、もっともとり組むのが困難な時期が好きだ。わたしが孤独から離れて、同胞に話しかけ、相手に書物を与えるとする。わたしの書物を読んだ相手に、わたしが表現したくなる最初の感情は、憎悪である。なにも読まず、なにも書かない相手には、憎悪を感じない。しかし語られ、聞かれた事柄において、悲劇的なものの戯れはあまりに重い。書かれたものにおいて、もっとも低劣な俗っぽさにおいて、わたしたちは心ここにあらざる生き物である。人間は一つの商品になった。

[抹消　真理の発見は悲劇的なものだとしか思えない。差し込む光線ではなく、稲妻のようなものとしか]

[抹消　戦争だけではなく、状況の総体こそが働いていた]

太陽―眼―嗚咽。ある種の脅かすような静けさ、これまで見たことのない目もくらむばかりの冷たい曙光、身体的な恐怖にまで高まる呪縛、アルコールや硫黄の蒸気をおび、肉欲や眩暈のするような笑いに満たされて……。これに、共犯者のような気分のしるしをつける必要がある。さらにゆっくりとした、それでいて決定的な眼球の内転を。いわばわたしはみずからの失神と嗚咽を願いながら、広大な宇宙を見ることになるのだ。

わたしは本書の無力さに絶望したかのように、この幻覚につきまとわれた書物を終える。自分のまわりに、希望が欲しいのだ［抹消　わたしがなにを苦しんでいるのか、なぜ苦しんでいるのか、知っている人はいない］。

序、あるいはあらかじめの挿入[1]［草稿箱一四C一九～二二］

作品として生まれるまでに、どれほどの汗、消耗、苦悩が代価として支払われたか、作家の気紛れな筆の運びに、どれほどの声にならない責め苦がつきまとっているかを認識するよう読者に期待するのは無理なことだ。そして出来事の手触りの粗さが、傲慢な愚行をはっきりと示すのは望ましいことではない……。あるいは地上の辛苦の重さが、わたしたちを打ちのめすのは、さらに望ましくないことだ。乗り越える者を待つのは、きっと脆い喜び、まだ残された不安、それでいて比肩しようのない清澄さである。しかし作者が同時に、苦悩の底に手を触れなければ、これは可能だろうか。

ヘーゲルの世界の表象に登場する人物の性格には、いつも驚いてしまう。世界は人間で構成されて発展するが、どの人間も認識される前に死んでしまうのだ。知は逃げ出す。そしてヘーゲルの知も、同じ条件のもとに置かれているのはたしかだ。ヘーゲルは、自分はこの法則から免れることができると考えたかもしれない。しかしもう少し明晰であれば、ヘーゲルは自分もこの法則に服していることを認識できたはずだ——矛盾なしに。だれかが、この法則から逃れる方法を知らなければ、絶対知は存在できないものだろうか。ヘーゲルは自分は知っていると確信していたが、それも誤りだ。誤りなしに知ることができる者は、もはや知について確信することはできないだろう。こうした者は、有限な時間という知の条件のもとで、認識されたものの反射をみいだすはずだ。そうでなければ、認識する主体と、認識された客体の同一性はどのようにしてありうるか。

そしていまではこの絶対知の重要性が、いかに低くなっていることか。ヘーゲルの圧倒するような賢さが、いかに無益なものとなっていることか。絶対知と〈絶対非知〉をいま、だれが区別できるというのだろう。わたしが嗚咽しているのか、神のごとくに笑っているのか、気が狂っているのかを、そもそもだれが知ることができるのか。わたしが知らないというのに、だれがそれを知ることができるのか。

思弁的な思考にとって、いまほど困難な時代はなかった。世界の運動が、思考の基礎にいたるまで、これほどの厳しさをもって疑問とされたことはなかった。しかしまさにこの時代は、思弁的な思考にもっとも有利な時代である。わたしはそれを知っている。それが決定的なのだ。

思考が出来事の尺度に合わない者は、なんと不幸なことかと言ってみたくなる。いやそれよりも、思考が尺度に合う者は、なんと不幸なことかと。思考が尺度に合ってしまうと、苦痛はまず内側から生まれるのだ。

この書物を書きながら、わたしは苦悩で息がつまりそうになった。この書物を書く必要性は、警察の取り調べの必要性のようなものだった。もはや終えることもなく、その力もない。わたしは忘却する力がほしくてたまらない。新しい笑いを笑う力、風にそよぐひとひらの葉のような笑いとなること。しかしわたしは忠実に、過剰な神経の病がとおりすぎるのを待っていた。このような仕事は、比類のないものに思えるが、それを意識した瞬間に、わたしは息がつまったのだ。

わたしがある日、この仕事を後回しにしたのは、偶然ではない。その理由としては、恐怖しか考えられない。しかしある意味ではわたしに、穏やかな客観性だけが刻み込まれた書物を書けるとは想像できない。まさにこれこそが、もっとも困難なことなのだ。透明さに到達することだけを望みながら、厚みのうちに首までどっぷりと漬かることが必要だった。

わたしに求められ、そして奪われたものは、到達しようのない制御である。わたしが涙にくれようとする瞬間においては、書物を著わすという企てほど、敵対的なものはないはずだった。この感覚をわたしはすでに感じており、この敵意が高まるほど、まるで外からのように、制御の必要性が求められたのだった。

本書に収められた文章の多くは、わたし個人の動きを表現したものである。しかし反対の動きも多く、ここではあらゆる時代の〈波〉がぶつかりあい、ついには途絶えていくのであり、こうした動きの衝撃のもとで、ほとんど独立した形で、干渉の現象も発生していた。決定的な闘いのさなかに、この複雑な引き裂かれた表現が、後になって意味をもつということが、いかにして起こりえるのだろうか。

ヘーゲルの場合はまさにこうした事態だったに違いない。ヘーゲルの時代は、現代ほど波乱に富んだ時代ではなかっただろうが、それでも現代を予感させるものがある。今の時代の深みのある現実は、もっと穏やかだった時代のために定められた基準が適用されていると、託《かこ》つのではないだろうか。このような意図は、奇妙なものかもしれないが、支配的な必然性への鋭い意識とともに生まれるのであり、アクチュアルなものと言えないだろうか。

[1]――この表現は不正確だが、どうか海容されたい。この表現には原則として、本書の内容を俟たずに、記述を進められるという利点があるのである。わたしはこの省察を本書の最後に置かないことにした。こうした省察には、本書を誤解させる性質があるのである。

こうした省察は本書を誤解させるが、これを省いてしまうと、本書がみずからを誤解させることになってしまうのも、たしかなのだ。

（戦争の弁護）［草稿箱一三E三〇～三三］

この書物にみられる戦争の弁護は、わたし本人からみても破廉恥なものに感じられる。多くの人々とは違って、この弁護はみずから戦ったことのない人間が書いたものだ。たしかに、名高い戦争擁護者であるヘーゲルも、戦争で戦ったことがなかったが、その当時は戦争で戦うのは一般的なことではなかったのだ。もっとはっきりと言うべきだろう。さまざまな状況からわたしは一度も戦闘に参加する必要がなかっただけではなく、戦闘することを望まなかったのだ。わたしは戦闘の機会から逃げようとしたことはないが、戦闘の機会を探し求めたこともないのである。▼[1]

はっきりとさせておく必要があるのは、真の兵士が戦争に関心をもつような意味では、わたしは戦争に関心をもったことがないということだ。正確に言うと、わたしはただ一つの戦争に、ずっと固執しつづけてきた。青年期の長い間、すなわち一七歳から二一歳までの時期に、この法外な戦争がわたしにとっては唯一の可能な地平となり、修復できないほどに閉じられた地平となった。

運命のなりゆきから、わたしは一八歳で病んだ兵士になった。負傷兵や、もっと年上の病兵たちに囲まれて、わたしは毎日のように地獄を想像した――わたしは地獄にいくと決まっていた。このときには、政治的な原因や帰結についての長い考察などは気にかけなかった。わたしの周囲で、新聞などで、大袈裟な言葉や大袈裟な原則が語られるやりかたに、うんざりしていたのだ。戦闘者は、自分の生でまだ残っているものにしか、意味を与えることはできないとわたしは確信していた――それはローマの剣闘士が、自分の死を待ち望んでいる観衆に、死を捧げるときにみいだす（かもしれない）ものだ。

その当時は毎日のように、メモを書き続けたが、このメモには悲しい誇りをもって「カエサル万歳」とタイトルをつけていた。わたしは兵士の間で生きていたが、兵士の生と同じように、わたしの生は一種の遠い黙示録、それでいて病院のベッドの間に存在する黙示録のうちに閉じ込められていると感じていた。この黙示録の世界では、権利や正義のような言葉は生気を失い、重い、盲目の戦争だけが支配していた。戦争だけが、競技場の見物席に座ったカエサルのように、血を要求していた。

この時代の闇のうちで、わたしは探し続けた――そしてわたしがみいだしたのは、死んだ夜、苦悩に叫ぶ人間的な欠神《あくび》にすぎなかった。近い将来にこの世を去ると考えてはいたが、敵意は感じなかった。わたしは苦痛なまでに魅惑され、愛していた――戦闘ではなく、苦悩の過剰を愛していたのだ。

この悲惨な状態から、わたしは法外なイロニー、目もくらむばかりの無意味を学んだ。この裂け目から、道徳的な野蛮さ、戦争の賛美へと進むことができた。戦争についてのわたしの態度や、これと結びついた冷淡な判断は、軍事的なバランスから生まれたものではない。ある日、世界が提示するもっとも重い問いを解決し、わたしが恐怖を感じていた破廉恥さを利用してでも、勝利を収めようという、わたしのうちの怪物的な意志に応じたにすぎない。

▼ガリマール編集部注1――この断章については、全集第五巻五四〇〜五四一ページ、『有罪者』のための一九四一年七月一四日のメモを参照されたい。

(自己の贈与の魅力) [草稿箱一三E一二と一四C一]

本書でとりあげるのは、あらゆる形式の栄誉ある生である。これはほとんどの人が、考慮すらしないテーマである。わたしはこうした生への欲求について語っているが、こうした欲求が人々に感じられていないものだとすると、このような欲求は、なにを意味するのだろう。大多数の人々がこの欲求とは異質であるとすると、これに決定的な価値を与えるのは、愚かしいことだろう。

ところが実際にはこの欲求は、干からびた形で、あるいは貪欲という形で、すべての人間にそなわっているものなのだ。しかしだれもがこれに気づかず、知らずにいる。いわば恐れがこれらの欲求を結びつけているのである。自らを贈与すること、自分の力と富を浪費することには、眩暈を起こさせるような魅力がある。この喜びの魅力そのものが、燃え上がらせるのだ。だからこそ、偉大な人間というものは、計測できるサービスを提供する人ではなく、恐怖をかきたてる人なのだ。燃え上がることにしか、喜びの享受はない。それでいて、これほど人々を怯えさせるものもないのだ。

コルテスからコペルニクスまで　［草稿箱一三G五〇〜五三］

コルテスは、まるで蟻塚でも破壊するように、アステカの社会機構を破壊した。そして古代メキシコの神々と、この社会機構が依拠していた神々への信仰の生命と意味を奪ったのである。コルテスはメキシコの宗教の代わりに、カトリックの宗教を押しつけ、現地の人々もこれをうけいれざるをえなかった。原則は別として、カトリックもその生では栄誉あるものであり、これが最初の一撃を加えた。カトリックが突然もたらされたこと、その教義の大胆さ、そしてメキシコの祝祭のもたらす恐怖のために、この一撃は異例なほど強烈なものとなった。

古代メキシコの神々は、血を貪り飲む神々であり、この神々だけが、栄誉のある世界と人間の世界の一致を保証していた。そしてこの偶像が見捨てられた瞬間から、豪奢なものを目指す意志は脅威にされされ、あやういものになったのである。それとともに、すべての形式の非生産的な浪費に、たえず異議が申し立てられることになった。陰鬱で理性的な思考と存在の形式が、しだいに領域を拡大していった。素朴な文明は、計算する文明によって次々と破壊されるか、面目を失ったのである。

アステカ社会が破壊されてからというもの、世界のすべての場所で、それまで大衆の幻想や夢、習慣や信念を定めていたものが、合理的な実践と合理的な観念に場所を譲ったのである。

本書を動かしている精神の原則と方法 〔草稿箱一三E四九〜六三〕

本書を展開している精神の方法は、思考の歴史におけるひとつの変革となるものだと思う。この方法はごく単純な原則で進む。この原則は、演繹から生まれたものではなく、ある日突然にわたしの精神のうちに、必要なものとして登場したのである。わたしはこう考えた。「わたしが笑うと、事物の本性が衣服を脱ぐ。わたしは本性を知っているし、本性はみずからをあばく。わたしを笑わせるのは、事物の本性なのである」。

ここで前提となっているのは、わたしは笑いながら、自分を遠くまで運んでゆくということである。これは証明可能な命題ではない。そうでないことがありえないだけだ。わたしには、ほかにどんな答えを示すことができただろうか。これは、証明されるのを待っているような仮説ではなかった。わたしがみつけたひとつの認識様式にすぎないのである。どのように表現するかは、ほとんど重要ではない。わたしはしっかりとしたまなざしで、感嘆しながら、事物の秘密をまっすぐにみつめていた。この秘密は、太陽の光と同じようにはっきりとしたものだった。その力は比類のないものであり、わたしのすべての知性がそのうちで生き、それを放射していた。

きっとそれを見ないためには、なにか効果的な異議のようなものが、わたしの行動と結びついた〈賭け〉のようなものが、必要だったろうと思う。わたしの知性が、見ることに反対することが必要だっただろう。しかし昔からの精神の習慣と、自分に納得できない意見は空虚なものだという感情のおかげで、わたしはこの陶酔するような新しい認識様式へと解き放たれた▼1。

わたしのふるまいは、神秘家の態度だという異議もあるだろうが、これは根拠のないものだ。わたしが笑いながら遂行する認識の行為には、いかなる恣意的なものも、個人的なものもない。そこには幻想はないのだ。わたしは巨大な群衆と同じことで笑う。わたしは

〈おかしさ〉の感情のもとに事柄の根底をみいだすのだが、この感情はわたしのうちでも、他のひとのうちでも同じなのだ。

ある衝撃によって輝きがうまれ、これが人を陶酔させ、照らしだす。こうしたコミカルな衝撃も、この衝撃が生み出す効果も、一人の人間の意志に依存したものではない。衝撃の条件は、生の条件とほとんど変わらない。そもそも人間が笑いの炎に包まれるのは、普遍的なことなのだ。いかなる時代の人間も、巨大な笑いの輝きのうちに、〈笑いたくなるもの〉にこだわるのである。

しかしこの認識様式には、奇妙な欠陥がある。だれもが笑うことに同意するとしても、そして喜びのうちで叫び声を上げるとしても、そこにある条件は、〈笑いたくなるもの〉を咎める感情である。〈笑いたくなるもの〉は咎められるだけでない。そこでわたしは認識するのだが、この認識様式そのものはよく知られていないものなのである。知の領域と笑いの領域は、あまりにも深い淵でへだてられている。このために科学では、〈笑いたくなるもの〉の性格についての問いは、ごく瑣末なものとして、暇なおりに、傍らで考察されるだけだった。

これまで、笑いという微妙な戯れについて、さまざまな解決策が合鍵のように使われてきたが、笑いをとり上げた多数の著作を読んでも、自分がなぜ笑うのか、まったくわからないままである。笑いを説明しようとする知の視点からみると、笑いは知を貶める瞬間である。わたしは笑いながら、自分がなにを笑っているのか知らないことに、気づかざるをえないのである。

これほど不条理な姿勢を維持するためには、わたしのうちに疑問の余地のない証拠が必要であった。しかしわたしは、最初の瞬間から強い確信をいだいていて、これに疑問をもちようがなかった。そこでこの二つの異なる認識方法を区別することにした。ひとつは認識した事物の全体を、古典的な科学のもとで描き出す方法である。もうひとつはこれとは著しく異なる方法であり、第一の世界では知られておらず、第二の世界における鍛錬で獲得した経験でなければ認識できないカテゴリー、たとえば〈笑いたくなるもの〉のようなカテゴリーを使うものである。

わたしはさらに、古典的な認識の世界とは異なる知にいたる道は、笑いの道だけではないことに気づいた。たとえば聖なるものは、笑いほどはっきりしたものではないが、笑いと供犠による破壊は、どこでも聖なる行為として認められている。そしてその性格を見分ける精神の営みは、〈笑いたくなるもの〉があらわにする精神の営みと、同じ種類のものなのである。ほかにも同じ性質のものはまだいろいろとあるが、笑いのほかに聖なるものを加えることで、すでに指摘した二つの認識方法の違いが、はるかに理解しやすくなった。

これはわたしが最初によりどころにした原理、すなわち「わたしは笑うことで、事柄の本性を認識する」という原則には、なんら変更を加えない。わたしはこうした性格のものを認識するための別の手段を手にしたのである。わたしが笑いながら発見したことは、聖なるものに近づくことでも、発見できたはずだった。しかし聖なるものの領域では、笑いの考察でもたらされる決定的な確実性が失われてしまう。それにこの領域が、恣意的な神秘主義に近いものになるのもたしかである。しかしそれはもはや重要ではない。というのは、笑いはその手前にとどまり、わたしは笑いについては、つねに全員の意見の一致に依拠することができたからだ。

わたしはいま、この二つの対立した認識の種類に名前をつけようと思う。客観的な認識と交感的な認識である。わたしは自分のうちで、最大限の明確さでこの二つの認識を区別した。そしてこの違いがあるという単純な事実に基づいて、わたしはこの二つの認識の間に、それまで存在しなかった接合部を確立し始めた。当然ながらこの接合部は、客観的な認識の次元に作り出す必要がある。

笑いたくなるものの認識や聖なるものの認識は、ただ一度だけ獲得できるという性質のものであり、考えられるかぎりのすべての分野に、知を拡げる手段を作り出すものではない。それが可能だと主張できるのは、客観的な認識だけである。この認識が作動することが、そして断片的な成功を保証するような厳密な方法に従って、客観的な認識が作動することが重要である。それでないと、神秘的なうぬぼれの戯れる混合《ハイブリッド》的形式になってしまうだろう。

ところでこの接合の最初の瞬間は、二つの認識の区別に先立つものだった。原則が表明されると同時に、わたしが〈笑いたくなるもの〉のうちに、無邪気な笑いのようなたんなる笑いだけでなく、客観的な認識のもとで提起された問題に答えるようなものをみいだした瞬間に、この接合は始まっていたのである。この原則は、接合を始めるとともに、接合を確実に行う必要があることを示していた。この原則は、その後のいかなる説明からも独立した意味をそなえていた。これは笑いがはじけ、心が晴れ晴れとした瞬間に確認された事柄の性格を決めるからである。

しかしこの独立した意味は、客観的な認識の次元の外部にあり、しかもこの原則が解決しようとする要請の外部にある。このため、二つの次元で同時に回答が示されるような接合部を作り出すことが必要になる。この原則は、客観的な認識の言葉で表現された問いに、交感的な認識の条件のもとで回答する。この二つの次元が対応することは可能であると想定されているので、そこから得られた答えを、客観的な認識の言葉に翻訳することが必要だった。笑いを説明する試みを完遂することが必要だったのである。

▼ガリマール編集部注1――本書の一五～一六ページに引用した『内的体験』の文章を参照されたい。

〈交感的な認識の原則〉［草稿箱一三E三九〜四四］

因果関係による説明の原則を拒否することと、わたしの本に書かれたことを一致させるのは困難だった。語られた事実だけではなく、純粋に科学的なスタイルで表現された原因も、もちろんあるからだ。

この書物で採用している方法の基礎となるのは、なによりも笑い、涙、エロティシズムによる認識である。わたしは原則として、経験について記述するという方法もとらず、基礎に戻って考察する。

だからわたしは次のような原則から出発した。

笑いは認識の行為である。

現実的なもの、事柄の根底などは、笑いを引き起こす。

次にこの原則の根拠を示す必要がある。しかしこれは、みずからの根拠を示す公理のようなものだ。

現実には、笑いの原則が断定されたあとで、これを証明しようとした。そしてすぐに次のことを理解した。

悲劇的な感情（涙）の対象とエロティックな興奮の対象の二つは同じ次元のものであること、これらの情動の対象は、つねに同じであるが、知性で認識した対象とはまったく異なる性質のものであること。
だからこの原則は次のように表現できる――わたしが笑うと、事柄の性格がみずからを裸にする。わたしは事柄の性格を知り、事柄の性格は自己をあらわにする。わたしを笑わせるのは、事柄の根底なのだ（というのは、笑いながら、わたしは遠くに運ばれるままになるということを想定するということだ）[*1]。

このような原則は証明できない。これは精神の内部から抵抗しがたい形でもたらされる。これが内部からある必然性をもって生まれるのでなければ、認識できないのだ。

この原則はわたしの精神のうちに一挙にもたらされる。それからというもの、日光の輝きに劣らぬ明るさをもって、精神のうちにとどまった。その力は比較しようもなく、わたしのすべての知性がそのうちで生き、これを放射する。これは個別的であると同時に、普遍的な原則なのだ。わたしを笑わせたものに気づいたすべての人は、同じく笑いながら、わたしにまったく同意していたからだ。

しかしこのような認識方法には、大きな欠陥がある。これは認識について決定を下すものだが、これまでうけつがれてきたすべての認識は、この認識方法には異質なものなのだ。この認識は知的な性格のものではないし、どう定式化するかにも左右されない。二次的な性格として、認識対象を拡張するものがあるが、これはすでに知的な操作なのだ。
物事をこのように見ようとする姿勢の根源にあるのは、極端なまでの自由である。対立するさまざまな哲学の虚栄によって、精神にはこうした自由が与えられたのだが、これはすべての思考の不条理性そのものである。知性の営みは、ある不活性な場所を越えると、もはや笑いに対立するものではなく、狂ったように笑いと一致する。そうなると、解明する笑いの原則には、いかなる障害物もなくなる。一挙に明証性が、ものごとを転倒する力が生まれる。精神は跳びはね、不条理のうちで、楽しげにみずからを喪失する。そして知性は、比類のない力をもって生まれ変わる。不条理なものと現実的なものが一致し、眩暈を引き起こすような〈滑り〉と一致する。抱擁に没頭している二人と同じように、ただひとつの抱擁のうちに一致する。

［追加　認識の基礎づけが行われるほど、起源や基礎づけについての形而上学が多くなるのであり、その反対ではない。運動の結果として均衡状態が生まれるように、ひとつの事態だけが生まれるのではない。この文の後に、水の動きについてのアフォリズムを追加すること。］

現象学との違い（ハイデガー、ヤスパース）、わたしの客観性。

以下では次のことを強調しておきたい。笑いは内側から認識することはできない。生きられた経験とともに、笑いの存在理由を考察するような笑いの「現象学」など想像することもできない。不安の存在理由は、わたしたちの経験をすりぬけるのだろうが、それほど唐突なものではない。わたしたちは不安を感じる、あるいはわたしたちは不安を感じていると考える。家具の下を飛ぶように走る一匹の鼠のように。

しかし省察の場でなければ、わたしたちは笑いの存在理由を感じることはできない。そして省察するとわたしたちは戸惑ってしまう。省察する者にとっては、笑いの源泉は外から与えられる。これは客観的な事実であり、主観的な結果とは、はっきりと分かれている。わたしたちを笑わせたコミカルな要素はすぐに見分けることができるが、それがわたしたちを笑わせた理由はすぐにはわからない。主体と客体を結ぶ連鎖には、環が欠けているのだ。だから、笑いは供犠におとらず、外部から与えられた事実だと言える。

わたしは、生きた経験だけからではなく、供犠、戦争、祝祭の経済、笑いのように、外部から与えられた事実だけから出発するが、それは偶然ではない。

現象学は、現象学的な契機の記述に手間をかけるが、わたしの目的はそこにはない。わたしが目指すのは、記述の総体ではない。うけとった限度の彼方まで、知を拡げることを目標としているのだ。現象学は、笑いのようなひとつの判断の契機に、特別な価値を与える理由をみいだせないだろう。

（交感的でない認識を客観的な認識と呼ぶのは不適切ではないか。実在的な認識と呼ぶべきだろうか。）

＊訳注1――ここの欄外にバタイユは「人為的なもの、自然の感情、シエナの大聖堂の前での笑いを参

照のこと」と書きこんでいる。『ニーチェについて』から該当箇所を酒井訳で引用しておこう。

「私の笑いは陽気だ。

二十歳のときに笑いの潮が私を連れ去った……。私は以前そう書いた。私は光といっしょに踊っている気持ちがしたのだ。同時に私は、自由奔放な肉欲の快楽にふけったのだった。

かつて世界が、世界に笑いかける者にこれほどよく笑いかけたことはなかった。

私は思い出す。そのとき私はシエナの大聖堂が、広場に立ちどまった私に笑うように駆り立てた、と言い張ったのだった。『そんなことはありえないよ。美しいものは可笑しくない。』と言われたが、私はうまく説得できなかった。

しかし私は、大聖堂前の広場で子供のように幸福に笑ったのだ。大聖堂は、七月の陽光の下、私の目をくらませた」(『ニーチェについて』酒井健訳、現代思潮社、一九九二年、一三八〜一三九ページ)。

この笑いは、「不条理のうちで、楽しげにみずからを喪失」した知性の喜びだろう。


(交流と知性)〔草稿箱一三C二七七〜二七八〕

わたしたちは知性で理解できる現実と結ばれている——犬が走り、自動車が通過する街路のような現実に。街路は説明できるし、舗道や通行人は数えることができるものである。街路の形式や、パサージュの歴史を書くこともできる。結局のところ街路は、量子計算機や天文学者の宇宙のうちに含める必要があるのだ。そしてその瞬間に、わたしが依存している素朴な現実は消滅し、わたしはこの素朴な現実を、偽りに満ちた影の状態に還元してしまったのだ。しかしわたしが現実についての鋭い感覚を抱いたのは舗道のおかげだし、これなしでは、学問の足場とするものが崩壊してしまう。

だから、実存の晦冥《かいめい》な幻想のうちで、わたしが生き延びるためには、すべてのものが向かう二つの消滅点を司る必要がある。この二つの点でわたしは、還元できないもの、少なくとも還元できないようにみえるものに触れるのだ。ひとつの消滅点は舗道であり、粗野な俗っぽい現実である。わたしは明らかに、この舗道のいわば〈衛星〉である。そしてもうひとつの消滅点は数である。どちらの点にも人間が、自分のうちで説明するという終わりのない仕事を委ねられた人間がいる。

しかし交流はいつでも可能である。交流は説明可能なこととして位置づけられながら、それ自体は説明できない。わたしは、交流が説明できない理由を示すことができる。交流はこうしたものだから認識なのであり、十全な認識なのだ。もしもわたしがそれを説明したりすれば、交流はもはや知性で理解できるという見かけだけのものになってしまう。そして人間の精神の鏡は、その〈衛星〉になる。そしてそのために同時に、交流は知性で理解できるものであることをやめてしまう。ここでは「知性で理解できる」という語を、初めて新しい意味で、いわば裸で使っている。

交流は、説明できる理由を示さずに、十全な意味をそなえている。交流を説明に還元することはできない。交流の主体には理由など不要であるからこそ、交流は十全な意味をもつのである。交流を感じながら、その理由を説明しようとする理性は、その理由を語り続けなければならないのは明らかだが、この理性は不適切で許容できないものを経験する。これが許容できないのは、問いかけを続けると、精神は文字通り狂気になるという意味においてである。場違いな好奇心に、答えが与えられることはない。知識の渇きは、恍惚のなかで、ただ一度だけ癒されるのである。

〈言語を絶したもの〉［草稿箱二三C二八三〜二八四］

人間が、自分の幽閉されている監獄の窓によじのぼるためには、きわめて強力な手段を使うことができる——推論による認識、いわば俗っぽい認識を、その規則に従って、交感的な認識の対象となるものに適用してみればいいのだ。俗っぽい認識の土台の基礎について、批判をやり直すのは無益なことだ。また、もっと脆くない別の土台をみつけてやろうとするのも、無益なことである。この種の認識には、固有の欠陥と強みがあり、問題も成功もあるが、なによりも補助的なものとみなすべきなのだ。

いずれは理性が修飾し、解明し、精密なものにした上で、交感的な認識様式が意識の場に登場することになるだろう（これは語、句、数字を語るということになる）。こうした語、句、あるいは数字が、言語を絶したものに到達する道をみつけるべきなのだ。言語を絶したもの、そこで作動する深い認識には、なににも代えることができない。最後の回答は言語を絶したものであるからだ。

しかしそのことは、その回答には言語に還元できない要素があることを意味する。この要素なしでは、その回答を語る表現は空虚なものとなるだろう。重要なのは言語表現ではなく、この還元できない要素のほうなのだ。しかし言語を絶したものと表現が一致することを妨げるものは、なにもない。

交感的な認識は、ほんらいの意味では、客観的なものではない。推論に基づいた認識と同じように、交感的な認識では、主体は客体によって働きかけられて、変容する。ただし推論に基づいた認識は、この変容から出発して、孤立した対象について考えようとする。これに対して交感的な認識は、客体の認識であると同時に、この変容についての認識でもある。

ここでは主体と客体を分離することはできない。孤立した点としての対象ではなく、交流の場をみいだすべきなのだ。たしかにわたしたちは、うけとった働きかけを外部に向けて投影することはできる。これは正当な操作だ。しかし主体の変容は、交感の場の投影とはまったく区別できないものになる。

（学者の驕り）［草稿箱一三E六八～七八］

もっとも珍しい才能、それは精神がきらめくように、迅速に自己の外に出る能力だろう。解放され、すばやく、ときには激しい水の流れがなくては、人間の精神は下水溝のようなものになる。泣き笑いのように、あるいは狂ったような笑い、恍惚とした嗚咽のように、ただひとつの運動で、両極的な状況を一気に認識する能力に到達したあとでは、他のものはすべて空虚に感じられる。

二つの両極的な状態の一致を探すだけでは不十分なのだ。可能な状態のすべてを、自己のうちに結合し、それを軽々と生きることが大切なのだ。これは抽象的で分離された科学の条件ではなく、認識の苦悩にふさわしい知の条件である。たしかにある学問で、好奇心に満ちた個人の問いにたいする回答を示す作業を、際限なく続けることはある。しかしだれも人間の苦悩が認識の渇きを支配していることを否定する者はいないだろう。そして自分の苦悩の支配に応じようとする者はいなくなるだろう。

わたしの書物には「科学があまりに少なすぎる」。意外なほどだ。わたしはもっと多くのことを知っているべきだったろうし、特定の事柄については、直接の知識をもっているべきだったろう。わたしは、だれでも知りうることを知らなかったりして、困ったことがある。そしてわたしが語っていることについて、わたしよりよく知っている人は多いと、自分に言い聞かせなければならなかったこともよくある。

しかしわたしは気にかけない。わたしが集めた知識の総体に相当するものを持っている人に、出会ったことがないと確信しているからである。これまでのところ、わたしの知る限りでは、この種の漠然とした情報を、わたしと同じような方法で所有している人を知らないのである。この確信が、この書物の土台になっている。しかしわたしがさらに考察を進め、語ることができるのは、わたしは書物を読むよりも、実際にそれを生きることのほうが多かったからである。あらゆるランプに羽根を焦がしたことのない者は、外部から認識に近づくだけなのだ。

学者というものは、自分の考察に厳密なたしかさを与えるために、知の探求を放棄して、限定された問いに、精密な回答を与えようとする。ところで人間の伝統的な知だけが、こうした問いを提示してきたのである。学者は自分のためにも、他者のためにも、これを放棄する必要があることを理解しない。学者は、自分の使う図表が効果を発揮しない場所では認識しようとしないが、人間の実存は、こうした認識を放棄することはできないのである。

学問が詐術になり、いつかこっそりと学問でなくなるのは、学問が学者に委ねられるようになってからだ。学者たちは、自分の専門とする狭い領域の外部にあるものについては無知なまま、自分の領域だけに閉じこもっているのである。

どの学者も気づかないのは、孤独のうちに部分的な知識を蓄積するために、どれほど大きな代価を払っているかということだ。学者は、ほんらいの知の探求を放棄することで、はじめて学者になったのだ。学者は自分が宿命のように担っている〈無識〉のために、盲目の獣のようになる。学者がよくわからないままに、知を放棄することに巻き込もうとしているのは、人間そのものなのだ。学者は人間に、新しい獣性の運命を背負わせるのである。

現代の人間の知の基本的な条件は、ひとりではすべてのことを知りえないということにある。特殊な知識が極端なまでに発展し、その全体を理解していると主張できる人はだれもいない。そのため、人々の心のうちに、ほんらいの知を放棄しようとする傾向が生まれてきている。現代において知の放棄を唱える人々の発言を耳にすると、懐疑的な人々のずうずうしさと、その誇りの高さに驚かされるものだ。

こうした人々は、自分の領域の事柄しか知りえず、自分の領域に他の人々が近づけないように防衛する。素人を遠ざけ、自分のことはそっちのけで、素人だけを嘲笑せざるをえないのである。学者が素人を嘲笑できるのは、学者は自分の選んだ領域では、厳密さをもって行動するからだ。学者たちは、自分たちの辛辣な姿勢が、失墜を表現するものであることに気づかない。

いかなる意味でも、わたしは安易さをもち込むつもりはない。知識を妄想に委ねることはできないからだ。その反対に、知の主体には厳しい条件が必要であることを指摘する。知の領域の門は、怠惰な詩人には閉じられているのだ。恍惚や思いつきで決めようとするならば、呼吸する大気を重苦しいものにするだけだ。［抹消　ところで、重みのない呼吸のようなものがあると考えてみよう。これはさまざまな部分の働きで作動し、決して弛《たゆ》むことなく、流れ続けるとしよう。これは聖なるものになりすぎて、決定を拒めなくなるかもしれない。こうした方法は、ほかの人々には意味があるかもしれないと想像しながら、この方法について考えている。］

わたしは個人的には、全体性の原則を提示する。わたしは、自分の利用できるすべての手段を作動させるのだ。現代の天才が、道徳的、神秘的、知的、産業的なほとんどすべての技術を駆使しているように。

まず、これまで蓄積された人間の知識を機能させないような知であってはならない。ただしこれからは、荒っぽい方法でなければ、こうした知識を機能させることはできないのだ。

次に、この〈知〉では、学問の発展に貢献してきた異議申し立てのいかなる手段も省略できない。わたしはこの異議申し立ての方法に、明確な形式を与えてこなかったのはたしかだが。

また、さまざまな方法を調停できないような形で対立させると、極端な矛盾が生まれるが、わたしはこうした矛盾が面倒な事態を引き起こすことは望まなかった。わたしは意図的に、客観的な方法と主観的な方法、観察の方法と内省の方法のように、異なった方法を使っている。こうしたやり方を嫌う人々も、自分の意に反して、こうした方法の組み合わせを利用しているのだ。これについてわたしは唯一の原則にしたがっている——いかなる考察結果も、議論の余地のないものとして認めないという原則である。

これまで人々は休みなく、思考を繰り返してやり直してきたし、人の一生のうちでも、繰り返し思考されてきた。そしてこの思考の運動というものは、戦闘の場所なのである。どんなにうまくいった場合にも、事物はあるところでは予想を裏切るものだ。成功まちがいなしと見込んでいたところでも、敵が予測を覆してしまったことに気づくものだ。

計算が失敗したからといって、うらんでみても始まらない。勝利したとしても、多くの誤謬がつきものだ。人間の知というものは、いつまでも未完成なものなのである。知は運動にすぎない。これまではずっと戦争続きだったのであり、ほんとうの平和が訪れたことはない。休戦があったにすぎない。同じように知というものは、認識の主体と客体の間で可能な関係のうちのもっとも新しいものにすぎない（客体ではないとしても、主体が変化するのだから）。ともに生きている二人の人は、相手をすべて知ることなどできないというのに、たがいに自分たちの無知を認めようとしないのだ。

（認識と存在）〔草稿箱二四一〜二四七〕

供犠からは、細部に注意を払った知識が生まれるが、供犠から離れなければ、この知識を発展させることはできない。この知識はみずからを客観的なものにする必要があるのだ。客観的な知識は閉じた〈壺〉のうちに、認識したものをいれる。そうすることで明晰で精密な知識となる。しかしこうした知識は孤立し、貧しいものになる。これを改善するには、閉じた〈壺〉を壊さねばならない。そしてそのためにこそ、真の供犠の決定に頼るべきなのだ。認識は危険なしに、客観的な知識の閉じた〈壺〉の中に、宇宙を密封することなどできないのである。

認識は孤立したままでいることはできない。たしかに認識は最初は孤立したものでなければならない。しかし孤立したままでいるのをやめるべきなのだ。人間は運命によって認識に結ばれているが、これは同時に次の二つのことを意味している。人間が認識を運命づけられていて、認識のうちにしか人間的な意味はないということ、そして反対に認識は、人間の運命から分離されることも、異なるものになることもできないということだ。

認識するということは、存在するということだ。認識とは、自己と世界について経験することだ。これを経験すると言うのは、存在すると言うのと同じことだ。知性を行使することだけで、十分に満足でき、否定しようのない結果が生まれるのならば、人が自分の身体をながめるように、存在をながめることができるだろう——不可欠ではあるが、異質な媒体としての存在を。しかしそうはならない。認識が記述するものが、正確にそのまま存在することはない。

これについては、知識をもつさまざまな人間の意見が対立したままである。わたしという人間が存在し、世界を生き、認識の不一致を生きている。将来は知性が満足するだろうという約束は、この存在するをなにも変えることがない。だから約束は、他者との間の恣意的な回答にすぎないのだ。

知性の弱点は、人間の孤立した知識が行使されることによって生まれると考えてはどうだろう——その客観的な冷たさと不一致のためだと。次に、人間の運命が新しい限界に到達するが、しばらくはこの運命をほとんど越えることができず、これまでは知られていなかった生が、新しい裸性のうちで生まれる世界を語る必要があると考えてほしい。

運命が認識の次元にある場合には、この裸性の好機は、次の原則に結びつけられている——認識は、人間が世界で行った経験に還元されるという原則である。

知とは学ぶことではなく、理解することである。行動をうけることではなく、行動することである。理解するという行動において、主体にとって客体は異質な事物ではなくなる。認識は再認であり、知られていないものを知られたものに、すなわちわたしに還元する。客体を主体に還元するのだ。だから認識にはいつも、生ける主体、生を十全に所有している主体が必要になる。

生によって世界を理解するためには、客体と主体のあいだに一致が、交流があることが前提になる。だからそのためにはまず、生が極限まで、死の限界まで生きられること、そして主体の力を実現することが必要なのだ——熱に浮かされたように、可能な限りのすべての形式の交流を増幅させることが。

人間が、歴史の作り出したものに、歴史、文明、社会関係の複雑さの作り出したものになるだけでは十分ではない。人間が自らを破壊することが必要なのだ。交流は、自己の喪失を望むものだからだ。主体が客体のうちに崩れ落ち、そして崩れることで、理解するという最初の企てが、劇的な形で放棄されることを想定するときにこそ、認識が生まれるのだ。

この認識の原則を、ひとつの方法として示すことはできない。これは一種の「恩寵の状態」のようなものを想定しているからである。

（供犠と認識）［草稿箱八C一八四と草稿箱一四C一六～一七］

しかし供犠は初歩的な意識の形式を作り出すだけである。これは知ではない。これは主体の明確な行為である。しかしほんらいの意味での知は、行為ではなく、対象にかかわるものである。客体と主体の間の交流にではなく、主体の孤立した圏域にかかわるのである。

主体は供犠によって、知覚するための不動な〈板〉をもつことができ、意識がそこから生まれる。この知覚する〈板〉の上に、主体の主観的な部分を含めて、主体との内面性と関係のない客観的な世界が描きだされるようになるのは、もっとあとになってからである。次に主体の内面性のうちに客体を構想する能力が、意識の新しい段階を示す。客体を意識している人間と、主体としての人間がたがいに対立する。対象と、この対立を意識している人間は、同じ主体において、交流の行為を意識している人間と共存できる。この二種類の意識は、重層的なものとなりながら、たがいに独立した状態を維持する。

この独立した状態を終わらせるための方法は一つしかない――知が発展し、供犠を客観化する意識にその意味を示すか、供犠の謎がなくなるかである。しかし人が、自己は供犠の圏域の外部にいると考えていたら、どちらも不可能になる。そしてこの自己とは、この場合には知であり、客観化して意識になった意識である。

この原則には精密な意味がある――知のこの実践の次元では、わたしは可能な限り遠くまで進むが、それ以上は進めないのである。
この原則は明言されないものだが、実際は多くの人はこの原則にしたがうようにつとめるものだ。これはたしかに、失望させられるものだ――保証も休息もないし、この原則から生まれる共通の結果は空虚で、意味のないものだからだ。知が孤立するとき、この原則は空虚と無意味を目的とする。そして知は懸念のうちに孤立し、ここであらかじめ用意してあった回答を探す営みに依存するのである。

（人間の知）［草稿箱一三E八一～八三］

知は人間の知であるしかない。知とは人間のための知である。

知とは人間の生と死との関係において、人間の知識と無知の総体をまとめることだ。というよりも、ある特定のとき、特定の時期において、人間のために最大の知を征服すること、これを知の不十分さにゆだねること（未完成に委ねること）、これが定義することであり、そこから人間を作り出すことである。人間とは基本的にこの知なのだから。そして知が、考えられる現実であり、これに他のすべての現実を関係づける必要があるために、この取得と放棄が頂点となる。ここで生まれるのは究極の現実である。放棄は供犠である。これは知がもはや、狂気と異なるものではなくなる瞬間である。

　このような頂点において、失われ、眩暈するような頂点において、だれがわたしに続くだろう。おそらくはわたしはここに孤独なままにとどまるだろう。自分の位置をながめてみると、わたしの気持ちは高揚する。しかし同時に、わたしは自分がこうした高いところにとどまっているのをみると、至高なまでにわたしは〈笑いたくなる〉ものであることがわかる。現実の眩暈がわたしを捉えるとともに、ある種の吐き気がわたしを襲う。これは痙攣にほとんど近いものだ。そしてなんらかの方法で、わたしがこの高みから転落しなければならないのはたしかだ。

（力と試練の共同体）［草稿箱一三G六六〜六九］

　なにかすることがなくては、自分の生にはなにもないと考える人もいる。しかしその目的が個人の利益にかかわるものではないとしても、それは世界を裏切る人なのだ。生にもはや意味はなく、生はもはや、灰まみれの残滓にすぎない。深い世界と結ばれる戯れの意識もなしに。

　しかし現状では、自分の生において、死の苦悩の栄誉のうちに引き裂かれる人は、かの大衆から無意味な人間として否定されることになる。しかしこの狂者が世界にいなければ、大衆はいかなる意味ももたなかっただろう。「有用な人間」であり、歯車のような人々だけが栄誉を与えられるのである。人間の残滓が人間を辱め、わたしたちといえば、惚《ほう》けたようにこの辱めをうけるのである。

いま、人間存在の運命が、わたしたちにかかっていること、わたしたちがこれから行う選択に左右されることはごく明白なことだ。人間の運命は、手のつけようのない誇りにかかっている。わたしたちが誇り高くなければ、だれがこうした誇りをもてるというのだろうか。しかし世界を結ぼうとしない人々、力と試練の共同体を創設しようとしない人々にとって、誇りとはそもそも意味があるのだろうか。悲惨が、わたしたちに存在するように求めるのであり、これはいまや絶望すべきものである。わたしは絶望して、孤独の底から、叫びのように、この悲惨を人々に聞かせたいのだ。

嵐が猛威をふるい、ますます激しくなるとき、もはやかつての寛大さや容易さをあてにすることができないとき、過たずに戯れるべきときがきたのだ。これから生は、わたしたちの過ちや、時間かせぎの怠惰などを、きびしく数えあげるのだ。

厳密な意味で原因と呼べるのは、わたしたち人間であり、人間の栄誉ある宿命であり、人間の達成または失墜である。この運命、達成、あるいは失墜は、わたしたちの手のうちにある。人間の運命のために、決断を下せない者たちはこれを実現することはできない。

人間の運命は自己の贈与と、なにかを選ぶ勇敢さを求めるのである。人間の運命は、わたしたちの贈与と選択にかかっている。人間が現実に世界のうちで、世界に存在するものの栄誉ある鏡となり、もはや機械仕掛けの不幸な歯車でなくなるかどうか、すべてはこれにかかっているのである。

ところで、自分の共同体の意味を引きうける人間でなければ、なにごともなし遂げることはできない。カオスを生み出すような大きな衝動をひきおこすもっとも重大な出来事とは、少数の人々が自分たちの「共同体」を、人間の天と地との交感《コミュニオン》に結びつけることだろう。

〔聖なる絆〕〔草稿箱一三F三〇〇～三〇八と草稿箱一三G一二二～一二四、一二七～一二八〕

世界は、聖なるものでなければ意味をもたないことに気づく人はごくわずかだ。というのは、わたしたちが生きているこの世界、人間の世界は、それが十全なものであるならば、多数の人々が生きている世界であり、ただ聖なる絆だけが多数の人々を結びつけているということである。しかしこの聖なる絆は、たんに外的な役割を果たす綱のようなものと考えることはできない。聖なるものは、花を束ねる紐のように、人間を外側から結びつけるわけではない。すべての聖なる現実は、人間にみずからを無条件に贈与するように求めながら、人々を結びつける。

こうした現実は、この贈与そのものと混ざりあう。現実はこの贈与のうちに生きるからである。自己の贈与から生まれたものは、たえず自己の贈与によって養われる必要がある。供犠が聖域を作りだし、あらたな供犠が聖域に向かって流れ、聖域は供犠の流れと同じものになる。「聖者の交感」は、これを作り出す供犠の生によって作り出されるものである。聖者の交感が存続するためには、それに与《あず》かろうとする人々は、供犠の生に通じていることを求められるのである。

多数者がこの仕事に身を投じてはならない。少数者で十分であるが、そのためにはこの少数の人々は、麦を束ねる農夫とは異なる姿勢をとることが前提となる。麦を束ねる農夫は、束ねる紐がしっかりと結んであれば満足する[▼1]……。キリスト教徒が麦を束ねるとき、たしかに束ねるのだが、キリスト教徒はそのことを自覚せず、気にもかけない。キリスト教徒のすべての実践は、その人と神の間だけで演じられる劇のように展開される。

これとは反対にわたしたちは、聖なる生がすべての人間の生のために必要な絆であることを知っている。わたしたちは人間の生が、ほとんど笑い出したくなるほど、道徳的に貧困な状態に陥っていることを確認している。いまやわたしたちは孤立した存在の群れであり、乾ききった埃である。人間を動かしている生の深さを知らず、みずからを知らず、宇宙にあるすべてのものが、すばらしい壮麗さをそなえていることを知らない。わたしたちを苦しめているこの崩壊と孤立の状態から、わたしたちはあざ笑う鳥の群れの中へ逃れる。そして不安の嵐がわたしたちを疲労困憊させる。わたしたちは明晰ではあるが、この明晰さは袋小路なのである。

わたしたちはみずから、聖なる生を生きていない。聖なる生が世界に欠けていること、聖なる生は世界にも、人間にも欠けていることを意識するために、聖なる生について語るだけなのである。わたしたちは壊れた世界を結び直したいと思うが、そのための紐がない。そしてこの紐がわたしたちの手中にないのは、生がもはやわたしたちのうちで結び目を作らず、生そのものがわたしたちを壊しているからなのだということを知ることができる。

キリスト教徒たちやキリスト教に先立つ宗教を信じていた人々は、世界を結ぶ必要があることを意識せずに、世界を結びつけていた。世界を結びつける方法を知っていたのである。そしてただ生きるだけで十分だったので、ただ生きていた。

わたしたちはこれについての鋭い意識をもっているが、こうした鋭い意識があるということは、世界が結ばれていないということ、世界が分解していることを意味する。わたしたちは生きるための力、世界を救うはずの力を作り出す方法を知らないのである。それでいて、わたしたちは生きなければならず、世界は救われねばならないのだ。

のらりくらりと逃げ回っていても、まったく役には立たない。勇敢な人々にとっては、キリスト教の方式は、もはや意味のないものになっている。大衆をまきこむ行動は、英雄的な衝撃を伝えるものだが、こうした行動は、生をその内奥で結びつけ、天の沈黙と調和させるゆったりとした呪文を知らないのである。

真実のところ、わたしたちのこの世界は、死んでいるようなものだ。世界を現代にまで運んできた深い価値が、すでに過去のものであり、わたしたちはこの過去を蘇らせることができないからだ。わたしたちは新たな誕生によらなければ、生をやりなおし、生をさらに遠くまで運ぶことができない。わたしたちは明晰さを誇りにしているが、この明晰さのために、最初に考えていたより、遠くに運ばれてしまったのかもしれない。生の秘密がわたしたちには欠けていることを苦々しく確認し、それに苦情を述べるべきなのだろうか。しかし問題はそこにはない。わたしたちは、なにをすればよいのかわからない。だが、わたしたちが知らざるをえないとすると、無知であることに重要な意味があるのだろうか。

さらに先に進んでみよう。わたしたちは〈拘束〉と結びついたこの無知に、感謝すべきなのだ。まだ空《から》の揺り籠を、これほど恐ろしい妖精たちがごく近くで見守っているのは、めずらしいことだ。しかし妖精たちが存在するということは、生のしるしとして、あるいは生のために高まった愛のしるしとみえるはずだ。

生は、身を引き裂かれることを、暴力を、無知のうちで跳躍することを好む。新しい存在が誕生するとき、新しい存在が世界にやってくるとき、その存在は自分についてなにを知っているのだろうか。赤子はなにも知らず、生がまず赤子に訪れるのだ。わたしたちは、なにも知らずに生のうちに身を投じる赤子に似るべきなのだろう。

この劇的な条件を影の中に放置しておくのは不条理なことだろう。この条件は、聖なる世界への郷愁にとり憑かれた人々のものなのだ。これは避けがたい条件だが、なにも意外なものではない。存在は、それがおしゃべりや日常の些事でなくなると同時に、ほとんど狂ったような痙攣になる。存在はそれ自体、生と死の境界に、狂気の境に存在する。ところでこの条件が、状況にふさわしいものと思われるためには、現在のようなものでなければならない。しかしわたしは、新しい作品に悲壮な性格を与えるという目的のためだけで、奇妙で好ましくない光のもとに、こうした条件を記述したわけではない。

これまで語ってきた〈拘束〉は、新しい世界がわたしたちのうちに生まれることを望むものであるが、わたしは最後までこれに応じることができないままである。しかしこの〈拘束〉がなにを要請するかは、精密に語ることができる。さらに先に進み、自分の生をもってこれに応じようとする者は、少なくとも自分に向けられる問いを厳密に知っている必要がある。この要請がどこまで進むのかを知っている必要があるのだ。わたしはある意味では、〈謎をかける怪物〉のようにことを執り行うが、それでもある種の計画のようなものは作成してみよう。

わたしが語ってきた〈拘束〉に従おうとする者が解決すべき最初の問題は次のようなも

のだ。

その者は、かつては人間は自分の前に、聖なるものであることが否定できないようにみえる存在、影、姿を作り出す力をもっていたことを知っている。かつての人間は、周囲をとり囲む者たちに、現実の存在を感じとらせる方法を知っていた。この現実が恐怖を生み、怯えさせるほどの大きさの感情を交流するのである。かつての人間たちがそのためにどのような手段を使ったかは、二次的な問題にすぎない。

わたしたちはこうした手段や、これに結びついたあまりに狭い考え方をすべて消し去って、白紙にする必要があるほどだ。いまや、かつての人間たちが使ってきた聖なる力の背後で、かつての人間の思考に介入してきたものについて、もはやなにも知らないことが重要となる瞬間が訪れた。わたしたちがみいだす必要があるのは、彼らの背後になにが控えていたかではない。それがどのようなものにせよ、力そのものをみいだすべきなのだ。だからこそ、多神教の神性や、一人なる**神**の神性とか、社会とかについて語ってはならないのだ。新しい人間がこれらの力を使えるようになるのは、その〈裸性〉だけにおいてである。新しい人間がこの力をみいだす必要があるのは、この力が存在するから、そして新しい人間が感じている予兆において、心がすでにそこにあるからだ。だから力が新しい人間を壊してしまうとしても、この力をみいだす必要がある。大地がもっとも奥深いところに秘匿しているものに到達する前に、新しい人間が意味のあるものをなにも試みないなどということがありうるだろうか。

さて、新しい人間が直面すべき第二の問題を考えてみよう。かつてそれぞれの聖域に存在していたものに、なんらかの方法で到達する道をみいだすだけでは十分ではない。わたしたちの生を動かしている力と、わたしたちの生の間に、危うい交流がふたたび可能となるだけでは十分ではない。わたしたちの生は、氷と炎の現実を眺めること、その前でみずからを滅ぼすことをじっと願うのである。人間の宿命を実現するためには、人間が内部から外部に向けてみいだす力と、この人間との神秘的な結合が必要となる。人間の精神が恍惚の瞬間に到達し、そこからついに人間が**宇宙**の壮麗さと同じものになるのでなければ、まだなにも意味をもたないことになるだろう。

▼ガリマール編集部注1——ここで一ページ欠落。

〈祝祭の意味〉 [草稿箱一三G一三三〜一三五]

素朴な時代には、すべての民が祝祭のカオスのうちで、生の深い根源へとさかのぼっていた。祝祭においては意味は混乱し、酩酊と性的な放埒さが解き放たれる。しかしこうした混乱は、聖なる儀礼が生み出した悲劇的な印象と不安に結ばれている。儀礼はもっとも深いところで存在にふれ、そこで存在は破砕されるのである。

現代では祝祭は、大衆的な形式で残っているが、低劣なものとみなされ、いかなる悲劇的な感情からも切り離されている。人間の存在が、輝きと酩酊を光と競いあったかつての祝祭から絶縁したいま、死と極端な喜びは、もはやたがいに強く結ばれていない。これまで考察してきた〈拘束〉のために、人間を祝祭の基本的な条件のもとにつれもどすことが必要になる。聖なる世界は、この方法でしかみいだすことはできないからだ。わたしたちが肉感的な祝祭のさまざまな要素を好ましく感じるとき、これらの要素はまだ、わたしたちのうちに残っているのだ。わたしたちがこれを望み、大衆の歓喜の次元で、幸福にふれるだけで十分なのだ。とくに笑うことを知っているだけで十分なのだ。

しかしわたしたちをすべての民衆に結びつけるこの酩酊と、わたしたちが孤独のうちに感じる悲劇的な感情を結ぶ方法をわきまえている必要がある。聖なるものについて語るとき、そして言葉で聖なるものについて語るだけにしなければならないときには、暗示で満足しなければならないのは自然なことである。そしてこれらのすべてによって、わたしたちは〈知られざるもの〉に向けた飛躍へと進むということを強調したい。

わたしの考察で、孤独な者がその生涯を通じて、現代では分離されているものを結びつけていることを示したとき、基本的な研究から遠ざかっていたわけではない。人間を結びつけること、人間たちの絆を結び直すことが大切なのだ。

第2章　一九三九年から一九四一年の構想と断章

(浪費の構想)［草稿箱一三F、文書の表紙に］

第一部　浪費

三

浪費についての一九三八年八月のテクスト（三a）

および『死を前にした歓喜』の第四章（三b）

浪費の部分の一般的な構想［草稿箱一三F一五］

一　普遍的な原則

二　経済史における一般的な浪費
三　浪費としての戦争と革命
四　宗教的な供犠と、死を前にした歓喜
五　獲得するための浪費と浪費するための獲得との対比

愛の犠牲（四と五）

（その前に、現代の偉大な形式）

一般に、収支は均衡する。しかし戦争という事実においては、死へと向かう極端な姿勢の配置が生まれる。

調整すること　死の前の歓喜――別の形式で供犠に回帰すること。

第二部　収支の均衡に戻る。さらに深められた別の形式で。

［ガリマール編集部注］――この二つの構想については、浪費についての一九三八年八月のテクストは確認されていない。しかしバタイユの文書のうちに、「第四章　死を前にした歓喜」があり、これが「第三章　供犠」に続くようである（「愛の犠牲」と加筆がある）。これについては全集第二巻の『社会学エッセー』二三八～二四七と、注四四一～四四二を参照されたい。

構成［草稿箱一三F一三］

一　宇宙の栄誉と人間のさもしい条件
二　経済活動における栄誉ある行為
三　世俗的な有用性の世界
四　戦争
五　供犠（この部分の最後に破断点がくる）
六　太陽の輝き

破断点（第五部）［草稿箱一三E一五〇〜一五一］

戦争で重要になるのは「交流の対象」である。本書の意味を示すような形で、それを全体的に強調すること。
破断点の戯れとしての性格——理性は他者とともにこの破断点に相当するものを作り出す。供犠をやめよう、裸の女性は不条理だなど。差異を確立するすべてのものは、この戯れの側面として考えるべきだ。事柄の全体を再現するときに難しいのは、この場所で、この戯れが意味するものを、理性と対立させるのでなく、現実と、または必然性と対立させながら、確定することである。戯れとは戯れから離れないことであり、好機の感情である。これは生であり、生の象徴である。

同じように、孤立した個人主義から出発すると、生は戯れであり、好機である。破断点が主観的にわたしのうちで結ばれるとき、そこには人為的なものはなにもない。すべての破断点は主観的なものである。ある破断点に客観的な特徴を与えるのは、多数の主観性の一致である。しかしこの一致は、客観的な配置の結果でありうる。

このように破断点（差異）は、恣意的に構成できない。一致の客観的な可能性が管理されない限り、意味をもたない。

存在者は破断点の周りに構成される。こうして構成された存在者の核は、共通の破断点である。

（全体の構想の表）［草稿箱一三F一八四］

	供儀	戦争	
行為	破壊の行為 儀礼での破壊	戦闘	
主体	犠牲を捧げる	戦士	
対象	対象と直接に交流する。聖なる世界。利用された財（俗の世界のものではない）	指導者を含む他の戦士	
不安	死	死	
破断点	死にいたらしめること	脅威をもたらすイメージとしての現実の死	
閉じた交流	社会	祖国を体現する軍	
開いた交流	神など	戦いそのもの	

愛	笑い	恍惚
結合		実践
愛する者		
愛される者		
性器		死
裸性	真面目でない人物の失墜のイメージ	夜の恍惚、昼の爆発的なイメージ、放射のイメージ
共同の生	排除の笑い	神
愛のための愛		

不安（第五部）［草稿箱一三F一八五〜一八七］

人間になることにおいて、不安が果す決定的な役割、貪欲さの不安。

祝祭では、食べるので貪欲さが満たされる。しかし祝祭の原則は不安であり、貪欲は同じ道を進まない。

死後の生についての解釈。実効力のある信仰が失われてからも、祝祭は存続できる。深い理性（苦悩に満ちたやましさ）、外的な信仰（経済的な効果）、そして儀礼（栄誉ある行動）がある。

信仰が失われた後で儀礼が存続すると、劇的な性格（苦悩）はすべて喪失する。しかし儀礼の存続の可能性は、信仰とは、深い理性と儀礼の中間項にすぎないのであり、信仰の重要性の低さをあらわにする。

この事実を検討することが決定的に重要であるが、これは出発点にすぎない。苦しみの最後の段階に続いて、感情のトーンの記号が変わる。無への帰還としての死の思想が生まれるのがわかるのである。マドレーヌが死について語りすぎて[1]、死を望み始めたとき、自殺という観念を考えさせる表現が、恍惚の近さを告げるのである（マドレーヌ自身の表現を借りた）。『苦悩から恍惚へ』第一巻一九四ページ。この『苦悩から恍惚へ』第一巻一九五ページには、図二七として、次の図が掲載されている。

状態の継起を示す図。1と7は平衡状態、2は誘いの状態、3は乾燥の状態、4は責め苦の状態、5は恍惚の状態、6は慰めの状態。

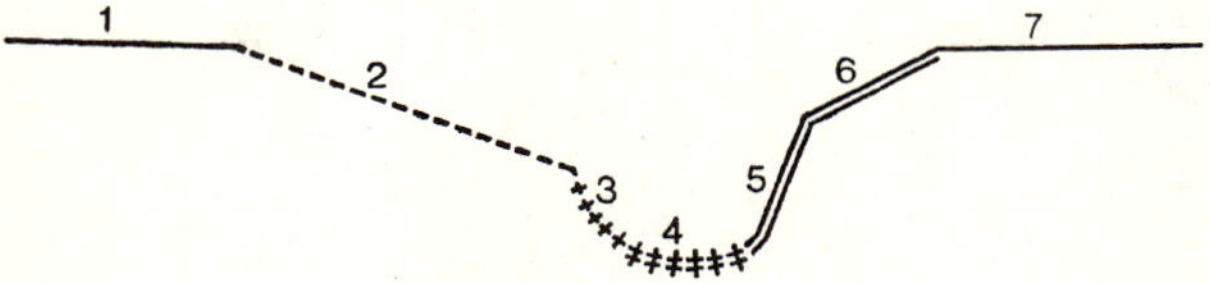

▼ガリマール編集部注1——この断章は、ピエール・ジャネ『苦悩から恍惚へ　信仰と感情の研究』パリ、アルカン社、一九二六〜二八年に関するものである。全集第五巻の『内的体験』の四二九ページの注では、次のように述べている。「ピエール・ジャネは……病院に勤務していて、「恍惚状態に陥る女性」を治療する機会があった。著作ではこの女性をマドレーヌという名前で呼んでいる」。また四三〇ページの注（一九四二年八月二日）では、「わたしは自分の文章の書き方をうまく説明できた。『序』は三ページあった。それからこの序を捨てて、予定していなかった序文を書いた。それから『教義への隷属』を考察した文章を、苦労して完成させた。それからジャネの本を読み始めた。さらに考察を進めるためには、この本の分析の鋭さを利用する必要があると思ったのである。文章にはしなかったが、その後の発展段階について、詳しい構想を立てた……」。

共感について（第五部）［草稿箱一三F一八九〜一九〇］

苦悩が交流されるとき、交流は共感になり、ペシミズムの源泉になる。この種の交流に対抗するためには、孤立が必要である。こうした孤立だけが、もっとも自由な交流を保証するのである。犠牲者への共感が発生しないように、供犠では孤立が必要になる。

共感に対抗するこの原則は、道徳では枢要な価値をもつ。

人間の生け贄について考え、そこに人間同士の交流をみたいと望むとき、同時にその反対のものを感じざるをえない。わたしの同類とわたしの間には、交流の絆が存在する。この絆は、わたし自身と他者の聖なる部分にふれるものである。この絆は存在する。儀礼の行為を聖なるものにするには、これを作り出すだけでよいのだ。しかし人々がある人間を犠牲に捧げると、こうした人々は自分たちにはこうした聖なる絆が存在しないことを認めることになる。この絆の不在を、わたしは孤独のうちに味わったのだ。

供犠について（第五部）［草稿箱一三F一九九〜二一二］

遅れと計算の可能性、貪欲さの位置を表現するすべてのものを極限にまで押し進めること。意識そのものが貪欲であり、所有したいという貪欲さであるから。しかしこの眩暈のするような運動を感じるためだけにしか遅らせないこと、計算のできない贈与の運動にさらに困惑するためだけにしか計算しないこと。

ヘーゲルが提示する意識の完成は、もっとも魅力的なものだ。ヘーゲル哲学では、意識は世界を所有するからだ。遅れが意識の条件だったために、ヘーゲルは潜伏したままでいる意識と、大地の不動性という虚構のうちに、動く世界を埋め込むことができると考えたのだ。もちろん構想することを宿命とする人間の意識にとっては、世界を思索する意識を完成するという条件のもとでしか、世界を構想することはできない。

世界は意識に反射されたものとしてしか構想されない。そのためには、意識が生まれる瞬間に、世界が停止することを求めざるをえない。わたしはこの停止のことを考えると、供犠のピラミッドの頂点から墜落する犠牲者の身体を思い出す。そして反対に、高く掲げられた流血の心臓も思い出すのである。

供犠には遅れがあり、遅延があるが、反対に停止はないし、停止の試みすらない。停止の感覚はなく、運動があるだけだ。

生の全体において、日常の生活の全体において、無意識的なものとして、停止への意志がある。たとえば笑いは意図したものではない。現実に停止が起きているのではなく、停止の感覚があるのだ。

意識にはこの停止の感覚が必要だが、対抗物なしにこれが生まれると、意識は無の意識になる（事物の意識）。

供犠においては、事物は客観化されているが、破壊されている。

遅れと分解と逆転しかない――光がプリズムで分解されて、一つの像を送り出すように。

星についての説明。

こう考えてみよう。最初にあるのは大地と対立した天であり、最後にあるのは孤立との交流である。だから浪費と獲得の対立関係を含めて、最初の問題の位置が正しくなかったのだ。供犠は吸収を交流として、孤立に対立するものとして定義する手段である。

「わたしは宗教を次のように定義することを提案したい。人間の能力の自由な行使の障害となるやましさの総体」（S・レーナック『オルフェウス』四ページ）。

デュサール『宗教史入門』（パリ、一九一四年）では、もっとも低い段階から最高の段階、「生の原則の崇拝」にいたる宗教的な実践をとりあげている。栄誉ある行動の原則と同等なものであることを示すこと。

「あまり気づかれないことだが、キリスト教における救済の神話には、ひとつの前提がある――人間を創造した主なる神は、古いエホバの神のように、人間が生け贄として捧げられることを快いと感じることができると想定しているのである。そして生け贄の小羊が、イスラエルの不純さを解消するものであったように、イエスの死は、罪を解消するものと考えているのである。ギリシアでは、犠牲を捧げる者の手に注がれた動物の血が、犯罪の汚れを消すものであった。同じように、イエスの血が人間の罪を消すと考えられていたのである。

そして新約聖書では、何度もイエスを過越の小羊に譬えているのである。死を受け入れたイエスの服従が、神にとっては快いものであったという道徳的な見方は、イエスの死そのものを、永遠にとって快いある種の償いであったという見方を妨げるものではない。天を代表するイエスの死によって、人間は永遠のもとで、生を買い戻すのである。これらはどれも、供犠の一般経済にきわめて適合するものである。キリスト教の供犠の特徴は、それ自体では道徳的な要素がまったくない考え方を道徳的なものとしようと、信者たちが努力することにある（かなり空しい努力ではある）。

キリスト教における救済の構造は、人間の供犠の神話に依拠している。聖体の秘蹟は、この人間の供犠の神話によって解釈されるのである。このように普遍的な宗教の伝統の力によって、キリスト教のように血なまぐさい生け贄を知らない宗教に、ごく忌まわしい種類の供犠のイメージと教義が押しつけられたのであった」（ロワジー『供犠』一一五ページ）。

供犧の説明（第五部）

キリスト教徒にとっては、「動物が犠牲として殺されるのは、人間は、みずからの罪のために死に値するものであり、こうした罪は死によらずに贖うことはできないことを示すためである」（供犧の項目から）。

「外的に捧げられた供犧は、内的な精神の供犧のしるしであり、この供犧によって魂は、創造の原則と恩寵の目的として、神にみずからを捧げるのである……。このように供犧で重要なのは、犠牲に捧げた生け贄の価格ではなく、全宇宙の至高の主に奉献された栄誉の意味である」（トマス・アクィナス『神学大全』二a、二ae、qLXXV、a2）。

笑い（第五部）〔草稿箱一三F一九二〜一九六〕

笑いにおいて。ヘーゲル、悲劇におけるそれ自体の矛盾、二つの相反するものの間の闘い。

供犧には二つの対立したものがある。供犧が行われるのは、二つの相反するものが対立するときに限られる――トーテムの供犧ではなく。

笑いのうちにも犠牲者はいる。個別の力では犠牲者に手は届かないが、力が介入することでつぶされる。

笑いと供犠、喜劇と悲劇の平行関係を重ねてみること。

不安の場所から満足の場所に、中間段階をおかずに移動するために、笑いにおける不安の除去は完全なものになる。鍵になるのは、しゃれだ。供犠では、あるいは悲劇では、そうではない。たしかに不安は除去されるのだが、急速な解発なしでとり除かれる。

安定性と孤立。

安定性がないことは、孤立がないことだ。

わたしたちは笑いによって、個人的な孤立から狩り出される。笑いはわたしたちを他者と交流させる（知人に出遭ったときの笑いでも）。

訃報を聞いたときの笑いだけが、とり上げるべき実例である。

とり除かれた不安？　というよりも、重要でないために、もはや不安はなくなるというべきだろう。他者についても、自己についても。

ここは、墜落ではなく眩暈のテーマで終えること。

笑い。供犠と同じケース。本質的な謎。

供犠との同一性。

生に欠け、深みに欠ける。

しかし真面目なものについて考えられることには対立する。その場合には、不可解なほどに狡猾なものが存在することにならないか。反省する意識が、周囲の状況で生まれたちょっとした休息の時刻《とき》を真面目にとると間違いが生まれる。

笑いを交流で定義することは、抽象的な一般性で定義することだ。それよりも交流を笑いで定義するほうがましだろう。交流のもつ瞬発的で爆破的な性格と、引き裂くような性格が現れるだろう。ところが笑うということは、交流することだと言うと、なにもないところから、魔術的なものが欠けた俗っぽい満悦を作り出す危険がある。堅苦しいイメージと陰険なイメージの間で、原因を知った上で選ぶ必要がある。わたしたちの堅苦しい理性にふさわしく、世界のすべては倒錯し、屈曲したものなのだ。

ニーチェすら、笑いを聖なるものとすることで、笑いを純粋なものとした。

笑いの流体としての性格。

眼球（第五部）［草稿箱一三C二六二〜二六九］

太陽、栄誉の眼《まなこ》

銀河、太陽と天＝栄誉
放射と栄誉の同一性
人間にとって太陽の栄誉は、人間の生の意味そのものとして提示される。しかし人間と太陽はやはり対立しているのである。それぞれの存在は、力のない小さな部分にたえず分かれていく分解の極限にある。人間には、悲惨な孤立のうちに、自己のうちに閉じこもろうとする傾向がある。
人間の放射の問題
「黄金の輝きを発する者のまなざし」
眼の輝き
栄誉のつまずき、それは所有物になること（とくに軍事的な形で）
栄誉ある身体としての眼
見るという事実を行為として考えると、そこで栄誉の部分と有用性の部分はどう分かれるか。

冷たい地球の上での人間の位置の悲惨さと、人間の全般的な悲惨さについては、次のような〈窮極の〉答えを示すことができる。人間を支える安定した土地というこの詭計、この事物の冷たい緩慢さ、わたしたちが生きている大気、わたしはこれらを光を分解するプリズムに譬えよう。わたしたちを作り出した世界、この地球の表面は、光の干渉縞《モアレ》のようなものだ。このモアレのうちに、宇宙の像が遅れて形成され、そこで分解され、逆転される。これは、星の光がプリズムで分解されたときに、たんなる輝きではなく、物事を説明する像を作り出すのと同じようなものと考えてほしい。

星々で構成される宇宙の巨大さ、光の通過する距離の未聞の大きさ、プリズムの滑稽なほどの小ささが、わたしたちの操作に与えられた所与である。わたしたちの眼が知覚できる星の像は、彩色された光線で構成されたスペクトルなのである。わたしたちが星そのものを眺めながら、最初と反対の向きでこの操作をやり直すとき、もはや知覚できる像はなくなる。わたしたちは最初の所与に対して恣意的な構築を行うだけである。ここで、広がりを決定する数、密度または熱、原始と分子の名前が作り出される。同じように地球の生命は、地球の表面に反射される宇宙の戯れを分解する。

ほんとうは地球は宇宙の鏡であり、その表面で基本的な意味をもつのは、動物と人間の多数の眼である。しかしすぐに驚かされることがある――この鏡を形成する眼は、世界など眺めていないのである。人間の眼は自分の周囲を眺めているのだ。この眼が感じとっているのは、天の壮麗さではないのである（人間は直立していることを思い出そう）。この壮麗さは人間の眼を眩ませる。それに周囲の物より天の壮麗さは、眺めていても単調だろう。眼が感じるのは、本来の環境から切り離された光と、光の動く瞬時の速さである。人間の眼は、石化した反射のうちの輝きと、眼の眩むような素早さの戯れを感じとるのである。

しかしこれらの眼には二種類の光がうつる。ひとつは雲のうちに吸収された灰色の日光の光である(灰色の日光、真理の日光、ここで事物の有用性の側面があらわになる。これは逆転した像である)。

これと反対に晴天の日の光は、天の戯れのうちに、比較や対比によって、わたしたちを突然に襲う(美しい記念碑のように、美しい風景のように。ここでは有用性の側面はもはや意味をもたない)。

妖精のような瞬間

歌と陶酔の瞬間

幻影の瞬間でもある。

灰色の日光に戻ること、それは死だ。晴天が意味をもつのは、死にたいしてである。だから逆転と復帰がある。

人間の眼が眺めているのは、この逆転と復帰の戯れである。晴天の栄誉のうちで、眺められているのは供犠の壮麗さである。

しかし祝祭の瞬間は、克服された死の瞬間である。

これは眼が見る唯一の可能性でもある。太陽の像のように。太陽から眼を背けながら、太陽を渇望している眼球……。

五二年の祝祭（第六部）［草稿箱一三F二一八〜二二二］

アステカ族は時間を五二年の周期に分割し、これを「束」と呼んでいた。アステカ族は、地球はあるときに滅びると考えており、この世界の終焉は「束」の終わりと重なると考えていた。そして「束」が終わろうとするとき、アステカ族の人々は大きな不安に包まれた。最後の夜、だれもが恐怖に襲われ、これからどうなるのかと不安のうちに待ち構えていた。この不安のうちで、人間という種が滅びるのではないか、この夜の闇が永遠に続くのではないかと想像したのである。

「もはや太陽は昇らず、天の高みからチチミメが降りてくる。悍《おぞ》ましい姿のこの恐ろしい者は、男も女も食い尽くすためにやってくる」。妊娠した女性には、あらかじめ仮面をかぶらせてから、穴の中に閉じ込めた。獰猛な獣に変身するのではないかと心配したからである。同時にすべての炉の火を消して、水路と潟には「家の神として崇拝していた石や木の塊を投じた」。

太陽が沈むと、神官たちが「それぞれの神の衣装をまとい、どこからみても神にみえるようにした」。そしてこの恐るべき夜のうちに、これらの「神々」は村から歩き始め、「口を閉じたまま、重々しく、ゆっくりと」歩を進めた。深夜には、メキシコの近くの山頂にいたった。その間、周囲の地方の住民たちは、だれもがおびえながら、周囲の高みに登り、山の方角を眺めていた。

神官たちは山頂にいたると、「ただちに昴《すばる》に目を凝らし、天頂に昴があるかどうかを調べた。まだ天頂に達していないと、昴が天頂にとどくまで待った」。アステカ族にとっては、昴が天頂にくる瞬間こそが、世界が終焉するやもしれぬ危機の瞬間なのである。

そして昴が天頂をすぎると、天の運動がその後も続くことが確認されたのである。神官たちはすべての民が待ち望んでいる聖なる営みに進んだ——解放のしるしとして、新たな火をともしたのである。「神官たちが……火を起こしたので、峰々の周りにもすぐに火は見え、じっと目を凝らしていた人々は天に届かんばかりの喚声を上げた。それはこの世が終わらず、あと五二年は安泰であるという歓びの声であった[1]」。

苦悩におびえた人間と夜。まだ光が残っている（ともしび）。人間という鏡は、この光にすがりつくだけである。

最後に生と光で、失墜ではなく、眩暈で終えること。

供犠では犠牲を捧げる者が死ぬことはない。これを犠牲を捧げる者のエゴイズムという視点の外から、非人称の視点から眺めると、それが意味しているのは、重要なのは生だけだということ、供犠の偽善はなによりも生への頌歌であるということだ。

［1］――サアグン前掲書、一、四および付属文書、一、七の一〇章。『神々とのたたかいI』篠原愛人・染田秀藤訳、岩波書店、一九九二年、一二五～一二六ページ。

(交感による理解) ［草稿箱一三G二五三～二五六］

［抹消　燃えあがるとともに、……光の五二年］

この書物でわたしが語ろうとしたのは、「強い感情」と結びついていない知識は、失敗した知識であるということだ。実践的な知識は、対象を死んだ〈もの〉とみなす権利がある。しかしこうした知識は、認識の意志の一部しか実現しないものだ。わたしが委ねられている宇宙、あらゆるところからわたしがみずからを喪失するように促す宇宙の秘密を、わたしは生きてい、、、、、、、、、る娘のように奪いとりたいと願う（余白に　認識の意志と脱衣の意志との関係）。

解剖台の上に置かれた死体の前で、教授が学生たちに死体のさまざまな臓器について説明しているところを想像すると、わたしはコミカルな感情にとらえられる。不安なしには裸の認識は得られないものだし、解放の叫びなしにもこうした認識は得られないからだ。仲間のだれかが長いこと、一人の女性に心を苦しめていたとしても、わたしたちがだれもこの女性を愛しておらず、冷たい感情を抱いている場合には、その仲間を笑うのはたやすいことだ。こうしてみると、時間の「束」という尺度が改まるときに恐怖を感じることが、笑うべき素朴さにみえるのは、もっともなことだろう。

しかし宇宙を深くまで理解できるのは、天文学者の方程式ではなく、こうした恐怖なのである。生きている者が、不安なしに宇宙を眺めているときには、こうした恐怖は理解できない。解剖学の教授が、解剖された女性の死体を眺めながら、生きていた女性のことを理解できないのと同じだ。天文学者は宇宙の中には入らない。計算の抽象的なデータの中に入るだけだ。すでに滅びた古代のメキシコ人は、解剖された女性の死んだ愛人のようなものだ。この愛人はかつてこの女性に、生き生きとして愛を傾けていたのである。

古代のメキシコ人が宇宙について知っていたのは、その輝きだけ、あるいはその輝きの中断だけである。アステカ族は、栄誉を求める営みにおいて、いっせいに上げる歓びの声のうちに、宇宙の像を表象しながら、宇宙を認識する。彼らは交感《コミユニオン》によって、あるいは彼らを捉えていた不安によって、宇宙を把握する——アステカ族は交感がやむのではないかと恐れていたとしても、学者が分解することしかできないものを、この素朴な人々は知

っていたのである。［抹消　素朴な認識は、理性の承認をうけることはできなかった。］

戯れ（付属文書）［草稿箱一三C二七一〜二七四］

（このままでは使わないこと）

「戯れは、同等性を差異に変える」。この定義をさらに発展させるべきではなかったか。これはわたしの目を開いてくれたし、わたしの好みもよく示している。この定義が思い浮かんだのは、わたしがほとんど眠り込んでいるとき、夢とも現《うつつ》ともはっきりしないあのあいまいな瞬間のことだった。この定義を示したのは、覚醒した知性ではなく、眠りである。わたしの夢は、競馬についてのとりとめのない省察のうちに溶け込んでいた（わたしは競馬に関心をもったことはない）。そして結論でもあるかのように、この小さな文が浮かんだ。この文を思いついた途端にわたしは覚醒し、その射程の長さにすぐに気づいた。

わたしは破断点について、昼間に考えていたことを書こうとしながら、横になっていた。そしてこれをうまく表現できることには、一抹の疑念もなかった。しかしもう夜の一一時で、寒かった。そこで腕を毛布の下にいれて、眠り込んだ。夜中の二時頃に目覚めた。わたしはぼんやりと、それまで考えていた〈糸〉を、結び直した。定量的な科学とその対象の対立を結びつけようとしていた。このうつらうつらの状態で、「カルノーの熱力学の法則」には、はっきりと不条理なところがあると思えた。この法則はそれだけで、科学につきものの不確実性の証拠なのである。理性は、世界の多様性からは、その同等性しかとりだすことができない。[抹消　わたしはその瞬間には、ヘーゲルも、メイエルソンも、ニーチェも考えていなかった。]わたしはこの「原則」は、科学からすぐにでもとりのぞける愚かしい擬人化だと考えた。そしてまた眠り込むと、わたしは攻撃的なまでに上機嫌になった。

わたしは優雅な物腰の女性の夢をみた。この女性はわたしに突然、動物的な欲望を感じたのだった。この女性は喫茶店のテラスにわたしを連れてゆき、他人のテーブルにつこうとした。わたしは驚いて、抗議した。テラスの向こうには森が広がっていた。期待と不確かさに切り刻まれたこの夢は、次にオートゥイユの競馬場へと続き、ここでわたしは覚醒して、最初の「小さな文」が頭に浮かんだのだった。これは[抹消　あらゆる点から考えて]明らかに「カルノーの原則」への回答となるものだった。

トーテムの起源（付属文書）［草稿箱一三E九〇〜九一］

トーテミズムの状態では、いかなる個性も存在しえない。国家の個性を含めて、個性とはトーテミズム以降に生まれた産物である。

〈神になること〉という状態で、個人性が消滅する。交感《コミユニオン》においても、もはや従属はない。

笑いと狂気。歓喜の炎。笑いのうちの超越のために、禁止が存在しない。ここでたがいに結びついた二つの可能性が生まれる。ひとつは閉じた笑いである。女神の像の頭に、プチブルが自分の帽子をかぶせて笑う。ここでは〈上なるもの〉、超越は征服されず、たんに無視されている。ところが開かれた笑いでは、超越が征服されている。

トーテミズムでは、身体と精神は残されているが、トーテムの種の区別のほかには、個人を区別するものはない。

フレーザーはトーテミズムを魔術のように解釈している。実際に、インティキウマを調べてみると、トーテミズムは魔術的な操作のような一つの操作なのである。[*1] この操作はたしかに、トーテム生物を増殖させるために行われる。しかし原則としてトーテムを増殖させる者は、トーテムを食べることはない。トーテムを食べるのは、他の者たちだけである。だから人間の営みには、贈与が本質的なのである。

それだけではない。トーテムが例外的に消費されることがある。これは祝祭の消費である。この消費では、貪欲は別の意味を与えられる。このテーマを仮説とは独立して考察する必要がある。これに、経済と結びついた宗教についての考察を追加すべきだろう（ただしこの問題の次元においては）。しかし多くのものは、社会的なものよりも経済的なものに結びついている。社会的なものであるのは、交流によるからだ。宗教は経済的なものと社会的なものを結びつける。

＊訳注1——インティキウマとは、オーストラリア中部のアボリジニーが集まって行うトーテミズム儀礼。トーテムである動物や植物が増殖するように祈る儀礼である。Baldwin Spencer, *Native Tribes of the Northern Territory of Australia*, Macmillan & Co., 1914. に詳しい説明がある。『金枝篇』ではフレーザーは、トーテミズムは宗教的な意味よりも、こうした経済的な意味のほうが大きいと考えていた。たとえばフレーザーは、中部オーストラリアのトーテム儀礼について、次のように語っている。「各氏族は共同社会の福祉のため、呪術の儀式によっておのおのそのトーテムの増殖をはかる義務を負わされている。トーテムの多くは、食べられる動物植物であって、儀式によってもたらされる一般的効果は、部族に食糧その他の生活必需品を供給することである」（フレーザー『金枝篇』第一巻、永橋卓介訳、岩波書店、六八〜六九ページ）。これにたいしてバタイユは、トーテミズムは人間が自然のうちで自己を認識するための手段と考えるのである。

トーテムの起源（付属文書）［草稿箱一三C二八五〜二九五］

一九四一年冬の原稿

端緒についてとくに脆いものとして、一般的な仮説を導入すること。

遠い古代の人間については、推測によらなければ知ることができない。しかし古代の人間はみずから、人間であるという意識をもっていなかったこと、これについて知る以前の状態にあったことがわかっている。古代の人間は、動物、植物、自然力を利用して生きていた。動物の肉を食べ、植物を食べ、まず狩猟民になり、次に牧畜民になり、そして農耕民になった。古代の人々は行動と手の仕事によって、目の前にあるものを活用した。いわば彼らは動物や植物を絶滅させた——動物を殺し、植物を引き抜き、次に動物を家畜化し、植物を栽培したのである。

わたしたちは、破壊するのでなければ、そのものについて明確な意識をもたない。わたしたちは事物を利用しながら、これを濫用し、これを所有することで、事物の存在を意識するようになる。人間は事物を滅ぼさなければ、その存在を完全に意識しないものなのだ。

理解するというすべての行為は、ある対象を自分のものにする行為と似ている。しかし自分のものにするといっても、虚構においてでしかない。知性が対象のイメージを自分のうちにとり込むのである。最初の理解においては、自分のものにする行為は、ほんとうに対象を自己のうちにとり込むことでなければならない。動物は、人間が殺して食べたことで、初めて人間に〈理解された〉のである。それ以前は、見かけだけの戯れが、流れる水のように生まれていた。精神の〈脚〉をとどめるものが、なにもなかったのである。破壊し、吸収する行為こそが、なにを破壊したのかを発見させるのだ。

　判明な〈理解〉とは、二人の類似した存在者が、たがいに相手を眺めるときに感じる類似あるいは伝染の感覚とは異なるものである。生前のぼんやりとしたイメージを思い浮かべると、死者が動きだすのをふたたびみたいという後悔が、あるいは欲望が生まれるが、この欲望は満たすことが困難なものである。しかし死ではなく、ごく自分に類似したものについての経験からうまれたある種の濫用のようなものが、相手を懸念の気持ちをもって、吟味させる。これが〈理解〉には必要なのだ。

　他者を自分に似たものとして意識することの起源には、貪欲があり、この貪欲のために他者を利用しよう、すなわち自分の体内にとり込もうとするのだが、すぐにこの欲望は、それと反対の動きと衝突する。反対の動きとは、生ける者たちの間の交流である。そして相手を破壊しようとする貪欲のために交流《コミユニカシオン》が不可能になった瞬間だけに、これが意識されるのである。わたしはこれは人間に本質的な葛藤だと思う。これは鋭い強度、それぞれの人間に固有な矛盾する運動の相対的な不均衡のうちにしか、誕生の場をもたないものだろう。

人間は、自分に似た生ける他者の存在を再認することで、意識をもつ。この意識は本質としては動物の意識と異なるものではない。人間は、初めは他者を人間として再認するのではなく、相手を生ける存在者として意識するだけだった。もっとも奥深い反省の次元では、人間は自分をみずから殺す鳥たちと同じような位格のものと考えていた。同時に、植物の位格で考えたり、生に息づいているようにみえ、人間が享受しているもの（水、風、太陽、雲）と、同じ位格のものと考えていたりした。

人間がみずからについてもつこの最初の意識は、わたしたちがその存在を超えたところに感じる意識とは異なるものである。この意識はこれらのものを、人間を超越したさらに完璧な他なるものとして位置づけたわけではない。動物、人間、植物、雨、光などは、まとめて享受されるのであり、破壊もするが、また惜しげもなく生命を与える自然のうちで、一体になったものとして混同されていた。

恐怖も享受も、存在者のうちで同じように分かたれていた。豊穣な雨や動物を享受したいと思えば、みずからも気前よくふるまう必要がある。まだほんらいの意味での供犠は存在せず、人間は生け贄を殺さなかった。人間はたがいに毀損しあい、歯を抜き、包皮や手の指を切りとり、胸部や亀頭に傷をつけあっていた。人間が宗教的な形で大地に流したのは、自分たちの血だったのである。

[余白に　人々は祝祭によって、食べ物の豊かさを挑発的に示す。これは魔術のエゴイズムと、いかにかけ離れたものだろうか。]

しかし人間はこのようにして動物と異なるふるまいを示した。手の仕事により、武器と道具により、人間は周囲の世界を変形し、世界を独り占めして、破壊した。しかし人間は自分の手や切断するための道具を、反対の意味でも使っていた。人間が自分の欲求に応じるものを吸収し、作り変え、用途に合わせて利用するようになるとともに、人間は反対に傷つけあう。他者を破壊するのと引き換えに、みずからを破壊するのである。うけとる代わりに、あるいはうけとられる代わりに、与えるのである。

人間が動物とはっきりと区別されるのは、人間が宗教的な態度をとるからだが、こうした宗教的な態度には、つねにある精密な意味があった。他者を自分と同類の者として意識することなしには、他者にたいするみずからの貪欲を、すなわち自分で使うために他者を破壊しようとする欲望を満たすことができないのである。人間に似た他者、すなわち動物、植物、光、雨などは、人間の貪欲に応じてくれる。すると人間は、こうした自分に似た他者の貪欲に応じるために、みずからを毀傷し、血を流したのである。

宗教的な態度の源泉にはこうした意識があったわけである。しかしこの奇妙な行動は、他者の意識、そして自己自身についての意識が、そこであらわになることを示すものではない。そもそも人間は他者を自己のイメージに合わせて考えるのであり、人間のうちにはこうしたイメージがすでに存在していたのである。

ただし、人間が抱くこの自己のイメージは、動物との違いを示唆するものではあるが、人間がたがいに抱いたのは、最初は人間としてのイメージではなかった。もっとも古い時代の人間は、いまのわたしたちが理解する意味での人間存在を意識していなかったのである。現在では、わたしたちはすべての動物のうちで、人間だけは特権を与えられた存在として区別する。これによって人間は、他の動物よりもはるかに高い位置におかれている。

この優越性の意識は、すくなくとも深い欲望の次元では、自己の劣等性の意識を呼び寄せる。人間は自分が動物よりも優越していると思い込むが、同時にこの優越性は不完全なものと感じざるをえない。人間は、いわゆる愚かな動物であることから、みずからを解放することができないのである。人間は自分を単なる生物として認識するのをやめ、自分が〈人間〉であることを発見する。しかしその発見が可能となるためには、人間よりも上位にあるものが存在することを想定しなければならないのである。人間という観念は、獣の観念に対立するとともに、天使や神の観念と対立しているのである。

本質的に、人間がみずからを人間であると意識するのは、人間が身体と精神をすぐに区別するからである。この根深い二元論は、まだわたしたちの自然の境遇を形成している。最初のうちは、動物、植物、そして自然のさまざまな現象にも、人間のような精神がそなわっているようにみえる。しかしやがて、精神は身体的な事物とは違うことがわかってくる。
自然のうちで身体をもつ人間として表象されたものは、自然にそなわるもののようにみえるが、これは身体だけではなく、精神をもつものとして、他のものとは区別されるようになる。この区別が、世界についての多数の表象、そして表面的には背反する多数の表象を生むことになる。精神は自然を超越すると考える表象がある一方で、精神は自然を超越しないと考える表象も存在するのである。

この問題は、与えられた世界のうちに閉じている存在には、重要な意味をもつ。しかし外から、遠くから眺めると、さまざまな哲学と宗教の全体が、奥深い統一を形成している。すべては、対立の原則を軸とする。そしてこの原則には、人間が人間についてもつ意識、完全な精神でもなく、完全な獣でもないという意識が結びついているのである。

この仮説ではどこでも、数学的な事物のような意味で、事物の性格について語られることはない。

（カニバリズム）［草稿箱一三C二八六〜三〇三］

動物の間にも交流があるが、この交流には〈ひび〉がはいっていない。人間の交流は不安によって裏うちされているのであり、これが交流を中断させる。だからこそ人間は、大地の忠実な表現なのである。

人間は、吸収するだけではなく、与えるという意味で、動物と異なる。動物の交流は弱く、一定なものである。しかし人間はこうした弱い交流を抑圧し、その後で、いわば爆発させるかのように、交流をふたたび生じさせる。この人間の吸収力は動物よりもはるかに大きいのである――手によって、労働によって。

生命に貪婪な生物は、死のうとする生物を摂取する。そして破壊された生が、自己のうちに摂取されたことを意識するようになる。

この生物はみずからを死すべき存在として理解するようになり、犠牲を捧げることで、この認識に固執する。

みずからを死すべき存在として認識した人間は、他の人間を殺し、食べる。あるいは他の人間を殺し、食べるかのように、他の人間を奴隷にする。あるいは動物を隷従させる。人間は他の人間を摂取し、搾取し、搾取のうちで他者として承認する。

主体はまず動物であり、その意識はなにも区別しない。次に動物は、みずからを植物や動物など、他の生物のうちのひとつの生物として意識する。次に人間はみずからを人間として意識する。
人間は人間であることを意識することで人間になる——人間を生け贄にすることで、そして供犠を廃止し、キリストの死を祝うことで（ここでは供犠と供犠の廃止が一致する）。

人間と動物を分かつもの、それはおそらく交流《コミュニカシオン》だろう。そして交流はおそらく供犠の効果として生まれるのだろう。その場合には、供犠がもはや行われなくなったということは、人間性の衰えを、新しい動物性の形式に戻ることを意味するだろう。この動物性への復帰は、大衆において可能となる——もはや人間という名前が正確にはふさわしくないほどに「新しい」少数の人間が大衆から生まれるならば。

いわゆる進歩なるものは、新たな問題が生まれたり、問題が深刻なものとなったことへの応急手当てにすぎないことが多い。新しい負担と新しい労働が行われ、これがしばらくして、他の変化をひきおこす。文明とは、困難を解決する能力であるだけでなく、増大する困難の兆候でもある。資源が拡大するとともに、人口、欲求、弱点、不安が増大する。そして資源が不足してくると、新たに発生した巨大な脆弱さが明るみにでる。

供犠の行為のうちで、ある行為が目論まれ、考察され、反映される。対象に働きかける主体がたがいに逃げ出し、対象は死のうちに失われ、主体は行為についての不安な考察のうちに失われる。存在し続ける唯一の力は、行為の力である。光が写真の乾板に効果を及ぼすように、供犠者や列席者の内的な意識に効果を発揮する。供犠はD・H・ロレンスの言う「暁の星」なのである。

ある点で、すなわち生物圏の多数の点で、成長のために、過剰なエネルギーが成長とは異なる目的で、浪費される必要がある。一般に動物は植物よりも、この種の必要性にはうまく対応するが、もっとも強力な動物が、もはや拡張されない生物圏のこの過剰なエネルギーを手にするだろう。もっとも強力な動物は、最初は不利な立場にあるようにみえる。こうした動物は、優越した力が自由に利用する富を、自分の好きなように使えない。最強の動物は、必要以上に食べ、平和のうちにみずからを享受しているというだけのことではない。この過剰なエネルギーはこの動物のうちで、爆発物のように存在している。これは肥沃な平原のようにはみえないが、しかし……

（自然の擬人的性格）（付属文書）［草稿箱一三E一八〜一九］

交流は自然のうちでは、苦悩に到達できない。光もまた……。しかしわたしたちは、自然については、外からの知識しかもてない。もしもわたしたちがたんに推測によるのではなく、太陽の恐ろしい深みに入り込むことができたならば、そしてこの白熱の恐怖の秘密がわたしたちに明かされたならば、太陽と光の親密な真理は、メキシコの供犠よりも過酷なものに思われるかもしれない。

しかしわたしたちの物理的な世界の真理についての知識は、ごく外的なものであり、これほど空虚なものは、ほかには思い描くこともできないほどだ。これは虚栄に満ちた愚弄に近いものであり、あまりの無知に、荒々しい神話のほうがまだましに思われるくらいだ。自然の理解はまだそれほど進んでいないので、自然の擬人的な性格を否定するにはいたっていない。こうして、世界ではなく、抽象的なみかけと、わけのわからない幻想を作り出している。自然の「内奥性」は、人間の内奥性には還元できないが、これは自然が、人間の精神のうちで示すみかけに還元できることを意味するものではない。精神を殺してしまうものを、なにも理解しないようにするのは、無駄なことだ。少なくとも擬人化は、空虚を避けるという意味はあるのだから。

（閃光のような瞬間）（付属文書）［草稿箱一三C二七五〜二七六］

人間が自己のうちに、慣性のうちに閉じこもるとしても、それは滑稽なほど短い時間のことにすぎない。すべての波がつねに混ざりあっているように、人間たちも全体として混ざり合っているのだ。以前のただ一回の攪乱で、隅から隅まで、波は反跳によって混ぜ合わされる。全体を眺めると消えていくもの、それは内閉であり、重みであり、欠如である。これとは反対に、流動的で単一の存在の運動からつねに生まれてくるのは、閃光のような瞬間であり、これは解放するような十全な表現的価値をそなえている。

いずれにせよ、二つまたは複数の存在者の間を結びあうもの、奪いあうもの、通りすぎるもの、流れ、亀裂、火花のようなものの関係だけをみつめることだ。

（交流と存在）［草稿箱一三C二七五〜二七六］

大雑把に言って交流は、精神にも質料にも、「隔離された存在」にも応じる。この戯れにおいて、「精神」は個人的な不道徳性という性格を失った。精神は昔ながらの質料の領域から、非人称的という性格をうけとったのである。しかし質料にも精神にも、「孤立した存在」にも交流にも、ただひとつの現実しかない。交流しない孤立した存在など、どこにも存在しないし、孤立の場所から独立した「交流」などはない。できの悪い二つの概念、この子供っぽい信念の残滓を、遠ざけるようにしなければならない。そうすることで初めて、なんとも手際悪く結びつけられた問題を、切りわけることができるようになるのだ。

（因果関係について）（付属文書）［草稿箱一三C二七九〜二八二］

［抹消　わたしは資本主義の起源について語ってきたが、その原因を探していたのではない。］わたしが釘をうつとき、その原因は釘をうつというわたしの決定にある。ほかはどれも、わたしの行動を可能にする受動的な要素の集まりである。こうした要素の集まりは、原因などではない。真の原因というものは、人間の熟慮の上での決定にしかない。たしかに決定と同じようにみえる能動的な要因がほかにも存在する。こうした要因は、外部の変動を決定するので、能動的なのだが、これを原因とみなすのは、恣意的なことにすぎない。

たとえばわたしが稲妻にうたれて死んだとしよう。しかしわたしがそこにいた理由と比較して、稲妻のほうが〈原因〉とみなされる理由はあるだろうか。わたしが違う場所で働いていたとしたら、わたしは死ぬことはなかったのだ……。しかしだれかほかの人がわたしを殺したとしたら、殺人者の決定は、わたしの死にまつわる他の要因とは、はっきりと区別されるだろう。わたしの死は望まれたものだったのだ。

本来の原因について考えるということは、宇宙をわたしがうち込んだ釘のようにみなすことだ。

わたしの決定に必要な要因の全体を考えるとき、すなわちわたしの行動の受動的な側面について考えるとき、原因という観念はすっかり姿を消してしまう。理論的にまだ残されているのは、恒常的に存在する連想と、特定の現象を一般的な現象の側面に還元することだけなのだ。

しかし実用的にみると、人間の決定には因果関係という視点が必要なのだ。だから視点の移動性を獲得することが必要になる。さらに人間の決定のうちには、恒常的に存在する連想の力と判断力が存在する。だから因果関係という視点は、偽りのものではない。ただ、この因果関係というものは、最後の結果にすぎないことを忘れないようにする必要があるのだ（主要な原則を探すときには、これとは反対のことを思い込んでいるものだ）。

どう想像しようと自由だが、世界の始まりは必ずや、超自然的なものであらざるをえない。

第3章　一九四一年から一九四三年の構想と断章

『呪われた部分　有用性の限界（最終構想）』［草稿箱一三C一〇六〜一〇七］

一　習俗

——一　人間と宇宙

——二　非生産的な浪費

——三　個人的な浪費の世界

——四　競争の栄誉

二　投入

——五　透明性

——六　供犠

『呪われた部分　有用性の限界（最終構想）』［草稿箱一三C一〇二〜一〇三］

一　投入の領域
——A　一般原則と全体の領域
——B　祝祭
——一　全体の時間と祝祭の対比
a　労働の時間との対比
b　戦争の時間との対比
——二　祝祭の全体性という性格
a　エロティシズム
b　ヒロイズム（代表的な側面）
——三　祝祭の分解と表象の領域
二　表象の領域における投入についてのさまざまな計画
——一　領域の定義
——二　列挙と短い定義
——三　時間の継起と与えられた時間の関係の様式

三　投入のさまざまな局面（供犠において）
——一　自然の所与、あるいは実行
——二　実行の壮麗化
——三　投入
——四　所与の乗り越え
——五　残滓あるいは成果の獲得
四　供犠
五　神話学
六　悲劇
七　ポエジー
八　喜劇と笑い
九　哲学
一〇　恍惚
一一　知と賭けの弁証法
——一　宗教的な知
——二　哲学の知、基本的にキリスト教的な知
——三　科学的な知と非知

本書の基本的なテーゼ［草稿箱一三C一一五］

（序文で初めて展開すること、第五章を引用して）[1]

心理学的な視点からみると、自然には一つの意味がある。自然の精神性。

太陽では、エネルギーが純粋に、そして単純に浪費されている。

大地では、利用できるエネルギーの一部が、エネルギーの生産のための労働のうちに投入される必要がある。

しかし、生産されたエネルギーの総量は、実際には生産に必要なエネルギーの総量を上回る。

この精密な自然主義が、自然的な態度の自然主義的な解釈には必要である。

古典的なテーゼでは、人間は食べる者としてイメージされ、他の種類の製品の消費は、栄養物の種類でイメージされる。人は生産しながらでなければ、食べることも、一般的に消費することもできないとされる。だから人間は食べるために生産をするというわけだ。

しかしわたしは次の点を指摘したい。

a　人間は生産するために必要なエネルギー（生存に必要なエネルギー）を生産する。

b　人間は剰余を生産する。

▼ガリマール編集部注1――この章の最初の「参照構想」と、本書三一八ページ以下を参照のこと。

序文 ［草稿箱一三C一〇八］

一　いま浪費の政治学が必要とされていること。

二　自然の基礎（「本書の基本的なテーゼ」を参照のこと）。

三　ある友人が、ヘーゲル哲学によって〈知られざるもの〉に導かれたと語ってくれた（実証主義との対立で）（「本書の基本的な運動」を参照のこと）。

四　思弁を世俗的なものに基礎づける必要性（ヘーゲルから出発して）（すべてを含めるという思い上がりはない。しかしわたしは本書の運動はすべてを包含するようになることを望んでいた）。

五　しかし「天から墜落してきた石」▼1、偶然という考え方は否定する。そのようにあるので、あまり重要でもない。いかなる同意も入る余地のない明確な断言。人間はなにを語るにしても、根底からこの断言なのである。

▼ガリマール編集部注1――これについては、全集第二巻「古典的なヨーロッパの王国」（一九三九年？）、二三三ページの次の記述を参照のこと。

「その者」が王である。他のいかなる者も、王になりえない。……王の選びは、文字通り天から墜ちてきたかのように行われる。王璽のない者は、畑の真ん中に墜ちてきた隕石に譬えることができる。外見からは、周囲の普通の石と区別しようがないのである。天から墜ちてきた隕石でなければ、なにもなしえないのである。

『呪われた部分』の基本的な運動 ［草稿箱一三C一一〇〜一一四］

自然的な態度と合理的な態度が分離していることから、その一致をみいだす必要がある。この分離については第三章で考察する。▼1 一致の基本的な困難については、第四章で考察する。その意味は、人間の疎外は〈主〉と〈奴〉の対立に依存するということである（ここで〈主〉は悪とみなす）。一致とその可能性は、第五章で明らかになるはずである（〈知りえないもの〉の節）。これは、自然的な態度の理性とその深い要素についての面を意識することと結びついているが、これは笑い、供犠、交流についての第六章の分析で明らかにされる。これを意識することは、思弁的な思考の失敗と結びついている（これは能動的な思考の完成を示す）。思弁的な思考だけが、〈知りえないもの〉のうちに、この完成の瞬間をみることができるし、この完成の彼方に、既知のものに変化する事物とは異なるものをみることができる。引き裂かれた内的な経験のうちに、自然的な態度が笑いや供犠で感受するものをみることができるのである。

ニーチェの哲学の本質、それは〈主〉を非難することを放棄しなければ、この精神の営みが不可能だということにある。この哲学は呪われた部分を再発見することなのだ。

▼ガリマール編集部注1――この三章、四章、五章、六章は、前述の「最終構想」と、以下の構想にかかわるものである。

三　個人的な消費の世界〔以下六章まで、草稿箱一三C一一〇～一一四〕

成熟した資本主義は非人称であり、その貪婪さは間接的に行使される（拡張の意志）。それは利用できるすべての資源を、企画に投入することだ。しかし改善を意図して投入するという意味ではない。単なる拡張のためである。企画への投入には、投機の要素が加わるが、これは通常の補足とは反対のものとして追加されるのである。

投機家（賭ける者）は、資本主義の最後の運動を体現する人物の不毛な両面性にすぎない。投機家は栄誉ある浪費を抑止し、生産力の増大のために富を迂回させるが、最後には富を私的な浪費に、享受のさもしい個人化に結びつけるのである。

中世の非生産的な浪費の一覧表と、現代の非生産的な浪費の一覧表を比較してみると、規模が縮小していることがすぐにわかるが、これは確実なことではない。なによりも顕著なのは、個人主義化の傾向である。

ところで個人主義化は、栄誉あるヒロイックな浪費としての政治活動としても生まれることがある。これが栄誉ある浪費の一般的な低下を補う傾向を示す。この活動は部分的には、ロマン主義と混ざりあうが、いずれ説明するように、これとは反対のものである。ロマン主義はつねに、浪費の連帯性を完全に抑止することで、生ける連帯を完全に抑止する。国家では、連帯性の絆は非人称的なものとなり、個人は道徳的に遺棄されたまま、失業者の地位に落とされる。企画の非人称のシステムは、「企画のないところにはパンもない」と、個人の罪を宣告するのである。

四　軍事的な栄誉と競争の栄誉

資本主義の機構《マシン》のうちで解放されたエネルギーの余剰は（増大した生産の力、浪費をなくそうとする傾向）、ますます激しい戦争のうちでしか消費することができない。これは浪費の精神の価値の低下を完成するものであり、すべての浪費にたいする深い（そして正当な）疑念を生むものである。

はるかに遠い昔から、浪費するための手段は、最強の者、戦士、主の手のうちにあり、弱者は浪費の責任だけを担わされるようになっていた。そのために浪費そのものにたいして、疑念が向けられるようになったのである。こうして、祝祭のイデオロギーと労働のイデオロギーの間の根本的な論争が始まった。人間の疎外は、強者による権力の行使と結びついており、この権力の行使が浪費と結びついているために、労働者は最強の者による浪費の手段の取得だけでなく、祝祭の精神を非難する傾向がある。不幸な者は、不幸のうちに閉じこもる傾向があるわけだ。

ところが不幸な労働者の批判は、栄誉そのものの疎外にもあてはまる。栄誉は強者の手のうちで、個人や集団にとって利益となる競争の栄誉に変わるのである。ポトラッチの慣行や神々は、競争の営みを表現するものであり、力の貪欲さは、取得するために浪費するというポトラッチ型のものとして表現される。一七世紀には、個人が栄誉を獲得していた。

一七世紀の栄誉ある個人と、大修道院長の間には違いはない。競争の栄誉は、資本主義的な個人主義への道にいたる中間項にすぎない。資本主義では栄誉は、個人的な浪費と産業化された戦争の泥沼に沈むのである。

この疎外の意味は、その起源においてもっともはっきりと示されている。はじめのうち浪費は基本的に、祝祭の形で行われた。祝祭とは原則として、いかなる留保もなく、すべてを浪費することである。もっとも完全な形で、人間たちの一体性を表現するもの、人間の間に交感《コミユニオン》を作り出すものであった。その意味では祝祭は、王の殺害よりも大きな意味のある行為だった。別に存在する王を殺害することは、人間の間の交流《コミユニカシオン》の障害になったからである。しかし王家が原則的に軍事的なものとなると、王は死を逃れるようになる。身代わりをみつけるようになるのだ（奴隷、カーニバルの王などだ）。

ただ、役割の逆転という要素は、黄金時代の夢とともに、まだ生けるテーマとして残っている。キリスト教ではこれらのすべてのテーマが復活するが、キリスト教の本質は、殺人の禁止であり、その結果として供犠の禁止であり、供犠は悪とされた。

注目に値するのは、宗教というよりも軍であるイスラーム教では、供犠が消滅していることである。イスラーム教では供犠は戦争の精神と和解できないのだ。結局、イスラーム教の教義はごくシンプルである。ただ一人の神しか存在しない、だからただひとつの民しか存在しない、すべての人間は、ただひとつのこのほんものの民に服従すべきである。この考え方が、軍事的な行動に表現されるのである。

競争の栄誉という視点からみて本質的なのは、ただ一人の神に、普遍的なものに還元されるということだ。王を殺すのではなく、王から普遍的なものを作り出したのだが、これは競争の栄誉という視点からみると、同じことになる。人間はすべて平等であり、人間たちは苦労もなく、たがいに交感する。人間は供犠の行為のうちに交感をみいだすのでなく、共通の軍事的な営為のうちに交感をみいだすようになるのである。

五　透明性（透明性に必要な有用性の世界の肯定）

個人における「アステカ族のような行動」の神経症的な特性。中間的な形態である個人主義者は、個人のうちに完全に閉じこもっているのではない。反ブルジョワ的なロマン主義。
一　自然の精神性（「本書の基本的なテーゼ」参照）。これは次の原則によって導入される。退廃の一歩は可能であり、栄誉ある存在に到達する必要性は、ごく単純な法則から生まれるものである。
二　キリスト教の中間的な役割。キリスト教はすでに呪われた部分の否定に進んでいるが、根本的に、透明性に向かう傾向がある。そのためには謙譲や、競争のすべての栄誉を神のうちに吸収させることなど、忌まわしい形式をとる。栄誉を放棄せずに、競争の栄誉に抗する闘いが行われたが、これは譲歩によるものである。

三　透明性に向かう方向が必要であり、退廃の大きな側面のもとで行われる。ブルジョワ世界の質は低下するために、ロマン主義の次のような方向がこれに対立する。ロマン主義は、この対立の条件のもとで、限定的な意味をもつにすぎない。

——自然

——愛

——ポエジー

四　〈知りえないもの〉。結論となるが、予想できない形になる可能性がある。〈知りえないもの〉には、思弁的な思考の完全な失敗のうちで出会うが、無関心なものや、既知のものに変えるべき素材としてではない。濫費のうちで求められる還元不能な対象としてである（「基本的な運動」を参照のこと）。

六　供犠

一　循環性と笑いの原則。無関心でない〈知りえないもの〉のうちで、思弁的な思考は自然な態度と、笑いの態度を再発見する。思弁的な思考の失敗は、直接的な反応の様式と一致させられる。自然な態度は、笑い、涙、供犠、悲劇、ヒロイズム、エロティシズムなどである。

二　交流の理論。自然な態度は、行動の世界や既知で行動に還元された世界との断絶をあらかじめ想定した交流の態度である。断絶には自然の態度の〈知りえないもの〉が必要になる。

投機と企画の関係

アステカ族は、供犠に関してはみずから嫌悪感を抱いていた（子供の生け贄の儀礼に立ち会うことを嫌う人々を襲う悲嘆と苦痛の必然性）。

最後のパラグラフ。涙。五二年の夜における知の頂点。

『呪われた部分　人間の栄誉ある条件についての経済的、［抹消　詩的、哲学的］な考察』

[手帖五、ページ番号なし][1]

第一部　習俗

第二部　知の頂点にある人間

第一部では、宇宙における人間の条件との関係で、人間の習俗を説明し、解釈する。第二部では、時間における変化を考察する。人間はある位置だけにいるものではなく、ある場所から別の場所に移動し、知識の欠如した状態から知識をもった状態に移動するものである。こうして、世界のうちに占める位置から生まれた知識と、役に立つ客観的な知識という知識の二つの形態が一致するまで移動するのである。

一　宇宙における位置の変化に関連した知識の様式における変化の解釈

二　知識の結合による意識の完成

笑い

他の形式（それらの同一性）

恍惚

恍惚と知識の同一性

推論的な知識、うけとった知識

ヘーゲル哲学。重要でない不確実性

科学。同じく重要でない不確実性
極端なまでの必然性、非知との唯一の同一性
最後に〈知りえないもの〉

ところでこの〈知りえないもの〉は、この二つの知識の一致の結果であるだけではなく、その内容でもある。これはすべての時代の人間の素朴な探求の対象でもある。
供犠などにおいて。
人間の交流が確立されるのは、〈知りえないもの〉においてである。ここで閉じられる可能性があるが、しかしそうではない。〈知りえないもの〉は同時に不可能なものでもある（善の代わりに）。
夜への落下、嵐、稲妻
供犠の全般的な曲線
——自己にとっての他者
　動物
　人間（他人）
——その喜び（禁欲）、キリスト教と仏教の、理性の、語の
　自己
恍惚

悲劇
ポエジー
笑い
ヒロイズム
恍惚
エロティシズム
自己の意識の前で、自己自身を濫用しないこと
自己の意識が誕生した瞬間から、自己の供犠が始まる。
誕生の場所、王の供犠
殺すことができないこと
存在のうちでの不可能なこと
第一部での供犠の悪弊の理論
トーテミズムをふたたびとり上げる
恣意的なもの。知識が頂点にくるのはなぜか。いずれにせよ、ヘーゲル哲学とは遠く離れている。ヘーゲルの哲学は、知識から、植物の成長の目的としての花に似たようなものを作り出すのであり、さらに厳密には目的論なのである。目的論的な運動は、厳密には欲望のうちにもある。これは認識の欲望であり、さらに一般的には満足の欲望である。

世俗的な有用性の世界

自己を養うために資本を養う必要性

貪欲さと栄誉の間の原則の補償。均衡の崩壊

新しい補償、個人

a　個人の闘い、栄誉ある闘い

b　個人による栄誉の否定、ただしブルジョワジーと個人の間の提携を復活させる必要性

個人が自己の贈与、供犠、世界との融合をひきうける義務がある

政治的な闘争とその限界（ここでは単純にブルジョワの指導者）

国家を想定した個人

理性、科学

個人的な次元でのその他の補償

ロマン主義　ポエジー　神経症　自然

自然　愛

愛　ポエジー（さらに進んで、非知の恍惚）

社会的な次元への復帰、革命と戦争（次の章）

栄誉の個人的な探求はなにを意味するか。

個人には、古代メキシコの行動は神経症的である。

最初の発展としての資本主義が、社会的な絆を破った。無秩序。

第二の発展として、企業の増大が、発生した無秩序の結果に直面した。相互的な反応。

この原則をいつも念頭においておく必要がある――企業は力を獲得しようとする貪欲な機構《マシン》である。次の点をよく理解しておくこと。わたしたちは資本を増やすという条件でしか、食べることができない。

工業と比較すると、個人は劣った状態にある（以前は貴族が支配していたものだが）。賭けが差異のもとで変形していたものに相当するところまで、理性はさかのぼろうと努力する。栄誉は根本的に、行動に示された差異にすぎず、供犠は外部に向けて行動を起こすためのエネルギーの総計にすぎない。

個人主義について、この発展を追加すること。

富の個人的な目的――キリスト教の運動の達成したもの（救済など、ポトラッチで始まる）。しかしポトラッチは端緒にすぎない。競争と栄誉の結合の端緒？　キリスト教までのすべての栄誉は、同じような方法で構成される。キリスト教を栄誉の脱個人化に向かう一つの段階と考えることはできないか。個人主義化は、限界まで可能性を使い尽くしながら、同じ役割をはたしていた。

これについては、ロマン主義のポエジーの位置を考えること。

愛における脱個人主義化、個人は社会である。

愛において人を動かしているのは、存在の透明性である。

裸性。

脱個人主義化は、もっとも強い個性も吸収する。

類似ではなく透明性。

透明性としての現代のポエジー。

その呪いの必然性。同じように愛においても、社会的な状況は、破壊されたものとしての価値しかもたない（しかし破壊された社会状況は、状況の不在と同じものではない）。

同じようにポエジーにおいては語がその価値をもつ。

その意味ではすべての人のために作られたポエジーは、詩人とは別の要請を満たすものであり、詩人はすべての要請を満たしていた。

人格としてみずからを破壊しながら。

このテーマについては、内的経験をみなおすこと。

キリスト教との違い、不可能事に直面した詩人。

それなしでは、破壊する能力がなくなるだろう。詩的なシニシズム、悪の側にたつ詩人。

詩人はすべての形式と同じように過渡的なものだが、とくに一八世紀のリベラルで偽りの状況から切り離されていた（『精神現象学』参照）、これはすでに書いてきた。

これらはすべて、単純な始まりとして考察すること。不可能事を愛する人は、さらに遠くに進む必要性を感じていた。完全な透明性が意識を求めていた。

自然、ポエジー、愛は、不可能事への序曲であり、無意識的な迂回の一部である。また、競争の栄誉との断絶であり、愛において全体的なものではなく、破壊された状況にすぎない。

競争の栄誉においては、不可能事にそのまま直面していた（供犠、戦争、ポトラッチ、悲惨を前にした奢侈な浪費など）。これとは反対にポエジー、自然、愛においては、可能事（競争）は無視された。しかし不可能事は隠蔽され、飾り立てられ、可能なものとして、純粋に可能なものとして変装されていた。可能なものは消えさり、関心のないように装い、気化され、自分のうちの関心を否定し、自然の貪欲さを否定する。

その中間に位置するキリスト教。

しかしこの方向では、競争の栄誉にたいする一貫した障害物はない。瞬間的な障害物はたしかにあるが、競争の栄誉にかなり自由に復帰できる。

第二部

時間の方向。これが本質的なことだ。時間の方向があるならば、なぜ人間があるのか、人間がある目的のために作られたのかが問われる。たとえばヘーゲルの哲学では、知、そして知られざるものの知識、あるいは知の頂点の問題。こう言えばいいのだろうか。これは誤謬なのか、それともついにみいだした真理なのかと。少なくとも目的は、人間が恣意的に作ったものではないし、あらかじめ与えられていたものでもない。非知が知を吸収するという考え方においては、なにも語ることはできず、三つの仮説の間でどれを選ぶか決定することはできない。

可能事が不可能事へと滑ることにおいてしか、神は考えられない。これは全般的な考察の次元でも、究極のもっとも内的なものについての問い掛けの次元でも言えることだ。恍惚的な非知というこのまったく新しい知において直面し、これに包まれた不可能事から出発して、ふたたび閉じる可能事について。わたしは究極の不可能事へとみちびかれたのである。

第二部

本書の基本的な部分。カイヨワに説明したこと、知の頂点ではもはや非知しか知覚しないということ。しかしそれなら（これはすでに以前から分かっていたことかもしれない）、知られざるものしか見ないことになる。そしてこの知られざるものは、人間のためにあるのでもなく、新しい事物でもなく、分離可能な部分でもなく、純粋な知の次元で認識される以前に、人間の行動のさまざまな側面にすでに存在していたことになる。笑うべき、悲劇的なもの、ヒロイックなもの、聖なるもの、詩的なもの、エロティックなもの、という形式で、すでに人間そのものに含まれていたということになる。

そして知られざるものには大きな部分があり、交流に必要なものだということだ。これが意味するのは、包み込み、堆積する知の側面では、人間は交流できないということ、ヘーゲルの目的論においては、知はたんなる戯れにすぎなかったが、いまや知られざるものが登場する別の目的論を構想できるということにほかならない。交流に必要な知られざるものについて語ることもできるだろう。しかしそれは神ではないのか（それが神であるならば、人間は神になることを目標とすることになるだろう）。これは滑りやすい仮説にすぎないものかもしれない。しかしいまの時点でつけ加えるべきなのは、〈知りえないもの〉は、不可能事と同じものであり、悪と同じものだということである。

第三章

第一章は一般的な説明で、第二章は第三章の導入に必要な部分となるだろう。そしてわたしは一般的な所与について、戦争と供犠を取り上げる（戦争は、第三章の世界への導入の試みであるが、供犠は本質的なテーマである）。

第二章は、原則として競争の栄誉の批判で構成すべきかもしれないが、これは第三章でやるべきかもしれない。いずれにせよ、第二章がこのテーマを導入し、発展させる。

どこかでキリスト教について考察する必要があるだろう。
実際のところわたしに本質的な意味をもつのは、次の点だ。

——第二部について

A〈主〉の世界（王‐聖職者）と〈奴〉の世界。これは供犠の戦争であり、競争の栄誉であり、ポトラッチである。

B〈奴〉の世界が〈主〉の世界になる（ブルジョワ）。最後にすべての形式の栄誉に異議が申し立てられる。

C 人間の世界。〈主〉でも〈奴〉でもなく、AとBの二重性として。

D 聖職者だけの世界。栄誉を偽造することで、栄誉を競争のテーマからとり除くことで、栄誉を救済しようと試みる。これは他者の内部に存在する世界である。

——第一章のテーマ

競争のテーマ

基本的に戦争

次に供犠

ポトラッチ

第三章では、競争のテーマの発展と個人主義化をまず検討する。これと並行して悲劇の個人主義化が進むが、ほとんどすべてがコミカルなものになる。

次に脱個人化のテーマが登場する。愛（脱個人化された愛）、自然、ポエジーである。これらのテーマの批判——変形しなければこれらのテーマが透けてみえてこない。

脱個人化の領域

理性　言語　ポエジー

科学　事物　自然

国家　人間存在　愛

理性‐ポエジー　権威と反権威

資本は力を吸収する。これは浪費するためではなく、成長しながら吸収するためである。人間の胃は食物を消化するが、これとは反対に人間の知性（精神）は、みずからに向かう。精神は最初は行動に従属するが、次にみずからに従属するようになる。企業は発展するが、なにも解放しない。企業とは生産手段の総体だからである。栄誉への貢ぎ物は、もはや支払われない。ヴェルサイユ宮殿は過剰な浪費などではなかったし、ルイ一四世の戦争も過剰な浪費ではなかった。ヴェルサイユ宮殿やこうした戦争は、成長するために資本が要求していた営みだったのである。一八世紀と一九世紀になると、奢侈な浪費は次第に切り詰められるようになる。これはカトリックの国でも、他の諸国でも同じである。資本（生産手段）は、人間の知性まで管理する。

そしてもはや資本が増殖しなくなると、とるに足らない製品の供給を停止する。これは、ある部分の循環が停止するということである。資本にとってはとるに足らない製品の供給は、成長のための条件にすぎず、資本がもはや成長できない場合には、こうした供給を拒むのである。

資本がもはや成長できなくなり、重要な製品も供給できなくなると、資本はもはや成長できなくなる。資本は、重要な製品も、とるに足らない製品も供給できなくなることを恐れるからだ。この恐れに対処するためには、分散と、企業の個性が必要である。

生産のための産業である大工場が存続できるためには、すなわち従業員に支払いを行えるためには、新しい企業を設立するか、あるいは古い企業を拡張する必要がある。それでなければ戦争が必要になる。企業は採算のとれるもののためにしか生産できない。国家が戦争で浪費することは、理論的には採算のとれるものである。

企業そのものには、いかなる浪費を行う可能性もそなわっていない。企業はそれぞれの製品ごとに、労働のための支払いを行う必要があり、支払いを行えなくなると、〈死ぬ〉のである。

この機構《マシン》を停止させると、もはや資金を配置できなくなる。資金の余剰が豪奢に浪費されていた場合には、生産を招き寄せたのだが。栄誉をもって破壊することができるのか、それとも消費者に分配することができるのだろうか。

さてここで次の略号を決めておこう。ＥＥ（資本主義的な企業全般）、ＰＰ（生産のための生産）、ＰＣ（消費のための生産）、ｐｐ（生産のための製品）、ｐｃ（消費のための製品）である。

このＰＰの従業員が、ｐｃを購入するためには、ｐｐを生産する必要がある。ＰＰの活動が低下すると、ＰＰの一部の従業員はｐｃを購入できなくなり、その分だけＰＣの活動が低下することになる。

だからＰＰとＰＣは完全に結びついているわけだ。ＰＰが生産しなければ、ＰＣは生産できない。企業全般が拡張しなければ、ＰＣは生産できない。獲得すべき力あるいは力そのものがなければ、ＥＥは成長できない。これは純粋な力に還元することのできる一次原料だけではなく、販売可能な力でもある。力を獲得するということは、販売できるものを生産することであり、これで製品はすぐに生産する力に変化する。生産する力を生産するためには、企業全般が成長することが必要である。すなわち生産する力を生産するということは、力を獲得するということである。

地上のすべての存在者は、貪欲な存在であると同時に、栄誉ある存在であり、自分の意志に反してではなく、みずから意図して浪費する存在である。だからすべての存在者は、資本とは異なる存在である。資本は、成長することができなければ、みずからを構成するものに糧を与えることを拒む唯一の存在である。資本はみずからを構成するものと分離され、これを拒む存在である。

資本の栄誉ある浪費とは、失業である。

資本は、吸収する機構《マシン》の状態に還元された地上の存在であるが、栄誉を知らない。純粋に貪婪で、道徳を知らず、栄誉のない存在の像である。

資本は濫費を望まないだけでなく、濫費することができないのである。ＰＰは企業全般の拡張を作りださない場合には、ｐｐを供給することができず、その従業員は失業し、この失業はＰＣにまで波及する。ＰＰが生産しないので、その分のｐｃをもはや吸収できないからである。

資本はたえず供給しなければならないが、資本がＰＣとＰＰの合計であるために、成長するためにしか、供給することができないのである。

ここでシステムにとっては枢要な運動、その魂とでもいうものが動き出す。これはまだ生産手段に変換されていない自由資本を望む意志であり、これがＰＰの基本的な顧客なのである。企業のこの魂は、企業と明確な形で分離されていない。これは企業のたえざる発露であり、その企業はこの発露のために生きているのである。これは生産するという貪欲な資本主義の精神であるのはもちろんである。資本主義の精神は、供給し、支払いをうけ、資金そのものを生み出し、拡張しつづけようとする。資本主義の精神とは、あくまでも遠くまで進もうとする貪欲な精神である。

こう考えてみよう。

資本主義の精神は、株式市場の利益となる形で作り出される。これは成長を望むという意味では、現実的なものである。たしかに資本の精神が存在するのは、株式市場においてだ。利益が評価されるのは株式市場であり、この評価は、拡張の全般的な可能性に応じて行われる（平和な時期には）。そしてその全般的な評価が、株式市場に固有の評価の基礎となるのである。

資本の精神は、投機というゲームによって栄誉を求める営みに戻るが、これは頂点における逃亡のようなものにすぎない。

起源にはフランクリンの原則がある。これが準拠すべき決まりであり、土台であり、資本の基本的な精神である。

だからフランクリンの原則に従う非人称の意志は、純粋で単純な貪欲さ、浪費しようという意志も可能性もない貪欲さを示すのであり、これがピューリタン的な資本である。しかしこれと、富の増大そのものは区別する必要がある。

ここで次のような法則を定めることができる。いかなる形の資本も、生産手段の生産という形で存在するために、ピューリタン的な形式を逃れることはできない。しかし個人企業の原則は、非人称という一般的な状態を通過する。生産企業Aの貪欲さは、みずからの拡張に直接にかかわるものではなく、企業全般の拡張にかかわるものであり、間接的に、まだ存在しない企業Nを媒介とするものであることもある。

この「まだ存在しない」ということが、投機を導入する。ピューリタン的な資本の貪欲さは、投機的な資本によって体現されている。フランクリンのテーマを引き継いだのはこの投機的な資本であり、この資本の運動が、基本的な形式としては非人称な形で保存されるという意味では、ピューリタン的なものであり続ける。しかし個人的な形では、もはやピューリタン的な起源にとどまることができず、栄誉を求めるものとなる。

こう言ってもいいだろう。資本の精神は、ピューリタン的な企業のうちに示されている。この企業の所有者は、自分の財産を生産のために投じて、利益は工場の拡張のために留保しておく。このピューリタン的な企業は、資本主義の産業を作り出した運動の正確なイメージであり、生産の活動と栄誉ある活動をはっきりと分離している。しかし制度が発展する中で、個々の企業には意味がなくなる。現代では資本の精神は、企業の総体のうちに体現されている。もはや人格的な形式などはない。

しかし企業の全体の意志を示すために、まだピューリタン的な資本という概念をそのまま使うことにしよう。この意志は実際には、全体として栄誉ある活動とは反対の方向に向けられているが、もはや道徳的な関心の面影はない。企業は全体として二つのグループに分かれる――生産手段を生産する企業と、消費財を生産する企業である。企業全般がもはや成長できなくなると、最初のグループの企業は製品を売り捌くことができず、その瞬間から第二のグループの企業から製品を購入しなくなる（これまで消費財の一部は労働者によって、または企業そのものによって消費されてきた）。

するとシステムはごく緩慢にしか動作しなくなり、大きな混乱が続くことになる。だから企業の全体において、産業を無限に発展させようとする意志が、もっとも非人称な形で、極めて必須なものとなる。この意志のために資本はピューリタン的な性格をおびる。こうした資本を所有するブルジョワジーは、富を栄誉のある形で使うことに嫌悪感をいだくことになるのである。

しかしこの発展形態においては、企業の貪欲さは間接的なものである。個別の企業についても、企業の全体についても、みずから力を獲得しようと、貪欲に望んでいるとは言えない。企業が望んでいるのは、製品を売り捌くことだけである。成長を望む企業の貪欲さは、ある中間項を前提とする。これがまだ存在しない新しい企業である。通常の条件のもとでは、こうした企業は自律的に誕生してくる。あるいは少なくとも、古代の企業の延長としては、将来の企業を待ち構えているこうした意志には、ごくわずかしか依存していなかった。

この種の間接的な貪欲さと、そもそもまだ存在しない中間項は、資本の投機的な意志である。この資本の投機的な意志こそが、地球の全体とすべての人間を食い物にするのであり、利用できるすべての力を、搾取の領域に閉じ込めようとするのである。

ある意味ではこの投機的な意志は、局所的なものである。これは、まだ投資されていない自由な資本から生まれたものであり、直接的であるかどうかを問わず、多くの場合は企業の利益からもたらされる。他方でこの自由な資本は、資本全体のうちで最大の部分を構成するものである。富が所有権の売却により、好みのときに回収でき、ある企業から引き出して他の企業に移すことができる場合に、企業は富をたやすく、しかも十分に獲得できるようになる。

株式市場で資金があふれているのは投資の自由があるからだが、この投資の自由が同時に投機を導入して、企業の不確定な利益がたえず算定し直されるのである。このように考えると、投機は資本の精神そのものであり、資本の精神にその不確定な貪婪さを刻印するのである。

投機の場に登場したすべての拡張の可能性が、同時に資金の流動の源泉となる運動を決定する。ところでこの運動には、二種類の意志が表現されている——資本の非人称的でピューリタン的な必要性として、資本に無限の貪欲さを与える意志と、この必要性のうちにありながら、個人の投機家に固有の自由な活動である。奇妙なことに、栄誉とは異質なものである。非人称の資本の一般的な意味にとっては、投機家が賭けをすることは重要ではない。投機家がある程度まではポトラッチの遺産である栄誉を求める個人的な貪婪さによって動かされて賭けをすることには、重要な意味はないのである。

大規模な投機には、「賭けの熱」にとり憑かれた特定の数の投機家の損失の興奮が加わる——死にいたるまで賭けを続ける投機家もいるのである。しかしこれは資本の精神をなんら変えるものではない。資本の精神にとっては、みずからと反対の精神を利用することが重要なだけである。資本の精神は賭けによって、利用できる資金の余剰を吸い上げ、最高の速度と必要なかぎりのあらゆる移動性をもって、資金を流動させる。資本の精神は、そのまなざしを二倍に鋭くするために、賭けの精神まで利用するわけである。強欲な人物はつねに鋭い目をもっているものであり、投機家もまた資本の〈目〉なのである。

しばしば起こるように、投機家が個人的には栄誉ある存在でしかなく、奢侈な消費に利益を浪費しようとも、それは〈おあいにくさま〉ということですむ。無からはなにも生まれないという原則に動かされている資本は、行動の手段を必要なところまで迅速に流動させる人々のサービスには、文句も言わずにコストを支払う。ただし、ピューリタンの真の子孫である資本の精神をまだ体現している人々は、投機家にたいしてはいくらか軽蔑的な気持ちをいだいているものである。他方ではこうした人々は、投機から生まれる熱に強い不安をもたざるをえないのである。

ところで、すべての投機家が浪費するわけではない。しっかりとした投機家は資金を蓄え、資本に投じられた金額から生まれる個人的な不正利得を資本として投じ、自分のためにに他の企業に投資する。投機から生まれる利益のごくわずかな部分が、豊かな人々の暮らし向きを潤している。

ごく一般的にみて、農業経済では獲得したすべての利益を、栄誉ある形で浪費することができたものだが[1]、これとは対照的に、資本の活用によって生まれた利益は、その大部分を企業の拡張のために使う必要がある。生産手段の製造を続ける必要があるからであり、すべてのシステムがこれに依存しているのである[2]。

しかし発展が飽和してきて、一次原料、機械、工場などの形での生産手段が、突然に用途をみいだせなくなったら、どうなるだろうか[3]。原則として工業経済は安定し、農業経済のような相対的な均衡をみいだす必要があるだろう。しかしこの状況にふさわしい形で、栄誉をもって浪費をする可能性はもはや失われている。だから浪費をしても、利益のえられる浪費をしようとするのである。たとえば豪奢な建物を建築する必要があるだろうが、これはもはや供犠としての意味を失っている。ヨーロッパの大聖堂やインドの寺院は、今にいたるまで富を燃え上がらせ続けてきた。ところがいまや、富をなんらかの形で燃え上がらせることのできる「浪費のモチーフ」はもはや存在しない。

長い間にわたって蓄積されてきた備蓄を、麦藁に火をつけるようにして束の間のうちに消費するほんものの祝祭は、もはや存在しないのである。いまや供犠の性格が根底から失われたのである。人間の歓喜を解き放つような死と自己の贈与の神秘の性格が、根っこから失われたのである。ピューリタンの道徳と、合理的で功利的な道徳の世紀が数世紀も続いたために、この方向で解決策を探すことほど、空しいものはなくなっている。他方で、均衡にもどるためには、工業が変身する必要があるだろう。しかし重工業がなくなることは、資本主義のシステムが破綻するということであり、資本主義の原動力となってきた運動が停止するということだ。

現在のシステムでは、消費する商品の費用だけでなく、これに対応する資本の拡張のための費用を支払わなければ、なにも消費できなくなっている。すべての浪費は、それが非生産的なものであっても、新しい生産力の取得に従属しているのである。これは祝祭の経済のシステムとはまったく正反対だ。祝祭のシステムでは、取得されたものはすべて、祝祭で浪費するために留め置かれるのであり、濫費に従属し、濫費を目的としている。

いずれにせよ、人間はもはや天に向かって、その栄誉ある目的を維持するのではない。人間はこの目的を放棄し、必要性に、自分の力を拡大する無限の貪欲さに還元されてしまったのである。いまやだれも、自分の力を増大するためにしか、この条件のもとでしか、浪費しなくなった。それではついに成長の可能性が失われたらどうするのか。〈怪物〉が、その可能性となりうるものを食い尽くしてしまったらどうなるのか。この瞬間から怪物は、労働がその量を増大させるという条件のもとでのみ、栄養を与えてきたものを糧とするようになることがわかる。

労働者が必需品や、有用な物品を製造するのでは十分ではない。資本の拡大する一方の貪欲さを、もはや満たすことができなくなると、労働者は消費する商品の分け前をうけることをやめる（少なくとも労働者の一部は、うけとれなくなるだろう）。しかしうけとられなかった部分もまだ存在するのであり、利用可能である。そして消費されなかったことが破滅的な結果をもたらすことになるだろう。

逆転されたシステムは、このような方法で、最初のシステムと同じ結末に到達する――価値の喪失によって、または実際の破壊によって、浪費に、消費のための商品の喪失に到達するのである。呪われた部分は、基本的には「余剰な」ものにすぎないが、このような形でふたたび登場する。しかしこの部分は「供犠で浪費される」のではなく、これが財の循環を閉塞させる。最初のシステムでは供犠は能動的なものであり、第二のシステムでは供犠は受動的なものである。

この奇妙な結果を明確に理解したければ、考察の対象を基本的なものに限定する必要がある。根本的にみて、時間の使い方が問題なのだ。

人間は働くか、休息するか、好きなことに情熱を傾けることができる（共同的な活動で、情熱が解発されるのは祝祭においてである）。あるいは戦争をすることだってできる。労働の時間はそれ自体を三つに（あるいは四つに）分割できる。第一の部分は生活の糧にあてられる。第二の部分は生産手段の製造にあてられる。第三の部分は豪奢の欲望に応じるためにあてられる（そして第四の部分は、戦争のための道具の生産にあてられる）。

第三の部分として考えるべきものには、芸術作品とその付随物（建物、公園、彫刻、家具、絵画、音楽、文学、出版）、祝祭、見世物、崇拝と聖職者の維持、ゲーム、スポーツ、装身具、ある種の飲料、コーヒー、賭けごとや舞踊のための施設、多数のレストランとホテル、快適な旅行や観光に必要なすべてのもの、美しい自動車、馬、売春、そして最後に煙草などがある。売春や文学など、多くの場合、どこまでが労働で、どこまでが情熱の戯れなのか、判別しにくいことがある。科学そのものも、情熱であると同時に労働である。科学には労働と同じように、豪奢な側面と、生産手段としての側面がある。

中世の社会と現代の社会を比較してみると、簡単にまとめることはできないが、次の点は確認できるだろう。

まず中世では、貴族や聖職者など、労働に従属しない人間の数はかなり多かった。また、労働者の毎日の労働時間も長かったが、仕事を休んで祝祭を祝う機会も、いまよりもはるかに多かった。そして栄誉のための建物に投じられた労働時間の比率は、現代よりも限りなく大きい。中世では大聖堂が人々の住居を圧していた。ニューヨークで、商業的な利益にかかわらない建物が、摩天楼を圧している状態が想像できるだろうか……。

贅沢品の製造のために利用できる時間は、かつてはかなり長かった。質を高めるために、あらゆる手を尽くしたくらいである。量的にみて、日用品にたいする贅沢品の比率がいまと違うかどうかは、定かではない。これにたいして現代では、多数の日用品に、贅沢品のような偽りのみかけが与えられている。

中世では非生産的な浪費の最大の部分は、まだ贈与の体制のもとで行われていた。これは現在と反対である。中世の祝祭、騎馬試合、神秘的な体験が、現代の映画、演劇、スポーツ大会に対立する。映画はアメリカでは二番目に大きな産業である。現代のいくつかのスタジアム、教会、豪奢な建造物は例外だが、映画館、劇場、遊園地は商業的な施設である。

全体としてはっきりとしたものではないが、現代では質の低下、安物の奢侈品の普及、煙草、個人的な富を通じた個人主義の傾向が明確である。これは次のような段階を経て進行したはずだ。まず第一期には、すべての人のための集団的な見世物が催され、第二期には富が不平等に分配されるようになり、ついに第三期では、富は個人の間で平等に分配されるようになる。

こうした質の低下には、個人主義化と商業化の二つの道があるが、とくに深刻なのは商業化である。これは原則として利益を最大にすることを目的とするものであり、貯えをもたらさない奢侈な浪費に耽ることができなくなる。このように、人間が栄誉ある目的のために生きているという意識が失われ、経済的な目的が圧倒的なものとなる。

カルノーの熱力学の法則は働かなかったのだろうか。エネルギーの質の低下は発生しなかったのだろうか。ところが浪費は実際に、エネルギーの生産と比較できるのである。浪費されるのは太陽エネルギーで、地球に伝達される際に獲得されたものである。このエネルギーは獲得されたものであるために、仕事をするエネルギーとみなすことができる（たとえば水の仕事）。生命はこれを利用することができるし、生命の基本的な原則は、栄誉の原則である。しかし太陽エネルギーと同じように、生命を従属させることもできる。馬や石炭の仕事のように、働かせることで、あるいは消費することで、生命を従属させることができるのである。

いくつかの異なった種類の仕事がある。まず自由な仕事と従属した労働を区別しておこう。ほとんどすべての労働は、従属的な方向に発展した。従属的な労働とは、他者の栄誉のために向けられて浪費される労働である。

太陽の仕事は、気づかれることはなく、栄誉を保っている。また水の仕事も、もはや気づかれることはない。消費された植物の仕事は、栄誉ある性格が変質することはないが、抑止される。消費された動物の仕事も、植物の場合と同じ意味をもつ。

次に動物製品の仕事がある。動物製品は、牛乳のようにある目的をもって集められた物質であり、栄誉ある物質ではない。しかし飲まれるという唯一の意味しかないので、牛乳の栄誉は飲まれることにある。また役獣の仕事は、他者のための仕事であり、野生の動物の栄誉の性格を喪失している（去勢された牛をライオンと対比してほしい）。原則として、栄誉の部分はごく少ない仕事である。

それぞれの種類の仕事について、名前と正確な表現方法をみつける必要がある。太陽や水の仕事は、ありあまる仕事である。肥料、植物、死んだ動物の仕事、役獣や奴隷の労働、資本のための労働、そして資本の労働がある。

まず自由なエネルギーが放出される。これは太陽エネルギーである（地球のエネルギーでもある）。この自由なエネルギーは、一つまたは複数のシステムで獲得できる。このシステムは最後にはエネルギーをふたたび放出する。こうして、植物は太陽のエネルギーを吸収し、動物に食べられ、動物は人間のために仕事をし、やがて人間に食べられる。エネルギーと同じように、人間の糧は労働のうちでもたらされる。人間の労働は、二種類の方法で吸収される。現在の条件では基本的に、資本主義的な企業と工場によって吸収されている。

植物の仕事では、エネルギーが蓄積される。植物は生長し、エネルギーを蓄積し、花を開き、実を結ぶ。花卉《かき》と果実は栄誉あるものであり、栄養の摂取と同化は、植物の仕事なのである。同じように、動物の仕事でも、栄養の摂取と同化の仕事が基本的なものである。動物でも植物でも、仕事はエネルギーの放出と対立している。仕事とは、エネルギーを吸収することなのである。エネルギーを放出するのは、あとで吸収するために役立つからである。

しかしこれは人間の労働の定義ではない。人間は劇場で働くことができる。そして支払いが行われる。労働するというのは、支払いをうけることである。だから人間の労働は、自己のための労働と他者のための労働に区別できる。他者のための労働は自己のための仕事の一部である。労働者であれば支払いをうけるし、家畜であれば飼料をもらう。そしてすべての人のための仕事もある。

労働においては、労働者が放出したエネルギーは、製品が吸収する。しかし製品によるエネルギーの吸収は、つねに二つの側面に分割できる——栄養の取得と、同化と変換である。まず生《なま》の生産物の栽培（収穫するための生産）と獲得（漁獲、狩猟、採取）がある。次にこれが消費の場所まで運ばれる。栽培とは、生産物を収穫するために、他者の仕事を用いることである。第二の側面は、利用するために生の生産物を同化し、変換することである。

人間は、光、熱、栄養物、衣服、建物（芸術作品）、消費のための器具、労働のための道具などを生産する。生産の基本的な部分は、栄養の摂取に向けられるが、これには能動的な摂取（栄養物と熱）と、受動的な摂取（食品の保存、衣服、建物、すなわち栄養を摂取した存在の変換）がある。建物、衣服、器具、道具は、人間のさまざまな機能のために、人間存在に追加された部分である。この人間の機能には、エネルギーを吸収し、消費すること、吸収したエネルギーを保存すること、労働すること（消費や労働の保存に必要なエネルギーを生産すること）がある。

さらに大きな力のために、存在に変更が加えられる。変容のための活動としての資本主義は、つねに一時的なものにすぎない。これはすでに知られていることだが、委曲は問わず、社会の通常の状態では栄誉ある人間が存在していたのであり、これは変容の摂理で調整されることはなく、相対的な飽和点に、栄誉ある人間にもどる必要がある。資本主義そのものが一つの危機である。農業経済では、ゆっくりとした変化はあったが、危機はなかった。

人間のすべての欲求が満たされていないと言われるが、これはたんなる言葉の綾にすぎない。欲求には限りがない。いずれにせよ、社会の通常の状態にもどることを考えるべきときがきている。通常の状態というのは、エネルギーの戯れの条件によって規制される状態である。わたしたちはつねに大きなエネルギーを獲得しようとしている。しかし獲得されたエネルギーは支出する必要があること、エネルギーの獲得は一つの中間的な段階にすぎず、吸収されたものは返還する必要があることを、よく理解する必要がある。

大地と人間は、太陽光線が通過し、再配分される場所にすぎない。しかし人間を太陽光線の通過する場所と考える場合には、死の意味と結びつける必要がある。(供犠の章の最後のどこかで、冶金についてとりあげる。わたしたちがもはや守っていない鍛冶屋のタブー。) 栄誉に変えられた労働、力に変えられた労働。

わたしたちが労働のうちで消費するエネルギーは、吸収されたエネルギーである。労働とは、エネルギーを放出することである。放出されたエネルギーとは、もともとは獲得されたエネルギーである。人間は自分の力を強くするために、人間が放出したエネルギーを獲得しながら労働する。

エネルギーの放出という視点でみると、労働するのは一人の存在者であり、この存在者は自分が放出したエネルギーを獲得しなければならない。また獲得されたエネルギーという視点でみると、労働はエネルギーを獲得する必要のある存在者にかかわる。しかしこの二人の存在者は、同一の存在者ではない。

すべての労働は、存在者の力を増大させる。しかし力は消費によって実現される。そのわかりやすい例は、自分の労働で作り出した生産物を、食料として摂取する農夫である。あるいは小麦粉の生産のための労働である。農夫の納屋に保管された小麦粉は、農夫の力を増大させる。しかし翌年のパンを生産するために、農夫は小麦粉をパンにして食べる。

現実には、食べることは力を実現することである。食べることは消費することであり、エンジンでガソリンを消費することと同じである。

食べるという事実には、二つの側面がある。一つは消費し、自由なエネルギーを放出するという側面である。日曜日にはおいしい食事をして、おいしいワインを飲み、祭を祝う。もうひとつはエネルギーの獲得の側面であり、労働で獲得したエネルギーを放出することである。ここでは食べるたのしみは最低限になる。

農業経済には、祝祭によって、武装した人間によって消費することのできる余剰がある。さらに畑では、労働のために使われるエネルギーの放出には不要なものも生産される。少なくとも、支配された労働（奴隷）の代わりに、役獣の仕事が利用されるようになった瞬間から、栄誉ある条件が生まれる。

しかしこの栄誉ある条件は資本主義とともに失われる。生産の余剰は、新しい生産設備のために利用されるようになったからである。

こうして次のような回路が生まれる。まず力を獲得した**主**と、エネルギーを放出する**奴**が生まれ、**主**は、**奴**に生産させるために、**奴**に栄養を与える。残りはどうすることもできないので浪費する。この残りとは、贅沢品を作り出すために利用された**奴**の仕事の時間であり、農夫がそのための栄養物を提供する。

これにたいして資本主義では、農夫が提供したこの栄養物は、生産手段を増大させるために使われることになる。**主**と**奴**に分かれるまでは、無礼講の祝祭があり、黄金時代があった。

労働には、エネルギーを放出する存在、獲得する存在、放出し獲得する存在（同じ存在者）、支配することで、放出し獲得する存在（異なる存在者）がかかわる。

エネルギーの放出、すなわち労働によって、獲得する存在の力が増大する。取得された力は、浪費において実現される。獲得する存在者は、エネルギーを放出しながら、放出する存在者に栄養を与える（単なる継続）。あるいは、自由なエネルギーを放出しながら、新しい生産手段を作り出す。

実際には、獲得する存在者はつねに放出する存在者でもある。しかしこの存在者にとっては、労働するということは、労働する者に栄養を与えることである。

労働を理解するのが難しいのは、主人が働くということだ。貨幣を支払うことで（食料と、一般に肯定的または否定的なエネルギーによって、栄養物、衣服、住居）。

ということは、労働は兵器や決定の精神の利用と結びついているということである。

獲得するものの力は次のように増大する。

A　獲得したものを放出することを目的として獲得する。労働力を購入する能力、エネルギーを放出する能力。食料、衣服、住宅を所有することで、そして労働手段を所有することで。

B　自由なエネルギーを放出することを目的とした獲得。

この問題を展開する前に、休息、怠惰などをとりあげる。

自由な放出を目的として、放出されたエネルギーを獲得することは、獲得したものを放出することを目的として、放出されたエネルギーを獲得することとは違うことを示す。

単一の動作で、エネルギーの利用の投入を複数化すること。

社員の雇用。

貨幣とは、利用できるエネルギーである。これは黄金の原理のうちにある。ほんとうは武装した力である黄金は、武装した力が選んだ〈賭け〉である。黄金は、武装した力を引きつける。黄金は〈拘束〉であるが、拘束の領域から他の領域に交換できるものである。〈拘束〉とは、エネルギーを手にすることだ。貨幣とは、非人称な形でxに与えられた命令である。

すべてのエネルギーは、〈拘束〉のもとにおかれる。武装した力をもつ者だけが、自由な放出を望むことができる。その他の者は、すべてのものが獲得された状態にあることを要求するだけである。

獲得されたエネルギーを放出するために、あらゆる最適な形式で放出される。

エネルギーの余剰は、どうしても呪われた部分になる。

もっとも古いシステムでも、道徳の圏域はすでに、労働によって、日常の活動によって制限されていた。道徳とは俗なるものなのである。道徳を作り出すということは、聖なる領域と俗なる領域が和解することである。

制裁の場面で、俗なるもののうちで聖なるものが必要とされる。制裁しうるためには、聖なるもののうちに道徳的なものが含まれる必要があるからだ。

ここで可能なことと、不可能なことが和解する。

聖なるものの領域は、不可能なことの領域だ。道徳の問題とは、不可能なものから可能なものを作り出すこと、神と理性を和解させることだ。

一つの道は、聖なる要素なしに道徳に到達すること。もう一つの道は、聖なるものの要請を道徳として表現すること。

過剰生産の危機における呪われた部分。

贅沢品、戦争、エネルギーの過剰について判断せずに、呪われた部分は不可能なものの彼方に進むことはできない。人間に必要な迂回路。すべてのもののいかがわしい態度。

基本的な問題。

労働を減らして、休息し、エネルギーの消費を少なくすることはできないのか。

労働で獲得したエネルギーの総計は、〈拘束〉の大きさに応じたものではないのか。エネルギーを獲得する武装した力ではないのか。

武装した力をなくすことで、過剰なものをなくすことはできないか。余剰なものは、武装した力がまったくコストをかけずに手に入れるという事実、あるいは武装した力にはまさに好都合なものだという事実から生まれるものではないか。エスキモーにおける余剰とはなにか。

それとも余剰が武装した力を可能にするのか。

言い換えてみよう。エネルギーは欲求をもつ人間のうちに存在する。エネルギーが過剰に存在することがどうして可能になるのか。

植物のうちで、エネルギーは過剰に存在する。

人間のうちでエネルギーが過剰に存在するなら、人間の意志とも、人間の恣意ともかかわりがない。

しかしこれについては、武装した力が欲求によって作り出されてきたこと、欲求によって戦争が発生する場合が多いこと（侵略）は注目すべきことだ。

エネルギーを放出するうちに、欲求と、〈拘束〉のために生まれた欲求の特定の形式が、最初に運動を起こさせ、運動を規制する役割を果たす。しかし利用できるすべてのエネルギーは、欲求とかかわりなく、なんらかの形式で放出される。

ここでは〈拘束〉は、増殖させる役割を発揮する。過剰の一部を生み出すのは〈拘束〉である。過剰を要求するからだ。しかし〈拘束〉にあたえられたエネルギーはまた別の余剰を作り出す。

〈拘束〉は余分に追加されるものであり、これが過剰な部分を増大させるが、過剰そのものを生み出すわけではない。

しかし〈拘束〉と余剰のあいだにはある種の結びつきがある。〈拘束〉を行使することは、男性の生殖能力の過剰と結びついているからだ。

男性の生殖能力は、余剰そのものの表現である。

わたしたちは、太陽がエネルギーを獲得することなく、エネルギーを放出し続ける条件を理解していない。

しかしシステムから外れたすべての粒子は、エネルギーを獲得する必要がある。

エネルギーを獲得するためには、最初にエネルギーを支出する必要がある。これが仕事の原則だ。

この粒子にはまず次の二つの目的がある。まず支出しただけのエネルギーを獲得すること。これは保存である（これをタイプAと呼ぼう）。次は最初に支出する以上のエネルギーを獲得することである（これをタイプBと呼ぼう）。これは自分の力を拡大するため（タイプB1）、そして過剰を支出するため（タイプB2）である。どちらも生産である。

人間の営みとは、このシステムからの分離、孤立、結びつき、再獲得であり、ここで栄誉と苦悩が結びつく。

交流は、切り離されたものをふたたび結びつける（部分的に）。太陽の融合に戻るか、放出された融合の方向に。

はっきりしているのは、いずれにせよ、ひとたびエネルギーが放出されると、タイプAの獲得は一時的なものでしかありえず、タイプB1の獲得も一時的なものだということである。

しかし状況に応じて、次のような異なる可能性を見込む必要がある。

つねに支配と〈拘束〉の問題が提起される。草食動物が植物を拘束する。肉食動物が草食動物を拘束する。人間がすべてのものを拘束する。一部の人間が他の人間を拘束する。しかし支出は規則的に段階をおって増大するわけではない。支配と交流の弁証法は、ヘーゲルが描いた〈主〉と〈奴〉の弁証法だ。支配することで、交流に必要な力を獲得できる――同時に孤立も。

それでも〈拘束〉がいかなる役割も果たさないシステムを想像することはできない。しかしこれをなくすことが必要なのだ。拘束のないシステムはない。しかし反対に、余剰のないシステムもない……。

時間における変化。資本主義の哀しさ。浪費されるエネルギーの減少。これは〈拘束〉の減少に応じたものであり、〈拘束〉の減少は、施設と、成長の利益の少なさと、資本主義の自由の必要性に応じたものである。成長の飽和点で、〈拘束〉が復帰する。

資本主義は〈拘束〉に抗う。〈拘束〉は過剰につながるからだ。そもそも〈拘束〉とは、意志の表現以外のものではない。

これは資本主義と結びついた抑圧だ。少なくとも、そう呼んでおこう。これは沈滞した状態から脱出するための防衛的な営みであり、能動的な性格はまったくない。資本主義とは、無気力なのだ。沈滞からぬけださせるには、介入というただ一つの方法しかない。

この章の構想にとって重要なテーマ。

個人にとっては、アステカ族の行動は神経症的なものである。

競争の栄誉から、キリスト教を経由して、透明へ——個人化と結びついた脱個人化。

歴史的な発展と、主奴論の弁証法。

キリスト教は**神**だけのために、競争のテーマを解消する。分散された王の特権のような救済。

理性、科学、国家のうちでの脱個人化、次に詩のうちで、自然のうちで、愛のうちで。

精神の自己消化。自己消化は、ブルジョワジーの発展と結びついた一般的な事実である。

難点をさらに一般的な形で考え直すこと。放出と獲得が平等になる傾向がある。

無気力としての資本、分割され、無力なものとして。

キリスト教と結びついた資本、これは疲労の兆候だ。

消費のために生産するというのはなにを意味するのか——自由な放出に向かうのでなけ

ればｏ しかしまず無秩序を導入する必要がある。

ブルジョワと大領主の違い、平等な富を支出するさまざまな方法の違い、同じ富をもつブルジョワと労働者の違い。労働者はまず純粋な刺激のために支出するが、プチブルはまず競争の栄誉のために支出する。

支配的なブルジョワジーには、まず離脱が、支配的な階級と対立する技が結びつく。趣味の違い、結局は同じような醜さ。ブルジョワジーの技と対立するのは、アリアドネの糸を手放さないことだ。アリアドネの糸は、控え目に生きる技だ。

呪われた部分の考え方と、濫用を償うための供犠の理論は、濫用を同等なシステムのうちに入ることと定義することだ。

歴史が終焉したら（歴史が際限なく続くとは想像できない）、人間は人間だけとともに生きるだろう。

構想

簡単な序論

資本主義の機構を説明する、投機。

章の配置の問題、変更はあるか。

［余白に ここで発明について、価値判断について、休息について］

a　中世と比較した評価（資本主義以前）
b　一般的な意味での問題の提示。エネルギーはつねに放出される必要があるということについて。
獲得と放出の原則（カルノーの熱力学の法則に反して）。
―変動の一般的な意味
競争の栄誉の批判ということだ。
個人は制度に抗する。しかしこの個人とは、個人的な名誉の否定であり、個人の自由でもある（根底において）。透明性。
a　否定的な闘い、理性、科学、国家
栄誉の視点からみた闘いの利点
b　屑としての神経症
c　肯定的な闘い、詩、自然、愛

▼ガリマール編集部注1――この手帖五の数ページは、「ニーチェの笑い」（全集第六巻四七六～四八四ページ）のための注と、一九四二年の詩『オレステイア』（全集第三巻五二四～五二六ページ）の下書きの間にはいるものである。
［1］――ほとんどすべてが戦争に流れ込む。

［2］——貨幣についてのこれまでの考察が正しいとして、この件は労働時間の利用の問題で解決できることを示す必要がある。雇用された労働者の時間は、生存のための消費、生産手段の生産、贅沢品の消費に分割される。最後のものは、贅沢品の生産労働者（アーティスト）に許された生の便宜である。

戦争について一章追加すること。

ひとつの階級の閑暇について、すべての人の閑暇について考えること。中世における休日の数。最後に、道徳の問題がある。生活が苦しいほど、贅沢品のために浪費する。対立するのは、快適さを求めた浪費、閑暇、休息。

資本主義と安逸の関係。諸階級の間に連帯がないため、原動力が全般的に緩む。これは「贅沢品」がないため、だから道徳的で生命力のある大きなシステムがないため。存在するのは、不条理な搾取のシステムであり、誰もがこのシステムから逃れようとする（安逸、生からの逃走）。生活の辛さ——宗教的または軍事的な供犠と必然的に結びついた贅沢の基本的な条件として。

序文では、わたしの生と極限の原則を。とりあげたどの場所でも、疑念が拭えない見識を超えるものはない。それでも科学的に提示すること。

［3］——以前はこの断章の原則は、製造したものでなければ消費できないというものだった。

〔トーテミズム〕［封筒六五、一の三］

一九四二年一月、クレルモン・フェランにて

一、トーテム的な状況

規則――犠牲にされるもの、それは摂取するもの、不法に吸収するものである。

だから人間が奴隷の場合には、人間が生け贄になる。

知性が隷属している場合には、供犠の狂気に。

二、みずからを構築しながら、空虚であることによって、交流は終わる。自己のうちに身を引く。王にはまだ奴隷も臣下もいない。そして人々が王を殺す。

三、軍事的な指導者、〈主〉が敵と対立する。まだ普遍性を実現していないが、対立のうちに存在しているので、王を殺すことはできない。そこで人々が〈奴〉になる。こうして王は奴隷をもった。王みずからは、交流から身を引いている(ピラミッド、オベリスク)。王は身代わりの者を殺すが、奴隷は不満なままに遺棄され、その状態をうけいれることができない。

征服のための戦争は、隷属した状態を引きのばしながら、問題を破棄することにすぎない。戦争はある程度の人数の人々を満足させ、満足する人の数は次第に増えてくる。しかし満足しない人々の数も増える(ローマ帝国では、不満な人々の一部が帝国の外部で発展し、これが破滅的な事態をもたらした)。

ブラフマン、王

中国

投入[1]［封筒六五、一五〜一七］

投入論

本質的な部分

生産されたエネルギーの部分の全体が、剰余として投入される。

エネルギーの三つの部分

a　待機に投入

b　利用に投入　α　生産のために、すなわち解消され、利用からとり出される

β　現実の利用状態

α＝行動に投入　β＝検討に投入

区別が困難。

それぞれの方向で、残滓が発生する。

精密な用語では、「待機に投入」と「利用に投入」に分類され、「利用に投入」はさらに、「行動に投入」と「検討に投入」に分類される。

実際に投入されるのは、「行動に投入」される場合だ。「利用に投入」という用語は、「検討に投入」だけに使うべきである。「行動に投入」するのは、「できるかぎり利用」の

うちからとり出される。

利用の定義?

原則として浪費。

しかし太陽の場合に比較できるような純粋で単純な喪失はない。

エネルギーは自然の所与を越えたなにかに転換され、それにたいしては投入を削減できる。

投入の本質、わたしたち自身。
ある場合には全体——死の危険。
ある場合には部分——エネルギーの浪費。

守るべき順序
1　一般的な原則、余剰を利用するための投入
2　利用の定義
3　投入の定義
基本的にエネルギーの余剰は次のものを意味する。
わたしたち自身
わたしたちが利用できるさらに多くのエネルギー

＝生産手段を除くすべての富
しかし浪費されるものは、根本的には生産に必要だったエネルギーである。
実例
奢侈品
生の全体、部分は表象にあてられる
生に必要な糧など
表象のために必要な事物（教会）
エロティシズムに必要な事物
競争の栄誉のために必要な事物（戦争とみせびらかし）
生産の手段や、生産に結びついた事物でないすべての事物

笑い、エロティシズム、涙では、エネルギーは現実的なものである。戦争においても。

ほんらいの意味での物理的なエネルギー——エロティシズム、笑い、涙、踊り、歌。

死では、エネルギーは展開されないが、利用できるエネルギーは、死によって所有されることで解消される。

祝祭——物理的なエネルギー
大量に消費される糧——酩酊

供犠で使われるもの

贈与

祝祭のための建造物、器具、衣服

これらのすべては表象のために利用・投入される。

世界の表象に到達する。

表象は超越のために必要である。

行動への投入では、投入には二重の性格がある。労働と自然の所与である。

検討への投入では、次の二つのものがある。a 利用に投入されるエネルギー?＝γと、

b 自然の所与である。

このγと、利用に投入されるエネルギーをつねに区別すること。

笑いでは

a γ

b 利用に投入されたエネルギー

c γが示唆した所与（これも行動・投入のうちにある）

これらのすべてが笑いの浪費である。γとは、不安（x）を克服することである。

▼ガリマール編集部注1――これよりも前の部分の原稿は、『不可能事』の「オレステイアであること」の注（全集第三巻五三六～五四〇）である。

（利用のための投入）〔封筒六五、二二一～二二六〕

投入は、そのままエネルギーの余剰分になるわけではない。根本的には余剰分であるが、この余剰分が利用されるエネルギーの形をとるのである。さまざまな局面における地上でのエネルギーの運動様式を決定しておかなければ、精密に述べることは困難である。

次のようなものがある。

a　単純で直接的な浪費（企画なし）――笑い、涙、エロティシズム

b　企画に従って媒介された浪費（労働）。食料については、媒介された浪費は調理にまでいたる（調理を含む）。

すべての労働の製品は、エネルギーの浪費とみなす必要があるが、労働の時間と消費の時間という二つの時間に分かれた浪費である。消費が生産のために役立つならば、これは浪費としては無効になる。これは中性化された浪費、閉じた労働となる。これに反して、開かれた労働、遅れて行われる浪費がある。しかし消費者が生産者と、すなわち労働者と

明確に異なると、この開かれた労働は労働者にとっては、給与が自分の労働を続けるために役立つという意味では、閉じられた浪費になる。

用語　単純な浪費

　遅れた浪費（労働）

a　中性化された浪費または閉じた労働

b　浪費または従属した労働

消費されない生産は（あるいはまだ手がつけられていないか、これから使うことができるもの）、待機状態で投入されたエネルギーとなる。

それぞれの製品について、エネルギーがなんらかの意味で浪費されているが、浪費はまだ消費されていない。

　ところで労働がほんらいの意味での浪費ではなく、エネルギーの蓄積となることがある。労働の製品は、待機状態で投入されたエネルギーである。ある製品を消費するということ、製造のために必要であったエネルギーを消費するということである。現金は、待機状態で投入されたエネルギーを利用できる形式である。現金は、製品を作るために必要であったエネルギーを代表する製品である。現金はさらに蓄積されたエネルギーでもあり、製品を売る者は、ある蓄積されたエネルギーの総計を、他のエネルギーの総計と交換するのである。

肘掛け椅子という製品のうちに、実際の意味でエネルギーが蓄積されているわけではない。しかしこの肘掛け椅子を製造するためにある量のエネルギーが浪費されたのであり、このエネルギーはまだ消費されていないのである。

供犠の価値

戦士　α

　戦闘者のエロティックな価値

　ヒロイックな死の犠牲としての価値

女性の身体　ρ

　娼婦と戦士の関係

　娼婦の犠牲者としての価値

　猥褻のコミカルな価値

供犠の犠牲者　θ

　戦闘の犠牲者

　聖なるもののコミカルな価値

コミカルな対象　β

　悲劇的、神秘的、叙事詩的なヒーロー、言葉と思考

言語の創造　ω

α、ρ、θ、βは壮麗化によって、ωが作り出したものである。

ρとβにはどこかθの要素があり、αとωにも。

これらのすべては、ωとの関係で考察すれば、θに還元できるだろう。

[抹消　エロティシズムにおいて]

威厳は動物性のうちに失墜する（子供っぽさ）。

子供っぽさ、動物、無限の笑いは、供犠における死のようなものであり、裸に剝かれたエロスである。

二つの圏域の相互貫入。

大きな圏域と小さな圏域。

『呪われた部分』第二部の序[1]　[封筒六五、六六～六八、七二～七八]

知識を目的とする書物が、すべて完成されたと自称するとはいかなることか（まだ鎖の輪にすぎないのに？）。この書物は、以前に書かれた他の書物に起源をおいているだけでなく、最後の部分は、まだ書かれていない。まだ進行中の書物なのである。この書かれていない最後の部分だけでも、すでにこの書物が「完成されたもの」であることに異議を申し立てる。それでも著者はいつも、自分の著書が未完成という性格をそなえていることを隠すものだ。書物は住居のように、図面に基づいて著される。図面は作成されたが、建物はまだレトリックの孤立のうちにとどまるのである。ある書物のつく嘘とは、完成されたものであるという外見であり、著者の文学的な手管によって、書物にこうしたみかけが与えられるのである。

たしかにこの方法には利点がある。読む者に、その書物が静謐な権威をそなえているという印象を与える。悪意までもその恩恵をうける（批評とは、著者のうちに共犯者を感じる行為だろう）。著者自身も完成された仕事という虚構に、まるで必要な規律でもあるかのように、従っている。書物を完成するという気遣いによって生まれる大きな緊張感は、偏見なしには捨てられないのである。

ふつうの営みなら、規模は大きいほうが望ましいだろう。しかし問題なのはむしろ形式である。あらかじめ定められた図面に従って、著作を書くというのは、わたしには奇妙に思われる。それは、実行することとは独立して結果がすでに獲得されていることを前提とするからであり、実行のすべての期間にわたって思考が不動であることを想定するからである。

たしかにわたしは図式を利用する。しかし図式の奴隷になるのはごめんだ。わたしにとっては実行の時間は、懸念の時間である。わたしは変わり続ける。わたしは数年前からこの著作を引きずっている。そして始めた頃とは別の方法で進めることを決めた。これまで、すでに獲得したものを表現するように試みてきた。これからは、未完成な運動をそのままで翻訳することを試みたい。

第八章

フランクリンについて検討した直後で、次のような一般的な検討を導入する必要がある。資本主義は過剰を生産力の発展のために使うことで、過剰がもたらした問題を解決した。資本主義がするのは、二つの合計値の差を大きくするだけである。

二つの曖昧な問題が残されている。必要なものはなにかが、不確実なのである。〈拘束〉の役割、労働時間は削減できるだろう。〈拘束〉の問題は、戦争の章でふたたび検討すること。しかし労働時間の削減の問題は、可能性として取り扱う。

剰余の増大にたいして、これは次の三つの方法で改善された。

a　浪費の個人主義化

b　固着——余分な浪費を必要な浪費に転換すること▼2

c　労働時間の削減

第九章
資本主義が個人主義化を発達させる。

個人主義化についての章。この章では、中世と現代における非生産的な浪費の種類の一般的な表を提示する。

競争と濫費の維持。

共通の価値の感情が喪失したこと。その意識の喪失。

個人の浪費は、個人には非生産的なものであり、一般には生産的なものである。

第一〇章
余分な浪費の固着の努力。
最低の生活水準を、実現された水準よりもはるかに高くすることで、これを発展させる必要がある。
(労働時間の削減についての章ではない。固着と削減を近づけて考えること)。

第一一章
剰余の永続的な性格
呪われた部分

資本主義の必然的な失敗であり、いかなる均衡を作り出すこともできない。しかし資本主義の彼方では（しかしその境界において）、労働時間を短縮することが可能だろう。

いま語ることができるのは、資本主義がある不決断を、不確実性をもちこんだということだけだ。資本主義は、〈拘束〉がすでに性質を変えていた原初的な所与をかき混ぜた。しかしある時点で、いまどこにいて、これからどこに進もうとしているかを判断するのは困難である。

動物の世界について検討してみると、土台が必要であると考えるようになる。

エロティシズムと競争、生殖。

人間の世界において、祝祭と戦争。

エロティシズムの呪われた性格。祝祭と戦争の呪われた性格。

資本主義的な蓄積がこれに加わる。

蓄積が呪いを完成する。

祝祭だけが消滅した。戦争と産業は残る。

第三部

第一二章〈拘束〉

新たに第三部とする。

労働は、祝祭におとらぬ呪いだということができるだろう（聖書）。

基本的に〈拘束〉は、生存する必要性から生まれるものだ。

栄誉ある浪費の気遣いから生まれたものを、〈拘束〉と考えることはできない（階級のない経済で）。

しかし階層化された経済では、もっとも弱い者は、最強の者の栄誉ある浪費の費用をまかなうものとされている。最強の者は、純粋かつ単純に栄誉ある存在となっている。

これが〈拘束〉だけで可能になることはありえない。〈拘束〉というのは幻想なのである。抑圧された唯一の自由は、拘束する自由だけである。

知的な意味では、もっとも偉大な自由の時代は、〈拘束〉の抑圧に先立ち、拘束がゆるんだことを想定する時期である。

第一三章　競争の栄誉

口実。最初の運動として、栄誉が都市に与えられている。

第二の運動は神に向かい、有用性は人間に向かう。一般に都市とは独立している。

すべてのものを浪費するという法則は、利益によって根拠を示すこと。

第一四章　イスラーム

戦争の利益だけのために、浪費を抑圧すること。

コーランを読む。

軍にほかならないイスラーム社会では、供犠が消滅した。

供犠と軍の精神は両立できない。

しかしイスラーム社会では、王をなくすのではなく、王から普遍的なものを作り出した。

これは競争の栄誉の視点からみると、同じことになる。

第一五章　福音主義的なキリスト教

透明性へ、競争の栄誉の抑圧へ、神における競争の栄誉を神に吸収することに向かう方向。

第一六章　ロマン主義

自然、愛、ポエジー

過去のノスタルジー

第一七章　透明性

これは明晰な意識である。
競争の栄誉の抑圧
自律は自己の放棄のもとで実現される。

▼ガリマール編集部注1——この構想は、一九四三年のものと思われる。前述の構想Cについてのものか。

▼ガリマール編集部注2——余白に「ネクタイ」と書かれている。このページは一九四二年二月に書かれたもの。本文の「個人的な浪費の袋小路」の部分を参照されたい。

第4章　一九四四年三月の断章

世界の運動▼1 ［草稿六、『ニーチェについて』の原稿、ページ番号なし］

わたしたち人間は、自然から生まれた。でも、自然の〈製品〉にすぎないものではない。人間は自然から身をもぎはなすようにして生まれる。海綿が海のなかで生きているように、人間は宇宙に存在しているのではない。人間は宇宙のうちから〈登場〉してくる、あるいは登場しようと試みている。いわば人間は宇宙や自然から、〈身を乾かす〉ようにして登場する。人間は宇宙から自律した存在であろうとするのである。

人間は自然から〈身をもぎはなした〉のだが、これはわたしたちが恐怖や不安を感じるとき、あるいは強い快楽を味わうとき、笑うとき、一般にわたしたちが生きているときのふつうのありかたと、それほど異なるものではないはずだ。人間は、「わたしは存在する、わたしの眼前には自然がある、わたしは自然から身を分かちたい」などと宣言して、意図的に努力して、生まれてくるわけではない。無について考察する以前から、わたしたちは相対的な自律性を確保しようとしているし、さらに自律を強めようと願っている。

動物たちもまた、それぞれ享受しようとしているし、苦痛や死から逃れようとしながら、相対的な自律を確保しているし、さらに自律を強めようと望んでいる。わたしはこの動物の自律とは、物質の微細な粒子のさらにぼんやりとした自律を拡張したものだと想像しているが、この想像は意味のないものではないだろう。これがもっともわかりやすい形で表現しているのは、存在し続けようとする意志である。動物は脆弱なために、この意志は悲劇的な意味をおびるようになる。

自律しているという事実はまさに、他者ではなく、自己自身であるという事実である。しかし自律というものは、どれほど確実なものと思えても、つねに危ういものである。その意味では動物であるということは、人間からみると自律の喜劇のようにみえる。そもそも動物は、この相対的な自律を意識していない。たしかに動物は自己であり、自己であろうとしている。動物は死から逃れるが、動物が一般的な意味で存在を意識しているとしても、動物は自分が自己であり、他の存在ではないことをまだ知らない。

動物は、孤立を予兆のように感じているようだが、現実の孤独は、戦いの収縮において望まれた孤独である。動物は死ぬまいとして、死ぬまでこの戦いを続けるのである。しかし動物はわたしのように、死ぬのではないかという強迫観念はもっていない。わたしはじつのところ一生を通じて、死という強迫観念に脅かされ続けねばならない。わたしたちのすべてに、この死の影がさしている。そしてこの死の影なしでは、わたしは自己についての意識をもつことはないだろう。わたしが動物だとしたら、わたしが享受しているこの自律とは、動物であるわたしをいらだたせるだけのパロディにすぎないことになろう。

だから、自律した存在と、意識をもつ存在に、じつは違いはないのだ。意識が明晰になればなるほど、自律し、人間になるのであり、意識が明晰でなくなれば、動物に近くなる。自律していたとしても、そのことを明晰に意識できなければ、完全な依存とそれほど違いはない。そして明晰な意識と比較してみたら、このような明晰でない意識は、みずからを自律した存在だと滑稽に思い上がっているにすぎないのだ。

もしもある動物、たとえば一羽のペンギンが、その外見から人間を思い出させ、人間を動かしている無力な欲望を浮き彫りにしてみせたら、このペンギンには喜劇的《コミカル》な力があると言えるだろう。わたしが自律した存在であるためには、自分が自律していることを知っているだけでは十分ではない。しかしこうした知識をもつことは、たとえそれが間違ったものであったとしても、わたしの相対的な自律に、最高度の存在と効率を与えるのである。

このように人間の意識のすべての内容は、自律という観念と結びついている。だから基本的には、自律は意識と同じことであり、この観念はもっとも単純なものなのである。しかし自律は多かれ少なかれ、効率性という尺度で存在するものであり、人間の意識が世界についてもつ経験を通じて、人間の意識のすべての発展と結びついている。だから蓄積された知識と独立して、この意識という観念をとり出すことはできない。この観念は内部だけからではなく、外部からもとり出すのである。というよりもこの自律という観念は、内部との関係だけではなく、外部との関係から、わたしたちのうちに生まれるのである。あるいはむしろ、内部と外部との関係から、わたしたちのうちに生まれるというべきだろう。

人間の自律という観念は、じつは観念のうちでもっとも複雑なものである。この観念の形成に寄与しないものはなにもないほどだ。そしてこの観念は同時に、意識を土台として作動させ、意識が周囲の世界についてもつ経験として作動させるのである——これが人間のすべての歴史を作るのだ。歴史そのものだけではなく、わたしたちが歴史についてもつ断片的な意識も作られる。ほかの観念は、この意識の作動を示すものだ。しかし自律において、意識は完全に作動する。わたしたちのだれかが、自然のうちで自律的な存在となる。するとその者は、みずからについて意識すると同時に、宇宙とわたしたちがもつ学問の全体に、歴史と歴史的な認識の総体に目を凝らすのである。

そもそも人間がどこまで自律しているかについては、議論の余地のあるところだが、人間が自律したいと願っていることは疑う余地がない。歴史の全体を通じて、この欲望がつねに重要な意味を持ち続けたことは、明白だからだ。しかしこの欲望はまさに、これまで検討してきた次の二つの条件に結びつけられているのである。

第一の条件は、不動の大地という誤謬である。第二の条件は、ある程度まで分離された粒子が、他の粒子を犠牲にして豊かになっていくという義務である。

しかしわたしを動かしているこの自律の欲望（自由への飢え）だけは、条件というものをもたない。この欲望は必然的にその結果なのである。自律の獲得は、真に自律しているかどうかへの疑問と、あるいはその存在理由と切り離すことができない。わたしに、自分の自律を疑問とする能力がないとしたら、わたしはそもそも自律しているのだろうか。これを疑問とするということは、自律が幻想にすぎないかもしれないということだ。この十分に根拠のあるものを疑うということは、これが悪しきものであるかもしれないということだ。

さて、次なる帰結を考えてみよう。人間の存在というものは、坂の頂きをめざして登っているようなもので、この坂と切り離せないものだと思う。人間が自律を求めるということは、同時に人間は、失われた依存を悔やんでいるということだ。自然への郷愁を感じているのだ。ところが後悔や郷愁は、自律への疑念と混じりあう。

人間が自分の自律が、幻想や脆弱さに基づいている可能性があることを自覚した瞬間に、状況はさらに奇妙なものとなる。ここであいまいさが生じるのだ。わたしたちは巨大な宇宙を称える。巨大な宇宙に壮麗さと浪費を感じるからであり、これを人間のちっぽけな貪欲と対比するからである。わたしたちはいずれにせよ死んでいく。そして、自律した者が宇宙に郷愁を感じるということは、生物が死に郷愁を感じるということと同じなのだ。しかし生の欲望は、死の欲望のうちに姿を消すことはないし、自律への欲望は、宇宙を称揚することのうちに激昂することはない。実際のところ、死に郷愁を抱くということは、生を疑問とするということであり、自然にたいして郷愁を抱くということは、人間の自律を疑問にするということだ。

人間は後悔しながらも、誤謬や貪欲に基づいた自律から、安定性を放棄し、みずからのうちで作動することに基づいた完全な自律のうちに移行する。

わたしたちは自然から自律したいと考えているが、あるところでこの自然こそが安定した土台であり、みずからを豊かにするという責務であることに気づく。自律の条件を構成するために必要だったのは、自然のうちでも、わたしたちが直接に依存する部分なのである。この自然は、孤立したものであり、しばらくは〈投入〉されずに留保された部分であるという特別な性格がある。

人間がみずからの自律を主張しながら、アイデンティティの連鎖にしたがって、他のすべてを関係づけるのは、この〈物〉と化した自然の部分なのである。しかし自然科学が発見する宇宙は、わたしたちの周囲の事物のアイデンティティに関係づけられているために、いわば〈汚染されて〉いるのであり、こうした宇宙の表象は、大地の安定性と結びつけられているのである。

こうして最後の〈身をもぎはなす〉操作が必要になる。人間は、みずからを形成した世界から身をもぎはなすのだが、この瞬間において、自律を求めている存在が身をもぎはなす必要があるのは、自律した存在（または自律を求めている存在）からであり、これが、人間の状況なのである。

自律するためには安定性と、貪欲を満足させることが必要であるが、ここで立ちどまってはならない。これは貪欲な自律なのである。これを超えたところに、喪失と結びついた自律がある。これは奪う自由ではなく、与える自由であり、富を蓄積する自由ではなく、みずからを喪失する自由である。

こうして、自己であるという意識に、存在することの放棄が、ただ一つの起こりうる実現として、つけ加わる必要があるのである。これは禁欲ではない。禁欲はまだ、自己の喪失を恐れることだからだ。

わたしの独立の基礎となるのは、自己についてのこうした明晰な意識だが、これは独立を基礎づけると同時に、その限度をあらわにする。やがて死ぬこの存在に、いったいどのような意味があるのだろうか。わたしが明晰になるにつれて、あらゆる意味でわたしは脆い存在であることが明らかになる。とくにわたしの存在と、その自律は、これまで考察してきた状況に依存する。これは、呆然とするほどの無限の富に囲まれて、他者の存在と他者の自律との闘いにまきこまれているのだ。それだけではない。わたしの存在とその自律は、大地が現実に安定したものであることと、基本的な安定性という幻想によって定められているのである。わたしが自分の自律を強く意識するほど、わたしは豊かに（強く）なり、わたしをとり囲む事物は確固としたものになるか、確固としたものであるように思われてくる。

第一章

人間の存在は、ある〈内陸の領土〉の存在の条件によって定められている。この〈内陸の領土〉の内部ではまず、動き続けている宇宙の（あるいは自然の）現実は感受されない。さらに存在は粒子に分割され、できるだけ大きな自律を求める傾向がある。それぞれの存在者は、利用できるすべての力を獲得しようとする傾向がある。これは分割されず、力を放出する太陽や恒星とは反対の状況だ。

第二章

人間は自然の存在だが、自然から〈身をもぎはなった〉存在である。この〈身をもぎはなつ〉ことは、自律した意識、あるいは自律を願う意識の複雑な発展のうちに生まれる。人間は絶えず、自分の自律に十分な根拠があることを否認するし、これを否認せざるをえない。基本的な条件を完成させるためには、これを否認せざるをえないのである（これについては第一章で説明している)。

本書の意味は、自律がどのようなものにせよ、それを疑問に(いわばまきぞえに)する必要があるため、人間は星辰のように、苦労して蓄積された力を、自由に浪費しなければならないことを示すことだ。

人間の自律を投げ捨てる必要性についてのこの章は、付属文書とするか、本書の最後にもってくる。

外見はどうあれ、すでに指摘したように、生産されたエネルギーの総量は、生産に必要なエネルギーの総量を上回るだろう。[2]

この真理は、経験からえられたものだ。異なった種類の社会において、労働のかなりの部分が、必需品の生産とは違う目的に利用されるものだ。このテーゼではたしかに「必需」という観念が使われているが、この観念はあいまいな要素を導入し、一般的な形で定義することのできない変動する所与を導入する。〈拘束〉が介入するが、社会はこれなしには、労働者を「必需」に還元できないのである。

▼ガリマール編集部注1——全集第六巻三九九ページ参照。

▼ガリマール編集部注2——全集第六巻『ニーチェについて』の六〇ページ、「善と悪についての講演」を参照されたい。これはマルセル・モレに関して、一九五五年三月五日に行われた講演である(邦訳

『ニーチェについて』酒井健訳、現代思潮社、一九九二年、一〇四ページ)。

第5章　一九四五年の構想と断章[1]

▼ガリマール編集部注1――以下の断章は、「沈思の方法」の草稿（一九四五年）に含まれる「吐露」の原稿にかかわるものである（全集第五巻四七五～四八二ページ）。

『呪われた部分　有用性の限界――普遍経済学の試み』［草稿箱一三C一五四～一六七］

構想

序論

同じ主題をとりあげたわたしの他の研究との違い

普遍経済学と制約された経済学の対立

マルクス主義との違い

独立した要因としての心理的な要素を、過激なまでに抑圧していること

通俗的な喜劇での出遭いの原則

人間の生のドラマが提示する問題が重要だ。ドラマのすべての登場人物は、つねに応答関係のうちに置かれざるをえない。

A　歴史的な序

（歴史的な効果を、問題のありかとして記述する）

、供犠、

、ポトラッチ、

、祝祭の経済

、資本主義、

、理性（資本主義と社会主義の原則）

、軍事的な拘束（苦痛と結びついた過剰）

、キリスト教（苦痛の意志、これに対して仏教は努力の意味の否定であり、イスラーム教は過剰な浪費を軍事的な浪費に還元する）

、人口統計学的な増大、

、労働時間の短縮と失業

、軍備、

、ロマン主義（想像における浪費の原則と両義的な混同の原則）

B　理論的な序

過剰なエネルギー

　エネルギーの一般的な定義

基礎となるエネルギー

生産されたエネルギーが、基礎となるエネルギーよりも優位にあるという法則

　マルクスにおける付加価値の理論

　エネルギーの統合的な利用の必要性

たがいに異なる運動の効果

浪費するエネルギーの原則、エネルギーの一般的な増大を最大限にする傾向のあるエネルギーの利用原則

この効果の限度——軍事的な可能性の最大限の発展の原則、生産の重要な一部を、無益な目的に迂回させること。

　この軍事的な効果の限度——a　システムの枯渇の可能性、b　軍事的なエネルギーの適用場所の歴史的な変動

　エネルギーの増大の限度

無益な浪費の表

量についての一般的な概要

物理的な活動の浪費　a　筋肉、b　排泄

無益な対象の生産　a　消費財、b　動産、c　不動産

物理的な活動の浪費——伝染の原則と生の連続の原則、活動のテーマの原則と外部の記号の原則

刺激と刺激物の一般的な記述

C　エネルギーの普遍経済

生物圏における人間の状況

成長、静的な爆発、種の増大

人間のものでない生物圏の増大の一般的な限界

過剰なエネルギーの浪費は、もっとも力の強い動物の責任。

もっとも力の強い動物とは、もっともエネルギーを取得する動物である——道具（ネアンデルタール人）

人間に一般的な特性

立っているという姿勢、動物の生物圏の侵害

（なによりも隷従せず、自由な態度）

過剰なエネルギーの流れの表現としてのリズム
労働、労働と努力のうちでのリズム
戦争
不安としての意識、死の意識
悲劇的な浪費
連続性の破れ、涙、不安、供犠
利用のための投下と利益の獲得の理論
活動の圏域（内在と超越の対立）
一般的な記述――供犠と呪い、笑い、夢と子供っぽい内在、ポエジー、エロティシズム、自然の享受、神秘的な流出
栄誉（交流と競争の浪費の対立）、浪費における乗り越え（快楽の観念の限界）。
〈言いえないもの〉の原則
余剰の歴史的な変動
自由な余剰と資本主義的な蓄積の変動曲線の研究。世界戦争の意味。

D　結論
政治的な問題の位置

問題の基本的な無意味さ。

雇用者と従業員の弁証法（雇用者は最小限の消費で最大の労働を要求し、従業員は最大限の消費のために最小限の労働を模索する）。

対立の歴史的な発展、理性が指導者の代わりになったあとでも、この対立はなくせない性格のものであること。

指導されたものの肯定の原則——指導を自主的に放棄し、〈言いえないもの〉にもどること。

用語集［草稿箱一三C二〇九〜二一六］

生産——エネルギーを動員して伝達すること。

エネルギーの破壊——動的なシステムの必要性を満たすような結果をもたらさない活動で、エネルギーを浪費すること。

有用な——動的なシステムの必要性を満たし、これによって生産に、すなわちエネルギーの動員と伝達に役立つこと。

獲得——これは獲得する事実だけでなく、獲得した所与のエネルギーを、定められた目的に振り向けることも意味する。

労働または仕事——ある企画に基づいて、対象の状態や位置を変えること。

付随的な浪費——無用なエネルギーの浪費であるが、サラリーマンがなしですますことができないとみられるもの。こうした浪費はそれだけでは動的なシステムの必要性を満たすものではないが、システムが運動するために必要な条件の一つになる。たとえば煙草の生産がその一例である。浪費が、ある分類のサラリーマンが一般に要求するものとなると、この浪費は付随的なものとみなす必要がある。こうした浪費は、付随的な浪費の比率に応じてこれに含まれるが、さらにサラリーマン以外の人々の近くで行われる場合にも、これに含まれる。ただし存在の全体が無益な個人については別である。

動的なシステム〔草稿箱一三C一六八～一七〇〕

動的なシステムは、エネルギーを収集し、蓄積しながら、あるいは蓄積せずに伝達し、獲得し、支出する。

生産的なシステムとは、事物を生産あるいは輸送しながら、エネルギーを支出する動的なシステムである。

獲得とは、伝達の方式である。

支出は、事物の輸送や生産を目的とすることも、目的としないこともある。こうした事物は、なんらかの生産的なシステムの必要性に応じることができる。これが有用な事物である。事物が、いかなる生産的なシステムの必要性にも応じていない場合には、これを無用なものと呼ぶべきである。一般に、有用な事物の輸送や生産を目的としないすべての支出は無用である。

人間の圏域では、居住地とその居住民が、基本的なシステムであり、その支出は外的なものであることが多い。居住民は自分の時間の重要な部分を居住地の外部で過ごすことができる。居住地は不動であることが多いが、天幕、馬車、舟などは動くものである。

それぞれの居住民は単独で、ひとつの孤立したシステムを形成するのであり、居住地を離れることもできる。ただし力を失うおそれがあるために、ある居住地を去るのは、別の居住地に赴くときだけである。

システムの事物の輸送と生産の一部は、居住地で行われる。居住地のほかにも、地表のその他の部分と施設があり、ここでも居住民の仕事の一部が遂行される。大地も施設も居住地に結びつけられ、これらと居住民で、システムの全体が構成される。この場合には、他の居住地で生活する人々も、報酬をうけとることで、自分の仕事を居住民の仕事につけ加えることができる。大地も、居住民が働く施設も、他の居住地と結びついている。最後に大地と施設は、比較的自立したシステムを構成することができるが（コルホーズ、国営工場、会社）、これはいかなる特定の居住地にも依存しない。そこで仕事をするために訪れた個人の全体の居住地との距離の近さだけを示すものだ。

単純な浪費［草稿箱一三C一七六〜一七七］

直接的な浪費

一　無用な浪費（個人の視点からみて）

a　能動的な浪費

跳ねること、踊ること

叫ぶこと、歌うこと

愛の営み

笑い

嗚咽

b　分泌的、排泄的な浪費

肯定的なもの——精液、卵子（他者には有用なもの）、涙、排泄物、汗

否定的なもの——耳垢

c　完全な浪費　　死（他者には有用なもの、死者を食べる者にとっては）

二　有用な浪費　　分泌的なもの。すべての内分泌物、歩くことと走ること、

働くこと（ものの配置を変えるか、事物の状態を変えること）

付随的な浪費 ［草稿箱一三C二一七～二三四］

産業発展の宿命は、適応の努力なしには進まない。

豪奢な浪費のシステムを作り出した人間の社会において、このシステムにたいする資本主義的な反応が生まれる。この社会ではだれも、自分は悲惨な生活を送っていると感じるものだが、豪奢はこうした感情を傷つけるのであり、資本主義的な反応はそのためにも必要となる。だが浪費のうちで作動していた欲望は、あらゆる場で作用を及ぼす。資本主義のシステムは、この欲望をなくすことはできない。そして一方では、人々の欲望のために、資本主義の目的が実現できるようになれば、資本主義は人々の欲望に奉仕するのである。

しかし資本主義は、この欲望を変形しようとする。*従属的で付随的な形でこの欲望を満たせる*ように変えるのである。

資本主義が許容する非生産的な浪費、もっと正確に言えば、資本主義が発展させる非生産的な浪費には、いくつかの共通の特性がある。

祝祭の経済では、浪費に応じた支払いが行われるが、こうした支払いが新たな剰余価値の出発点となることはない。非生産的な浪費に必要な仕事は、支払いをうけることができる。大聖堂の建築家と建築作業員の仕事には、ふつうは報酬が支払われる。同じように、聖歌隊員、門番、装飾品を作製する縫師も給与をうけとる。

しかし大聖堂は劇場とは違うし、映画館とも違う。建築を命じた人物や当局は、大聖堂のうちで生産され、破壊された労働を、そのような性質のものとして認識している。祝祭や古代の遊戯の場合と同じなのである。ところで映画のプロデューサーは、有用なものを生産する他の産業と同じ次元で活動する。

たとえば、ゴム産業の一部であるトラック用のタイヤの生産を考えてみよう。タイヤ工場は、ある量の有用なエネルギーを集め、伝達する活動を行う。原則としてこのエネルギーの総量は、タイヤの生産に必要な基底エネルギーを上回るはずである（労働者の食事と維持、燃料、減価償却、機械設備の保守と更新などのエネルギーが必要になるからだ）。

ところが映画のプロデューサーの場合には事情が異なる。映画の作製のために費やされたすべてのエネルギーは、そのまま消失する。これは生産する社会の動的なシステムの必要に応じていない。しかし映画のプロデューサーはこう主張するだろう。「もしも映画ではなく、タイヤを生産していたら、わたしは支出を上回る金額の支払いをうけることのできる有用なサービスを、人々に提供していただろう。同じようにわたしは、自分の労働資源を映画の作製のためにも支出することができる（これは最初は、未決定な形式の資本としてしか存在していなかったものだ）。しかしそれには条件がある。このサービスはいかなるエネルギーの生産にも役立たないが、わたしの提供するサービスと交換に、有用なサービスに相当する金額またはこれを上回る金額を、人々がわたしに支払う必要がある。言い換えると、わたしではなく、孤立した個人の総体としての公衆が、エネルギーの破壊の費用を負担することが条件なのだ」。

資本主義の経済では、支出を命令し、支出の方法を決定するのは、受け身な観客であり、観客が浪費を実行するのである。映画のプロデューサーはこの観客にたいして、映画の作製に必要であったエネルギーを効率的に浪費する機会を与える。これが可能なのは、貨幣があるからだ。貨幣を所有しているということは、対応するエネルギーにたいして支払いが行われること、あるいは利用したエネルギーの余剰の一部に対応する資本主義的な取得が行われていることを想定するからである。

ある意味では、観客が支払った貨幣の価値は破壊されたのではない。この価値は映画を作製した者のもとに、あるいは作製を補助した者、すなわち配給会社、映画館などに戻るのである。映画のプロデューサーは、自由に利用できる量のエネルギーを手中にしている。

こうしてエネルギーの破壊、すなわち映画の生産も、有用なサイクルに入るのである。そのためにはすべての側面で、エネルギーを所有するものが、映画の生産をひきうけ、その破壊した量を上回るエネルギーを供給するだけで十分である。

しかしこの方法では、浪費は従属的なものとなるのであり、至高な浪費とは言えないものになる（教会で開かれるミサはまだ至高な浪費である）。わたしはミサよりも映画が好きだ。それでも、わたしのうちに至高な浪費を望む欲望が存在するかぎり、映画の従属的な性格にはがっかりする。無用な浪費で問題になるのは、それがわたしの趣味に合うかどうかである。

このように至高な趣味を満たすことができないために（至高性への趣味は、ある程度までわたしたちのすべてに残されている）、従属的な浪費は、かなり衰弱したものと判断することができる。しかしこれから考察するように、この衰弱に先だって、ほんとうの意味での〈解放〉が行われていたのである。

祝祭の経済においては、人々の階層構造《ヒエラルキー》が決定的な意味をもつが、映画では多数の観客が階層構造《ヒエラルキー》の代わりになるために、こうした衰弱が発生するのだ。映画で必要なのは、結局は多数の観客だと考えられているが、観客は正確には社会の全体ではなく、孤立した平均的な個人の集まりである。資本主義的な映画のプロデューサーは、こうした観客の判断を解釈するが、作製者の自然な傾向は、国家の検閲で制約されている。

また、いずれ述べるように、浪費に至高性が欠けていることは別の意味をもつ。サラリーマンに可能な浪費であることで、映画などの浪費は、生産の拡大に貢献するものであり、いずれにせよ、過剰を破壊するには不十分である。

映画は人々の平均的な趣味に迎合するし、こうした趣味を解釈するのは、売上高だけを価値の尺度とした人々である。さらに映画の作製には、有用性の原則に従わないものを敵視する公共の道徳が介入する。これらの要因のために、結局は映画はつまらないものになってしまう。いくつかの例外はあるが、映画はハッピー・エンドになるという決まりがある。これはギリシア悲劇の厳密さとは反対のものだ。そもそも〈良い〉映画が作られるとしたら、それ以前に市場が不条理なもので飽和しているからなのだ。

このように浪費の質が低下しているのは、大衆のうちに普及するのと同じように、浪費がすべての時間のうちに、同じようなものとして分散されているからである。一日の好きな時間に、まるでカフェで腰を落ちつける感覚で、映画を観にいく。かつては浪費は、ある特定の時間に、ある特定の場所だけで可能なものとして、凝縮されていたものだ。浪費はかなり稀なものとして、有用な営みにふりむけられる日常の生活の流れからは途絶していたものだ。しかし現代の浪費は反対に、単調な生活の流れのうちに組み込まれている。日常生活の流れの連鎖に従属し、この連鎖を壊す力を失ったのである。

この質の低下は、無用な浪費の選択にもはっきりと現れている――資本主義ができるだけ多数の個人に提案する（あるいは強制する）自然な傾向にしたがって、選択が行われるのだ。見世物という古い様式の浪費の質が低下しただけではない。新たに生まれた浪費も、経済を支配する原則に巧みに対応した新しい方法で行われるようになったのである。こうして、だれもが無用な浪費に懸念を抱くようになる。この種の浪費が強く肯定されることはなくなった。そして浪費を正当化しながら、悲惨なやりかたで浪費に滑稽な有用性を与えようとするのである。

活動の連鎖が、他のエネルギーの生産を目的とせず、わたしたちの趣味だけに応じたエネルギーの放出をもたらす必要があるのだ（浪費しても、それが有用なものであるようなみかけをもてる場合には、無用な浪費は放出には不十分なものである）。すでに指摘したように、生産に必要なエネルギーは、生産されたエネルギーを下回るからだ。

しかしみかけだけでも有用で、正当化できる趣味が好まれるようだ。たとえば浴槽は有用なものだと言われる。浴槽はたしかに、豪奢な性質を熱心にうたいあげるようなものではない。華やかなホールにうやうやしく飾られた絵や花瓶とは違う。結局のところ浴槽はひとつの商品であり、これなしにはわたしの生活は不便になるだろう。もっとも、浴槽をもっていなかったわたしの両親は、浴槽がないと不便だなどとは思いもしなかったのだが。

こうした浪費は、祝祭の経済とは別の形で配置されている。これは原則として集団的で公共的な浪費ではなく（軍備は別だが）、できるだけ多数の人々が支出できる個人的な浪費なのである。そして個人の間で分配されるとともに、生活のさまざまな時間のうちに配分される。

浪費はさらに両義的な性格をもち（バカンスのような否定的な性格もある）、たんに非生産的なものとは言えなくなってきた。浴槽のように、表面的だが有用なものであったり、煙草のようにまったく無用なものであったりする。これらの浪費の質は低下し、量も最小限にされ、有用性の原則と、支払いに従属させられている（ただし戦争には支払いは行われない）。付随的な浪費は実際に、有用な性格をそなえている。有用性の主張は形式だけのものではないのだ。

こうした浪費は、それだけで技術的に高度な開発を可能にする。豪勢に浪費する人間は、真面目な技術開発をすることができない。非生産的な形で浪費する可能性をまったく奪われている人間も、善き技術者ではない（少なくとも近代の技術の必要性からみて）。夢物語を読むには、読み書きができる必要がある。かなり快適な条件で暮らすのは良いことなのだ。たしかにアメリカの労働者の快適な生活は、アメリカの繁栄の原因ではなく、結果である。それでもこうした快適な生活は、アメリカの繁栄を高めるための要因のひとつである。これでアメリカの労働者は、たんに量だけではなく、技術的な質の高さを確保できるからだ。

資本主義はこうした中性的な場を作り出す。この場にはほんとうの意味での非生産的な浪費はないが、かといって非生産的な浪費が欠けているわけでもない。

この付随的な浪費のプロセスはやっかいなものである。

一時間の生産のために必要な時間数は増大するが、この増加分が可能となるのは、蓄積によって生産時間の量的な価値（そして収益）が増大するからである。さらに収益をできるだけ大きくしようとする傾向がそれ自体で存在する。

全体としてみると、発展する中で付加価値が大きくなるわけだ。

いかなる場合にも、付随的な浪費は、販路を探している生産活動の目的を満たすことはできない。こうして道徳的な帰結が生まれ、平衡と従属が生まれ、好ましい環境が作り出される（両義的な性格のものだが）。サラリーマンの浪費では、産業が発展することで生まれてきた再配分の問題を、どうやっても解決できない。資本主義のシステムでは、必要な労働時間が生産時間を下回ることはありえない。付加価値をなくすことはできず、いかにしても、この時間の差をなくすことはできない。反対に、この差は拡大していく。付随的な浪費に与えられた有用な性格は、まさにこの事実を表現しているのである。

サラリーマンが浪費できるようになった瞬間から、浪費は非生産的なものではなくなる。いずれにせよ浪費は、余剰を浪費するという必要性を十分に満たさなくなるのである。映画など、かなり例外的な事例はあるが、非生産的な浪費は、強い意味での浪費、すなわち剰余価値の破壊という基本的な性格を明確にそなえた浪費としては定義できない。問題なのは、生産のコストが多かれ少なかれ高価で、破壊的な性格であるかどうかではない。どのような小さな破壊が生産のために必要となったか、あるいは生産を促進しているかなどは、重要な問題ではないのである。

記号 〔草稿箱一三C一八一〜一九七〕

能動的な浪費は、ある意味では浪費と記号の二つに分かれ、浪費としての記号は、それ自体で単純なものである。他方で排泄的な浪費と死は、事物に到達する。行為としての事物にも、記号の価値がある。

すべての直接的な浪費は、他者にとっては、実行された浪費の意味を示す記号を作り出すものである。

浪費は伝染する（他人が跳ねると、自分でも跳ねたくなるものだし、他者がさめざめと泣いていると、自分もつい泣きたくなるし、水道の水が流れていると、小用を足したくなるものだ）。ある浪費の意味とは、浪費が伝染することだ。踊りの意味は、今度はわたしが踊ってみるということのうちに、あるいは少なくともわたしが踊りたくなるということのうちにある。記号は、伝染性の浪費を伴う現象である。しかし伝染は、浪費の意味が示されなければ起こりえない。同じように記号は、少なくとも浪費のきっかけである。跳ねること、踊ること、叫ぶこと、歌うこと、性的な営みをすること、急に笑い出すこと、すすり泣くこと、これらを目にするか耳にしたひとには、こうした営みは、他人の浪費という意味をもつのである。エネルギーの浪費の意味は、この浪費が伝播するという事実と関係がある。一人または複数の人がエネルギーを放出したとき、それが周囲の人々の意図的な抵抗に出会わない場合には、跳ね返ってくるものだ。

踊りは、エネルギーの爆発的な放出を示す単純な記号である。劇場での舞踊は、実現されない単純な記号にひとしいものになっている（多かれ少なかれ持続する事物のようなものではない）。舞台でダンサーが踊るのを見ると、他者の浪費が記号の形式でわたしに示される。しかしわたしが踊りに参加することは抑えられる。ある特定の量のエネルギーが、眼前で消費されているのだが、わたしがそれを自分のエネルギーを消費することはない。

髪飾りの布、飾毛、羽冠、孔雀の羽根、人間の頭髪などは、意味された事物の踊りや叫びよりもはっきりと区別される。これらは過剰なエネルギーの記号であり、そこでエネルギーが浪費されている。もしもエネルギーが横溢しておらず、すぐに注ぎ込むことができる状態を維持していなければ、こうした装飾をつけることはなかっただろう。この種の装飾は、動的なシステムのいかなる必要性も満たしていないのである。

しかしこうした装いのうちで破壊された過剰なエネルギーは、ごくわずかな量が目の前で浪費されるにすぎない。これは行為ではなく、結果であり、事物なのだ。この結果とは、過去に行われた浪費の記号である。

人間の営みであるか（ピラミッド、刺繡、黄金）、生物学的な組織であるかを問わず、過去に行われた浪費の記号が、安定した結果という形式で示される場合には、現実の浪費（舞踊、歌）の記号と同じような特性をそなえている。どちらの場合にも、浪費の記号は、浪費そのものを意味する。ということは、伝染するように伝播するということだ。

教会は、宗教的な精神の状態にふさわしい記号である。この精神状態は、富として表現されるが、この富には特定の意味がある。舞踊や歌は、エネルギーの横溢の特定の様式を表現する。

エネルギーの横溢と言うが、それは水の流れのような単純な流出ではない。水の流れなどは、多様な形式をとることができない。小川の流れ方は、傾斜、川床の長さ、水量にしたがって変化する。しかし人間は、爆発的な浪費、悲しい浪費、陽気な浪費、叛乱的な浪費、宗教的な浪費、サディスティックな浪費など、無数の形式でエネルギーを横溢させることができる。浪費の可能性は無限なのである。

それぞれ浪費の記号は、一般に浪費を意味するが、とくに浪費の特定の可能性を表現する。教会は宗教的な記号であり、ある種のダンスはエロティックな記号であり、ある種の音楽は、軍事的な記号である。さらに一つの領域だけでも、無限の様式がある。数千種類の教会や神殿が、宗教的な精神状態の多様性を表現するのである。

しかしそれぞれの記号は、それをうけとった人が解釈するものだ。そして解釈も多様に異なる。古代エジプト帝国や一三世紀に生きていた人々にとって、ピラミッドや大聖堂は、わたしたちとは違う意味をそなえている。そしてどの時代の人々とも同じように、わたしたちにとっても、多数の差異があり、趣味、知性、職業の異なる人々が対立するきっかけになるのである。

一般にこうした差異は、ほとんど重要な意味をもたない。原則として、ある事物の中で消費されたエネルギーの特定の総量が、その事物の価値を定める。この価値とは、事物の量的な意味である。事物の価値は、行われた浪費の記号である。移動性の富である場合にはこの価値は一般に測定できる。しかし不動産の場合には、ごく稀にしか測定できない(宮殿や城塞の価値は、複合的なものであり、動的なシステムの必要性に応じた要素が含まれる)。

刺激する性格

すべての浪費は浪費を刺激する。すべての浪費は伝染すると言ってもよいだろう。叫びは叫びを招き、踊りは踊りを招く。はじけるような笑いは笑いを招き、あくびはあくびを招く。行われた浪費は原則として、同じ種類の浪費を刺激する。しかしある種の浪費が、特定の組み合わせの浪費をひき起こし、拡大することがある。複数の人々が踊りながら叫ぶと、その叫びは踊りへの刺激を大きくする。あるいはすぐに踊りに加わらなくても、踊りの刺激をうけることができる。

刺激だけでも、すでにエネルギーの消費なのである。これは浪費の端緒であり、浪費をひき起こす神経インパルスである。刺激を抑止することはできるし、困難な要素があるために、浪費を実現できないこともある（踊り方を知らない場合とか、パートナーがいない場合とか、専門家だけが踊れる場合などだ）。そして眼前で踊りが続けられると、刺激が続くことが、それだけで重要な浪費となる（ここで性的な刺激を考察すること）。

記号、意味、意味作用

記号とは、意味作用のうちで形成された知覚できる像である。エネルギーの浪費が意味をもつということは、それが知覚できるものとなったということだ。エネルギーの浪費は刺激するが、原則として刺激するのは知覚できる像ではなく、エネルギーの浪費そのものである。それでも、知覚できる像だけでも浪費という外見があれば、刺激する。これは刺激の反射と結びついているのである。しかし浪費されていることを、理解するわけではない。浪費の刺激は、知覚できる記号によって、浪費に気づくという事実から生まれるものではない。内在とは、交流するシステムについて語られるものである。たとえば神経細胞の内在を考えてみよう。仮説として、神経細胞には、神経を形成する組織を通じて、浪費によって生み出されたエネルギーの移動を伝達する可能性があると考えよう。浪費が実行されるとき、たとえばダンサーが身体を細かに震動させるとき、わたしはそれを単なる知覚できる像として感受するのではなく、力動的な動揺としてうけとる。

　動物の有機構成を定義すると、神経システムが、うけとった動揺やうけとった運動を、受容した器官による同様な運動に変える能力と言えるだろう。こうした運動の再生は、知的な操作によるものではない。赤子が、水道の水の音を聞いて排尿するとしても、それは師匠の仕事を意図して真似ている弟子とは、まったくかかわりがない。

　このように踊りの知覚できる像は（耳の聞こえない人が感受したとしても）、ダンサーの姿の静的なイメージの連続だけに制限されるものではない。神経は、踊りを支配しているエネルギーの爆発的な放出にも気づくのである。これは意識において形成された心像の基本的な内容である。踊りはまさにこれを意味するのだ。踊りは、意味のない静的なイメージの連続として感受されるのではなく、精神状態の表現として感受されるのである。場面に応じて、ダンサーのかすかな歓喜の状態の表現として、陶酔の表現として、攻撃的な怒りの表現として感受されるのである。

訳者あとがき

本書は、Georges Bataille, *La limite de l'utile, fragments d'une version abandonée de La part maudite, Œuvres Complètes*, t. VII, Gallimard, 1976 の全訳である。最初のガリマール編集部の解説で詳しく説明されているように、本書はバタイユがほぼ一五年間にわたって書き残した『呪われた部分』の草稿、アフォリズム、ノート、構想をまとめたものである。

バタイユは書籍版として残された『呪われた部分』を含む巨大な構想を立てていた。この構想は書籍版の『呪われた部分』『至高性』『エロティシズムの歴史』だけでなく、『内的経験』『宗教の理論』『有罪者』などに描き出されたバタイユの思考の軌跡の集大成となるはずのものだったのである。

「偉大な人々にとっては、完成された作品よりも、生涯を通じて仕事が続けられた断片のほうが、はるかに重要である」と語ったのはベンヤミンだが、この言葉はベンヤミン自身の未完成の仕事『パサージュ論』だけでなく、バタイユが精魂を傾けていたこの構想と、その断章を集めた本書にも、まさにあてはまるものである。

本書に集められたさまざまな断章は、バタイユの思考の広がりと、一見したところでは把握できないような内的な結びつきを明らかにしてくれる。闇の中を一瞬だけ照らし出す雷鳴のように、ひとつの断章がバタイユの思想の背後にある内的な連関を示す手がかりとなる。ときにはパズルを解く楽しみを、ときにはバタイユの思想のエッセンスを味わっていただければと思う。

訳者は最初、この草稿をバタイユのいくつかの構想にもとづいて組み替えて、バタイユの体系が浮き彫りになるように提示する計画を立てていた。そしてすべての断章の位置づけを示す解説文を書いていたが、全集の出版社からの許諾がうけられなかった。ここに提示するバージョンは、ガリマール・バージョンであるが、このバージョンが最善のものとも限らない。読者の方々が、この錯綜した断章を読み込んで、バタイユの構想がどのようなものであったか、解読されることを期待しておきたい。

この訳書の成立までには、著作権の取得の交渉から翻訳権の処理にいたるまで、編集部の大山悦子さんにお世話になりっぱなしだった。大山さんの暖かい励ましなしには、最後までこぎつけることができなかったかもしれない。心からお礼を申しあげる。

中山　元

本書は「ちくま学芸文庫」のために新たに訳出されたものである。

ちくま学芸文庫

呪《のろ》われた部分《ぶぶん》　有用性《ゆうようせい》の限界《げんかい》

二〇〇三年四月九日　第一刷発行
二〇二一年七月十日　第七刷発行

著　者　ジョルジュ・バタイユ
訳　者　中山　元（なかやま・げん）
発行者　喜入冬子
発行所　株式会社　筑摩書房
東京都台東区蔵前二―五―三　〒一一一―八七五五
電話番号　〇三―五六八七―二六〇一（代表）
装幀者　安野光雅
印刷所　中央精版印刷株式会社
製本所　中央精版印刷株式会社

ISBN978-4-480-08747-8 C0110